3034. [Chorier (Nicolas)]. Aloisiæ Sigeæ Toletanæ. Satyra sotadica de arcanis amoris et veneris. Aloisia hispanice scripsit. Latinitate donavit Joannes Meursius V. C. *Absque nota* ; 2 part. en 1 vol. pet. in-12, vélin. (*Rel. anc.*).

ÉDITION ORIGINALE de ces dialogues fameux sur les mystères de l'amour : elle a été reconnue et signalée comme telle en 1882 par l'éditeur des *Dialogues de Luisa Sigea* (Gay, I, col. 64). Brunet, sans l'affirmer formellement, considérait comme première édition celle qui, au regard de Gay, n'en est qu'une confrefaçon hollandaise.

L'édition originale se compose de deux parties, la première renfermant cinq dialogues (6 ff. lim., 245 pp. ch. et 6 pp. n. ch. d'*errata*), la deuxième, sous le titre de *Pars altera*, occupée par un sixième dialogue, (1 f. blanc, 3 ff. lim. et 111 pp.).

ALOISIÆ

SIGEÆ

TOLETANÆ.

SATYRA SOTADICA

DE

ARCANIS AMORIS

ET VENERIS.

Aloisia Hispanicè scripsit.
Latinitate donavit Ioannes
Meursivs.

V. C.

MONITVM
LECTORI·

Viuebat ante annos centum
& triginta Aloiſia Sigea,
Hiſpana, Toleti nata. Ingenio
eruditione, forma praſtitit; &
omnibus virtutum dotibuſque
laudari ſolent plurimùm, &
ingenuas maximè decent, excel-
luit. Sed non in abjectâ, &
ſtupidâ animi demiſſione, non
in ſordidâ rei familiaris curâ,
non in vili nugarum ſtudio
virtutem ſibi poſitam habebat:

á ij

Monitum Lectori.

Liberalibus navare operam disciplinis, scriptis æternam sibi parere famam, ad summam sapientiam niti, non ad summas contendere opes, id demùm optimum putabat, & prædicabat; quòd tamen pleræque fœminæ omnes per ignauiã negligũt, homines multi per socordiam stultam & furentem contemnunt. Quamobrem veri amãs, liberè malas insectabatur; quæ sentiret, ultro faciebat palam, & velùt quandam morum è Curuli sella Censuram exercebat, quam suspicerent omnes, & cujus ob os ora obverterent sua. Se imprimis nobilium mulierum fla-

gitiosis, fœdisque voluptatibus infensam ostendebat, &
quo, injecto saltem pudore, ad
meliorem revocaret frugem nihil non agebat. Pati non poterat, ut dicebat, specie prælucen-
tes, nobilitate commendabiles,
brevis gaudij, aut spe, aut
gustu velut emotas mente, in
ludibria ipsas se vertere. Ad-
debat, ut Virtuti honestum &
gloriosum est nudã sisti ob oculos
mortalium; sic vitiis esse ignominiosum. Quæ meretriciè vi-
verent, ideo voluit è fornicibus suis in quibus latebant in
scænam humanæ vitæ nudas
educere; quæ essent documento

Monitum Lectori.

impunè non peccari, mulieres
quasdam superbi nominis &
oris, & alto cretas sanguine.
Nam quas Tulliam, Octaviam,
Semproniam, Victoriam voca-
cat, eæ fuerunt Ducum, Mar-
chionum, Comitum aut uxores
aut natæ. Nihil de his enarrat
quod verè factum non sit, &
ut erat à mendatio, & ab
omni dissimulationis specie
alienissima, liberiori omnia sermone executa est, qui solus con-
veniebat. Satyram Sotadicam,
inscripsit opus quod colloquiis
septem complexa est, ac Eleo-
noræ Marguaridæ Roderici
Marchionis uxori sodali suæ

Monitum Lectori.

dedicavit, quâ jubente suscepe-
perat, quâ urgente, ut in
quâdam epistolâ ad illam data,
loquitur, intra mensem absol-
verat. De Sotade nihil est quod
dicam; rerum amatoriarum,
Scriptorem fuisse liberrimum
fugit neminem: Sed fœminam
ad scribendum his de rebus
animum appulisse, non mi-
rum videri debet: Nam Elephantis puella, & aliæ quædam hoc fuere scriptionis genere celebres. Præterea aptiores
sunt fœminæ his rebus depin-
gendis, si quæ sint cordatæ &
non fatuæ procacitatis; si quidem libidinum ipsæ sunt cam-

Monitum Lectori.

pus in quo nascuntur omnes,
in quo efflorescunt, in quo vigent, &, ut verbo dicam, in
quo oriuntur & occidunt gaudia illecebrosa, & amœniores
joci. Fortè nec tam dura fuit
ut ullo nollet voluptatis sensu emolliri sibi mentem ad car-
penda vitæ dulcia; & pars
etiam puto fabularum ipsa sua-
rum fuit non pœnitenda. Hispanicè scripsit, vir Doctus
Iohannes Meursius Lugdu-
nensis apud Batavos Acade-
miæ lumen clarissimum, ado-
lescens & vix ex ephœbo egres-
sus Latinitate donavit; etiam
de suo adjecit quædam quæ

Monitum Lectori.

Aloisiæ vix persuaserim mihi venisse in mentem. Sed periit Liber Aloisiæ, manuscripta Meursij hæc tantùm lucubratio, aut si mavis commentatio, pervenit ad me : Nihil ausim pro certo affirmare. Quicquid id est, non infelicis ingenij, non proletariæ eruditionis partus sunt hæc Colloquia, quæ nec fastidium legenti creent, nec stomaohum verè Sapienti moveant. Quinque priora, quæ faustis avibus in manus nostras delata sunt, luci, damus, quibus utique carere, huic ætati bonis literis amicæ turpe esset, & studiosis arduæ sapientiæ

Monitum Lectori.

*durum. Duo, quæ superfunt,
hæc aiunt longè & arte, &
procacitate ingeniosâ antecel-
lere. Sextum figuras objicit ob
oculos, non tantùm deſcribit,
ſeptimum fabellis & narra-
tiunculis, quæ ad hanc rem pertinent, mirabiliter recreat, &
hoc velut cibo Attico ſale condito paſcit animos, cujus nulla unquam capiat ſatietas. Et
propediem juris publici fient
meo itidem munere: Nam invi-
deri tam ſalſa, tam lepida,
tam etiam vtilia benè vivendi
præcepta, quis ægrè moleſtèque
uon ferat ſaxeus & veterno-
ſus? Bonos utique mores Orator*

Monitum Lectori.

laudet Tullius, Philosophus doceat Plato : Melius sanè suadebnnt Publius Syrus, Laberiusque Mimi. Ferit mentem & movet qui miscet utile dulci : A quâ plerumque aberrat laude verbosus Orator, strigosus Philosophus. Medicamentis vires addit dum horrorem & odium adimit, qui in bellaria format solers Medicus : Hæc Aloysiæ fuit cogitatio, & omne sibi punctum videbatur tulisse, quæ tam ingeniosè, tam facetè utile dulci miscuisset. Vale.

ALOISIÆ SIGEÆ
TOLETANÆ.

ARCANA AMORIS.
ET VENERIS.

COLLOQVIVM
PRIMVM.

VELITATIO.

TVLLIA. OCTAVIA.

TVLLIA.

VLCE est (cognata mihi luce dulcior) tuas tandem cum Caviceo pactas esse nuptias. Ejus enim in amplexibus, crede mihi, quæ te nox mulierem faciet, omnium longè maximam voluptatem

A

tibi allatura est; te modo, ut digna
est hæc forma tua cœlestis, fortunet
Venus.

OCTAVIA.

Dixit hodie manè mihi mater
postridie hujus diei nupturam me Caviceo. Et domi video, quæ ad ejus
rei pompam pertinent, magnâ appa-
rari curâ, lectum, cubiculum, & cetera alia. Hæc verò planè in mentem
meam gaudij minùs, quàm timoris
injiciunt: nam, quæ tandem illa, de
quâ loqueris, possit esse voluptas,
(cognata omni mihi voluptate gratior) nec scio, nec etiam opinione
concipio.

TVLLIA.

Te ejus ætatis, & tam teneram,
nam annum vix decimum quintum
attigisti, mirum minimè videri debet
id nescire, quod ego ætate provectior quum nupsi, penitùs ignora-
bam quid esset, quod pollicebatur
Pomponia delicij, jam per tres annos
experta, ac tantoperè prædicabat.

OCTAVIA.

Sed, te de eâ re prorsus scivisse ni-

hil, patere me liberiùs loqui in hoc
plenæ libertatis confinio, in quo nunc
fum, id profectò vchementer miror:
Nam fi non ufus, quem certè nullum
habebas, tamen multa tua eruditio
adyt ahæc tibi apperuiffe debuit. Te
fæpe audio fummis laudibus tolli in
Cœlum, quòd literis Latinis, Græ-
cifque, ac liberalibus ferè omnibus
difciplinis ingenium ita imbueris, ut
fupereffe nihil videatur, quod nefcias.

T V L L I A

Multus in hoc fuit pater meus, ut,
quo ftudio, formofarum & venufta-
rum aliæ pleræque omnes famam am-
biunt, ego eruditæ virginis laudem
perfuafum haberem effe mihi compa-
randam. Et aiunt, qui adulari quàm
vera dicere fatiùs habent, non omninò operam lufiffe.

O C T.

Aiunt etiam qui nolunt adulari vix
pudicitiæ laudem, vix honeftos mores
retinuiffe, quæ ex noftris eruditiores
habitæ funt, cùm id decus ceperunt.

T V L L I A.

Pudicam negarent me, quam farentur eruditam?

O C T.

Nec ullam potiùs ob rem admirationem omnium es consequuta, quàm quod bonis castisque moribus tuis eruditio non obfuerit; magnam auem contrà lucem attulerit. Quî verò fieri potuit, ut, quæ virgines ducuntur, Musæ Virginum laudi infestæ crederentur? Vt, quæ animorum sunt velut quædam faces, quibus ad magna & laudabilia omnes similiter fœminæ hominesque accendimur, cædem contaminare animos dicerentur? Sanè dum nobis homines, per malignitatem quandam arrogantem & stultam, eas opes invident, quibus ipsi superbiunt, maledicta invidiæ miscuere. Aconyta ac venena omnia non minùs homines fugiunt, quàm nos fugimus, quas vocant sequiorem sexum, quia quæ nobis adimere pestis animam potest, & illis etiam potest. Si nobis eruditio est pro veneno, & pro peste, ut obtrectant, quomodò rem tam malam, ut hominibus prosit, nam sibi prodeſſe non negant, naturam continget momento mutare? Suo ſi ingenio nobis eſt eruditio velut fons quidam omnium malorum & flagitiorum, quomodò ex eodem fonte bibent illi nectareos latices ad immortalem gloriam : nos verò infœlices & miſeræ ſtygia quaſi fluenta, quæ pectori ſulphurea ſint incentiva eas ad libidines, ad quas ipſi nos rapiunt imperio, aut ducunt exemplo ? Nam, te ſic loqui memini, cùm de eâ re ſermonem ante hos dies cum Cavicco meo haberes. Decorum ſanè tibi eſt hanc aduſque diem ſervaſſe illæſam honeſtatis famam, cum eâ pulchritudine, quâ accendis etiam frigidiores, cum eâ eruditione quâ etiam capis, quos pulchritudo non tangeret.

T V L L I A.

Quæ ſic loqueris, quæ ſcis amore inflammari hominum corda, non ita profectò rudis es, ut putabam.

O C T.

Neſciam ego penitus quod Cavicei oculi, frons, vultus denique totus toties dixere mihi, ut etiam ipſe tac ret ? Enimverò , dum ante octo dies liberiùs mecum agit , ad oscula mea ferri insueto impetu certè mirata sum; nec quid sibi vellet hîc impetus , hic æstus satis noveram.

TVLLIA.

Aberat mater ? sola eras ? ab eo tibi timebatur nihil ?

OCT.

Aberat mater; quid autem ab eo timeretur ? ego certè nihil timebam.

TVLLIA.

Nihil ultra basia rogavit ?

OCT.

Et ea quidem ab invitâ sumpsit linguam micantem intra labia mea primora vibrans væsanus.

TVLLIA.

Quis tibi tunc sensus erat ?

OCT.

Fatebor : me nescio quis æstus invasit hactenus inexpertus : totis artubus concepi ignem. Credidit mihi vultum esse pudore suffusum ; sustinuit aliquantisper amentiam , & petulantem manum.

TVLLIA.

Perge.

O CT.

Manus eas furaces oderim semper,
ita me demum excrutiatam, fatiga-
ramque incendio impleverunt·

TVLL.

Rem bellam !

OCT.

Quid hoc est ? alteram alteramve
papillam, demissa in sinum manu,
prehendit, & cùm duriusculam alteram, alteramve attrectaret, impressis
digitis, reluctantem ecce me prostra-
vit resupinam.

TVLL.

Erubescis ; res peracta est.

OCT.

Admota ad pectus lævâ manu, ut
gesta res est refero, conatus facilè
meos omnes frangebat: dextram verò
sub stolam misit. Pudet ; pudet dicere.

TVLL.

Excute pudorem illum deridicu-
lum, cogita tibi dicere quæ mihi loqueris.

A iiij

O C T.

Mox evolu'â supra genua tolâ, attrectavit femina. O! vidisses oculos
scintillantes!

T V L L.

Te hoc temporis momento utcun-
que beatam!

O C T.

Inducta altiùs manu, locum eum
invasit, qui nos, ut loquuntur, ab
altero sexu distinguit, & è quo equidem mihi, uno abhinc anno, copia
sanguinis, unoquoque mense, mana-
re solet per dies aliquot.

T V L L.

Euge Cavici, ah, ah, ah!

O C T.

O scelus hominis! hæc pars inquit,
me mox summo beabit gaudio. Patere, Octavia mea. Ego ad eos sermones parum à deliquio abfui.

T V L L.

Tum, quid ille?

O C T.

Illa mihi pars, vix crederes, mini-
mâ rimâ patet.

T V L L.

Sed igneâ, sed micanti.

O C T.

In eam digitum immittit, quem cùm locus ille ægerrimè caperet, non carvi aliquo senfu urentis doloris. Ille verò, habeo Virginem, inquit, & dicto citiùs apertis mihi per vim femoribus, quæ ut poteram obstringebam enixissimè, in me resupinam se projicit.

T V L L.

Siles? nihil præter digitum in eam paitem induxit?

O C T.

Senfi. Sed quæ mea est impudentia, quæ dicere pergo?

T V L L.

Et eadem ego, quam tanti facis, passa sum, quæ tu. Nihil audentius sponso quem mora omnis lacerat mirum in modum, donec sponsæ eum florem discerpserit.

O C T.

Senfi mea mox inter femora pondus aliquod obdurum & fervidum. Ille me vi petere; vehementi impul-

A v

fu eam rem in corpus meum & in eam rimam adigere. Sed ego, collectis viribus, in alterum me latus conjeci, & lævâ inter utrumque corpus infinuatâ, eam appuli illum in locum, in quo pugna tam sæva pugnabatur.

TVLL.

Potuifti unâ manu tam validam catapultam evertere?

OCT.

Potui. O nequam hominem! dicebam, quid me tam dirè vexas? Ignofce, fi me amas: quo delicto, id fupplicij merui? Et lachrymæ manabant ex oculis: fed enim câ erat mens mea in perturbatione, ut nequidem hifcere auderem, aut opem clamore miffo obteftari.

TVLL.

Nec ideo tamen fuâ te haftâ transfixit Caviceus, vallumque tuum iftud fubijt?

OCT.

Injeci manum, arreptamque averti; fed rem miferam! fenfi protinus me velut imbre ad ignem temperato perflui, nudamque, ut erat ad ufque umbilicum, irrigari. Admovi iterum manum; sed cùm in eum liquorem, quo ille me furor insperserat, incidissem, quasi viscatum, resûgit manus metu & horrore.

T V L L.

Igitur nec ille victor, nec tu victrix, quum parùm abfuerit, quin verâ sit potitus victoriâ.

O C T.

Ab eo die multò acceptior Caviceus. Et cupidine impotenti nescio quâ furit animus. Quid cupiam nescio, nec dicere possim. Illud tantùm scio mihi omnium mortalium Caviceum esse longè gratissimum. Ab eo vno expecto voluptatem summam, quam non intelligo, quæ qualisve futura sit nescio. Cupio nihil & cupio tamen.

T V L L.

Nacta me es quæ in his cogitationum tuarum ambagibus tibi sim pro Oedipo. De Biblide quæ scripsit Amoris Magister & interpres Naso, belle tibi utique conveniunt.

A vj

Illa quidem primò nullos intelligit ig-
nes,
Nec peccare putat, quòd sæpius oscula
jungat.
Sed nondum manifesta sibi, nullumque
sub illo
Igne facit votum, veruntamen æstuat
intus.
Spes tamen obscœnas animo dimittere
non est
Ausa suo vigilans: placida resoluta quie-
te
Sæpe videt quod amat, visa est quoque
jungere fratri
Corpus, & erubuit quamvis sopita jace-
bat.
Somnus abit, silet illa diù, repetitque
quietis
Ipsa suæ speciem, dubiâque ita mente
profatur:
Me miseram! tacitæ quid vult sibi no-
ctis imago!
Quàm nolim rata sit. Cur hæc somnia
vidi?

Pudet somni: Amatur tamen: Et
dùm in imagine voluptatis ludit ani-

mus, gaudio colliquiescunt summo
sensus. Erubescis? Habeo confiten-
tem, viderisque mihi dicere.

Dummodò tale nihil vigilans committere
    tentem,
Sæpè, licet, simili redeat sub imagine
    somnus.
Testis abest somno; nec abest imitata vo-
    luptas.
Proh Venus, & tenerà volucer cum ma-
    tre Cupido!
Gaudia quanta tuli! quàm me manifesta
    libido
Contigit! Vt iacui totis resoluta medullis!
Vt meminisse iuuat! quamuis breuis illa
    voluptas,
Noxque fuit præceps, & cœptis invida
    nostris.

O C T.

Haud inficias ibo: obuersatur mihi
ob oculos, diu noctuque, Cauiceus,
mentemque totam spes occupat incredibilis voluptatis. Et sanè similem
optaui sæpè Cauiceo opportunitatem,
ab eâ die, quam rudis & imprudens
miserè perdidi,

TVLL.

Quid tum factura effes?

OCT.

Ipfa tibi potes dicere. Iam ego doctior effem, & ille beatior. Nondum me compofueram, veftem vix deduxeram ad pedes: ille indufium condiderat, quod de femoralibus excefferat; ecce intervenit mater.

TVLL.

Væ tibi : nam novi mulieris mores, & feveritatem.

OCT.

Nihil tamen moleftius locuta eft vel Caviceo, vel mihi. Petiit fubridens quos inter nos fereremus fermones? uter amantior effet? Nam amari quis fit dignior, id non quæro, inquit, tu es, Cavici, nec tu, Octavia, puto, contrá contenderis. Velim tamen, quandoquidem, vos brevi iunget Hymenæus, quod precor fauftis avibus fiat, tu Cavici, octaviam meam, & tuam non promerito, quod in eâ eft permediocre, ames; fed pro generofâ tuâ indole. Annos uterque fœliciffimos in eâ conjunctione animorum agitabitis. · TVLL.

Sed poſtquam Caviceus abijt?

O C T.

Cœpit interrogare quid id eſſet quod
ſuis ipſa oculis de utroque viderat.
Ego excuſare culpam; urgere mater
verum faterer. Queror ab eo me ferè
oppreſſam; quid vellet, quid quæreret me neſcire; me quidem non pec-
caſſe, quod ſcirem. Pergit quærere, &
ſciſcitari an corporis mei integrita-
tem violarit, nego: Monet in-poſte-
rum ab eo caveam, minas addit ni fecero. Nam, inquit, antè multò dies illi iungenda es, nata; ſed pro certo habe, ſi de te, antè id tempus, ſolidam
voluptatem ceperit, aut penitus diſ-
ceſſurum, aut ſi conſtantiæ laudem
maluerit, te tamen contemptui habi-
turum. Quarum rerum infœlicior
utraque planè eſt, quàm ut puella ge-
neroſa æquo animo ferat, mortem
ipſam æquiori ferat. Ab eoque die ſo-
lerti curâ mater invigilavit, me ut Caviceus nunquam inveniret ſolam.
Nec cum ſolâ eſt colloquutus.

TVLL.

Sanè, cui in primì adolefcentià,
at adolefcens valdè eft Caviccus, frui
contigit ufurâ amati corporis, re patratâ, quod Stagyritem non fugit, eam,
plerumque odio habet quam infano
antehac amore deperibat. At verò,
Octavia, ingenuitatem tuam admodùm, laudo, & quàm ego tecum etiam
ingenuè agam, faciam ne dubites.
Petiit à me ipfa mater tua, ut arcana
hæc reconditiora nuptiarum often-
dàm tibi omnìa, doceamque qualis
effe debeas marito tuo, qualis maritus
circà res hùjufmodi, ob quas homines
inflammantur, futurus fit. Hac nocte,
quò liberiori omnia condoceam fermone, unà mèo in lecto decumbe-
mus, quem dulciffimum mihi veneris
ftadium vocare aptè poffim. Pofterâ
concubinum experieris iucundiorem
quàm ego fuerim Concubina.

OCT.

Rides, Tullia; appage ab his dictis, quæ amori in te meo injuriam
faciunt, quam tuus non ferat, fi ex
animo me amas.

COLLOQVIVM II.

TRIBADICON.

OCTAVIA. TVLLIA.

OCT.

HAbet nunc idem nos lectus tuus, in quo voluisti me sæpè, non solummodò tecum ; sed etiam in amplexibus tuis noctes ducere, cum Callias assit maritus tuus.

TVLL.

Duxi interdum insomnes quòd, tuo amore per omnes venas misso, quo me macerabam, velut incendio urerer. OCT.

Me amabas? nec etiam amas?

TVLL.

Amo, cognata, & miserè pereo.

OCT.

Peris tu verò, quàm vitâ meâ serva-

ri malim incolumen ? Quæ hæc est
ægritudo animi ? Nam te corpore benè quidem valere, omnia faciunt ne
dubitem.

TVLL.

Vt tu Caviceum, sic te ego.

OCT.

Apertè loquere ; quæ est ista verbo-
rum caligo ?

TVLL.

Sed primùm à te tam venustâ , tam
formosâ, tam tenerâ, abige etiam procul à te, quicquid id est pudoris.

OCT.

Cùm nudam me voluisti ingredi
lectum tuum (& obsequuta sum) ut
ingressuram me dixisti, cùm dabor
Caviceo fruenda, nunquid satis pudorem procul à me omnem abegi ?

TVLL.

Nam Lydorum dixit olim Regina
exui tunicam simul & deponi pudorem.

OCT.

Te hortante vici timiditatem meam,
te duce vici me.

TVLL.

Da mihi fuavium fuaviffima virgo.

OCT.

Quidni: quot voles & quod voles ?

TVLL.

O fpeciem oris divinam ? O luce lucidiores oculos ! O formam veneream!

OCT.

Et operimenta dejicis ? iam nefcio quid timerem quod tibi imprecor, fi Tullia non effes. Ecce me nudam habes, quid præterea ?

TVLL.

O Dij ! perfonam agere Cavicei, dediffetis ut vellem, poffe !

OCT.

Quid iftud eft ? Ambas papillas meas, ut tu nunc, prehendet Caviceus? Ofcula ofculis tam frequentia mifcebit ? labia, collum, mammas morfibus his petet ?

TVLL.

Ifthæc, corculum, præludia erunt ad pugnam, & promulfidaria ad plenas Dionæas epulas.

OCT.

'Apage, corpus totum manu pererras; inferiùs demittis manum. Quid femora attrectas mea? Ah, ah, ah! Tullia. Quid eam, amabo partem vellicas? Nec oculorum ab eo loco dimoves aciem?

TVLL.

Cum voluptate conspicio curiosâ istum veneris campum, non latum, non spatiosum quidem, sed amœnissimis delicijs plenum, in quo Martis tui vires hauriet inexhausta Venus.

OCT.

Sana non es, Tullia. O si Caviceus esses, iam ego in tuto non essem: nam sedens quid iacentem per omnia membra adversam aversamque oculis lustras? Est nihil in me quod pulchritudinem tuam superet: ipsa te tuêre, si quid tueri velis, quod & possis amare, & debeas laudare.

TVLL.

Fatua sim, non modesta, si me negem pulchritudine aliquâ præditam; nam & floret ætas, octavum suprá decimum vix complevi annum. Partu uno à me Callias pater eſt. Si quæ in tuos ſenſus ex me voluptas illabi poteſt, fruere, Octavia, nihil moror.

O C T.

Nec etiam ego. De me gaudij, quicquid capere poteris, id capias, per me licet. Sed ſcio tibi à virgine, ut ſum, nullam venire poſſe voluptatem, nec etiam à te mihi, quamquam verè ſis velut lepôrum & venuſtatum omnium mirabilis hortus.

T. V L L.

Hortum quidem habes, in quo Caviceus ſuaviſſimis fructibus libidinem ſuam libidinoſam paſcet.

O C T.

Hortum non habeo quem etiam non habeas iiſdem fructibus uberem. Hortum verò quid vocas ? vbi ſitus? Qui ſunt hi fructus ?

T V L L.

Percipio nequitias tuas : hortum certè tuum, quæ de meo objicis, tam noſti, quàm ego meum.

O C T.

Eo fortè vocas vocabulo partem eam quam dextrâ tuâ expanſâ occludis; quam digitis vexas, quam summis unguiculis sollicitas mihi ad pruritum.

TVLL.

Ista est, cognata, cujus usum inepta nescis; sed faxo scias.

OCT.

Si scirem extrà nuptias nec proba essem, nec amore tuo digna, tam dissimilis tibi. Verùm, quis futurus sit usus ille, edoce. At enim repone te in lectum: Nam sedendo, ut facis, & tibi & mihi creas molestiam.

TVLL.

Faciam tibi satis: nunc arrige aures: tam sanè arrexerit Caviceus facilè & frequenter, ut tu aures ad hunc sermonem arriges. Faxit Venus : omen cape, Octavia.

OCT.

Capio omen : cachinnos edis? quid latet, sub his verbis, nequitiæ? sanè non video,

TVLL.

At senties quid hoc sub omine deliciarum optetur horto tuo.]

Surdæ loqueris.

T V L L.

Faxit Venus audias atque intelligas. Hortus ille tuus, quem nec vernâ nec hybernâ tempeſtate flores fruĉtuſque venrei deficiant, velim, locus is eſt, cognata, quem ſub inferioris ventris tumore lanugo obnubit, tibi quidem mollior. Pubem vocant. Hæc documento eſt eſſe viro aptam & Veneri maturam virginitatem in eâ puellâ in quâ exorta primùm efflorefcit. Cymbam, navim, concham, ſaltum, clitorium, portam, oſtium, porcum, iuterfœmineum, lanuvium, virginal, vaginam, facandrum, vomerem, agrum, ſulcum, larvam, annulum Latini dixere; Græcis verò eſt αἰδοῖον & & Δελτά, & Χοῖρος & Ἔςχαρα. Iulia Auguſti filia dicebat, ideò ſe Agrippæ marito parere quàm ſimillimos liberos, quod nunquam niſi plena navi veĉtores tolleret; Ἔςχαρα Focus & caminus eſt; Χοῖροϲ porcus, Δελτα litera apud Græcos eſt hoc nomine; ſed eju s

literæ figura ab horti noſtri formâ oppidò differt. Volo te , cognata , eva-
dere ex amplexibus meis hac noɗe
doɗiorem , quàm ſi ſomniaveris in
Parnaſſo , ut etiam poſſis Græcè con-
cumbere. Audiviſti de Iuvenale.

O C T.

Malim eſſe doɗa , ut tu es , cognata; quàm ſatiari voluptatibus. Cùm
te video tam juvenem , & tam do-
ɗam opto te fieri Caviceum. Quàm
læto tibi animo omnes corporis dotes proſternerem.

T V L L.

Amplexare me , cara Virgo , amore
tuo furentem. Quà licet , oculis &
amplexibus , meas patere nequitias.
Nihil inde Cauiceo deperibit , nec tibi. O vanos conatus meos ! quicquid
aggrediar miſera. Quàm efflidim te
depereo.

O C T.

Solâre amorem tuum , & illam
mentis impotentiam ſequere ? Quæ
voles , maximè volo.

T V L L.

Ergo hortum tuum iſtum dono da
mihi

mihi, ut ejus fim Domina, non utilis
tamen, quæ nec clavim habeo quâ
fores aperiam; nec malleum quo pul-
fem, nec pedem quo fubintrem.

O C T.

Dono do profectò, quæ tota fum
tua; habeam aliquid quod juris tui
non fit? obvertis te in me; quid hoc
eft rei? T V L L.

Nec refuge, amabo, aperi femora. O C T.

En: totam me jam occupas: os
ore premis, pectus pectore, uterûm
utero: amplectar etiam te cûm me
amplecteris.

T V L L.

Tolle altiùs crura, fuperinjice femoribus meis femora. Artifex tibi
fum ego Veneris novæ, quæ nova es:
quàm excellenter pares! non ita egregiè poffim imperare, ut tu obfequeris.

O C T.

Ah, ah. Tullia mea, Hera mea,
Domina mea, ut me pulfas, ut te
agitas? velim extinctos cereos illos,
pudet lucem teftem habere patientiæ
meæ.

B

T V L L.

Age intentè quod agis. Vt ego adſi-
lio, tu ſubſili : exagita criſſantes nates, ut agito, & in aëra mitte, ut poteris altiùs. Times te anima deficiat?

O C T.

Sanè me rapidis his fatigas con-
cuſſionibus; opprimis me: vim tam
efferatam ab alia pateter?

T V L L.

Tene, amplectere, Octavia, excipe: En, en fluit; furit pectus, ah,
ah, ah.　　　O C T.

Hortus mihi tuus hortum meum
incendit; abſcede.

T V L L.

Agedum, Dea mea, tibi ego vir
fui, mea ſponſa, mea conjux.

O C T.

O utinam mihi vir eſſes! quàm
amantem haberes uxorem! quàm
amatum haberem virum! Enimverò,
etiam tu hortum meum imbre pro-
luiſti, quo me ſentio perfuſam. quàm
ignominiam depluiſti in me, Tullia?

T V L L.

. Nempe perfeci opus, & Venereum

virus ex cæcâ navis meæ sentinâ projecit in cymbam virgineam tuam
amor cæco impetu. At in imis præcordiis, major unquam permovit sensus tuos voluptas?

O C T.

Nullam ferè, ita me Venus amet,
ex eâ re quam fecisti, animadverti
me percepisse voluptatem. Commotior paululum fui, cum te commotissi-
mam sensi, & ex ardore tuo scintillæ
aliquot in eam partem, quam obrue-
bas tuis crebris subsultibus, incide-
runt. Sed de incendio potiùs monuerût
quàm incenderunt. Verùm, dic mihi,
Tullia, iste etiam morbus tuus aliarum fœminarum mentem invadit,
ut puellas ament & petant?

T V L L.

Amant & petunt, nisi quæ sunt sto-
lidæ & saxeæ: nam, quid gratius
puellâ nitidâ & politâ, ut tu nitida &
polita es; sic Iphim non dum puerum
Ianthe urebat.

*Iphis amat, quà posse frui desperat & au-
get.*

Hoc ipsum flammas : ardetque in virgine virgo.

Vixque tenens lachrymas, quis me manet exitus? inquit,

Cognita quàm, nulli quàm prodigiosa, novaque

Cura tenet Veneris. Si Dî mihi parcere vellent,

Perdere debuerant; si non & perdere vellent,

Naturale malum saltem de more dedissent.

Non patris asperitas, non se negat ipsa roganti,

Nec tamen est potiunda tibi : nec ut omnia fiant ;

Esse potes foelix, ut Dîque hominesque laborent.

Nunc quoque votorum pars nulla est vana meorum,

Dîque mihi faciles, quidquid valuere, dederunt.

Quodque ego, vult genitor, vult ipsa, socerque futurus ;

At non vult natura potentior omnibus istis,   (tempus,

Qua mihi sola nocet, venit ecce optabile

Luxque jugalis adest; & jam mea fiet
    Ianthe,

Nec mihi continget; mediis sistemus in
    undis.

Pronuba quid Iuno, quid hac Hyme-
    nae venitis

Sacra quibus qui ducat abest, ubi nubi-
    mus ambæ?

Fatendum utique est, Octavia mea,
libidinosissimæ, sumus pleræque omnes. Audis Quartillam Petronianam?
Iunonem meam iratam habeam, *si
unquam meminerim virginem fuisse:
nam & infans cum paribus inquinata
sum, & subinde prodeuntibus annis, ma-
joribus me pueris applicui, donec ad
hanc ætatem perveuerim.*

O C T.

Hactenus, Tullia, & probè nosti,
non corporis tantùm; sed & puræ
mentis agito. Stolidam voces & fa-
tuam. Sentio tamen jam jam me libidine tangi, & Veneris cupiditate.
Nuptiarum propè adesse mihi diem,
etiam ultrò, æstui meo gratulor venereo: nam, opinor, equidem, si cu-
bent nobiscum viri solidam nos & ve-

ram tantùm in eorum amplexibus
nancifci poffe voluptatem.

TVLL.

Rectè judicas & fenties pofterâ nocte, fortunet fe lampfacenum fercu-
lum. Sed tumor ventris, impræg-
natio, partus confequi folent hominum liberiores nobifcum lufus, &
turgentis verbera caudæ. Extra nuptias
periculis & infortuniis infefta, quæ
puellas ad plenum coïtum vocat &
impellit Venus. Sub Hymenæo libe-
ra & læta, è contrario omnia. Quo
flammeo obnubunt novæ nuptæ caput, obnubunt & omnia libidinis
fuæ facinora. Hoc velo perfpicaces
legum & vulgi oculos fœliciter fal-
lunt. Igitur, Octavia, alia via virginibus, & cœlibem ducentibus vitam
eundum fuit ad voluptatem, ad quam
vides omnia animantuui fæcla, ut
Lucretius loquitur, impetu fieri,
quem nulla vis frangat, nulla nifi ipfa uis Veneris emolliat. Itaque Virginem amari à Virgine nihil mirum.
Quandoquidem & maximi Heroüm
inuenerunt olim fuo in fexu incehti-

va libidinis suæ,

O C T

Etenim virgo non es, quæ virum
experta es: plenâ tibi liberum est voluptate potiri. Quî fieri potest! ut
me ames? ut eâ viâ Venerem quæras,
quâ Venus aberrat semper à Venere.

T V L L.

Primùm, Pomponia mea, nihil
enim ex rebus meis volo te lateat,
cùm familiariores altera alterari à cre-
pundijs essemus, ante hos annos, sic
cœpit meum colluctari ingeniosa; sed
procax; libidinosa, ut nulla magis,
sed cauta, ut etiam nulla magis.
Abhorrebat à principio ab eâ re animus meus; paulatim assuevi huic, ut
loquebar, molestiæ: & exemplo præ-
ibat Pomponia usuram corporis, sui
non modò accommodans petulantiæ
meæ; sed & ipsa jubens, dulcissima
mihi pellex, & sibi lena. Demum
factum est longo hujus voluptatis usu,
ut ab eâ me vix queam abstinere; sed
ubi fulgetris tuis innumeris cor meum
perculit; Octavia mea, amore tuo
ita exarsi, ita exardeo, ut omnia, imò

Calliam meum, præ te habeam des-
pectui; & in amplexibus tuis mihi
credam repositam voluptatem omnem Noli præterea me putare proter-
viorem. Nam hic mos ubique ferè ter-
rarum inolevit : Italæ, Hispanæ Gal-
læ fœminæ invicem amant altera alteram; & si pudor absit omnes confestim, altera in alteram, ruant pru-
rientes. Lesbijs præsertim olim id
sceleris familiare, quod Saphus nomen commendavit, atque adeò nobi-
litavit. illius lumbos, Andromeda,
Athis, Anactorie, Mnais, & Girino
Amasiæ quàm sæpe fatigarunt? ejus
generis Heroïdas Græci, Tribadas
vocant; Latini frictrices & subagitatrices. Philænis verò, quòd huic voluptati indulgeret perditissimè, inve-
nisse credita est, & usu suo, quæ scilicet magni nominis erat, inauditæ
ad suam ætatem, voluptati usum fœminis, puellisque apud suos suasisse.
Tribadas dixerunt quòd tererent ac
tererentur; frictrices à corporum fri-
ctione, subagitatrices à motu concitatiori. Quid plura? Octavia mea,

agere & pati mulieris est non inficetæ,
ac cui cor salit sub pectore.

O C T.

Hercle, mira narras. Sed jucunda
æquè ac ridicula. Tu igitur jam audies & tribax & fictrix & subagita-
trix: quàm me verò dices?

T V L L.

Cypridem meam mollem, mellitam, auream. Atenim nihil admovi
quo fieres minùs integra, quo per-
fringerem ostiolum istud tuum quo
delibarem virginitatem istam tuam
florentem.

O C T.

Quo potuisses, scilicet?

T V L L.

Milesiacæ compingebant sibi è co-
rio veretra octo digitos longa, &
pro modo crassa. Aristophanes author
est his uti solitas fœminas sui ævi, ac
hodie quoque Italis, Hispanis-ve maximè, sicut & Asiaticis mulieribus,
id instrumentum mundi muliebris &
pretiosioris suppellectilis præcipua
pars est: magno in pretio habetur.

OCT.

Non intelligo id quid fit, cui-ve ufui.

TVLL.

Olim intelliges; fed ad alia noftra deflectat confabulatio.

COLLOQVIVM
TERTIVM.
FABRICA.

OCTAVIA. TVLLIA.

OCT.

AH, ah, ah, Tullia, ut tu in me profiliifti, ô fi te hominem feciffent Dij !

TVLL.

Eodem omnino modo profiliet in te, divaricatis femoribus jacentem, vir tuus; os occupabit ofculis, papillas illas fororiantes exuget, pectus premet pectore, totam opprimet, concutiet, fed multò validiùs quàm ego potui, qui & validior multò & vegetior. Motus ciebit quo lectus, in quo cubabis, contremifcet, ipfiufque adeò

B vj

cubiculi contignatio. Nam quâ pri
ma nocte vim intulit pudiciæ meæ
Callias, eo impetu & corporis, vi-
riúmque nisu im me furebat, rue-
batque, ut contremere lectus meus
audiretur ab ijs, qui in proximo cubiculo pervigilium Veneris meæ cele-
brabant. Vide, amabo, quid de me
in hoc certamine sit factum, à quo
tamen victoriæ laudem retuli.

OCT.

Quid, de me fiet, si tam rudem
nacta fuero Athletam ? nam tu annis
maior & corpore habilior, quàm nunc
sum, eras, cùm tradita es Calliæ
fruenda : profectò video multam mihi crucem paratam.

TVLL·

Haud negem, Octavia, multùm
tibi laboris ferendum, & si negem il-
luserim profectò inscitiæ tuæ. Sic se
res habebit.

OCT.

Doce diligenter omnia quæ me scire convenit; quis hic dolor futurus
est ? quàm acer, & quàm diuturnus ?
malim certè ego momento acriorem,

quàm mediocriorem & diuturniorem.

TVLL.

Nec tu non aliquid, sed primâ nocte dolebis. Omne in amore malum, si patiare, leve est.

OCT.

Patiar certè & spero forti, constantique animo : nam quid facerem ? verum, age, quid patiar ?

TVLL.

Eam corporis nostri partem, de quâ jam colloquutæ sumus, vulgò etiam vulvam, cunnum, fregnam, ficum, potam Latini & nostri homines appellant, vulvam quasi valvam dicere voluissent ; cunnum à cuneo, quòd vi multâ enittendum sit in eam primis in congressibus ; aut à Græco verbo Κυνòς, quasi, qui fœtor in ore canis esse solet. Idem etiam plerumque in hoc infimo corporis nostri ore esse soleat ; aut à Græco Κονιòς, quæ vox barbam sonat, quia hac in parte nos barbatas inepti joçantur, lanuginem quæ pubem nobis circumvestit barbam vocitantes ; aut potiùs ἀπὸ τῦ κόννεν, quod intelligere sig-

nificat: ficut enim à mente mentulam
dixerunt, fic etiam cunnum ab intel-
ligentia. Nimirum & mentula fuis fe
ipfa regit, ut mente prædita effe videatur, mentis quæ in capite fedet,
imperijs parùm obfequens; ita hic &
per fe agit, & per fe intelligit, in
rationis leges rebellionem movens,
quæ folo poffit non mentis, fed mentulæ beneficio componi. Nos ho-
neftiori appellatione pudendum ap-
pellamus, cujus labra quibus occlu-
ditur, cadurda dici apud veterem
Grammaticum legi. In hanc primùm
partem totis viribus torquebit imma-
nem haftam fuam Caviceus; hoc momento magnos tibi cruciatus dabit,
mox & maiora gaudia.

OCT.

Citò citiùs doloris oblivionem
gaudia afferent.

TVLL.

Vides mirabilem ejus Fabricam.
primò quodam tumore, quem lanugo
tibi mollis tegit, protuberat: nec
credas intra fœminea ob turpitudinem, quæ fanè illi nulla eft conditam;

sed ad usum repositam. Tumorem illum monticulum Veneris vocitant, quem qui semel inscenderit, Octavia mea, Parnasso, Olympo montibus sacris anteponat semper.

O C T.

Inscensorem habeam ; æquè ac es, jucundum. Non erit quòd Parnasso Appollinem suum ; Olympo Iovem invideam.

T V L L.

Duæ sunt rimæ alterà sub alterà, quibus monticulus hic ad plenum dehiscit coïtum. Priorem magnam vocant; altera inferior est. Illa partui opportuna, nos enim, Octavia, velut quædam officinæ sumus generi humano excudendo. Si angustior esset, dum fœtus in vitales auras editur, distendi non posset absque horribili cruciatu, & distendi & dilatari necesse est. Adolescen tiores, cûm primùm attingendi hujus loci potestas datur, æquè intùs patere puellas fœminasque putant, ac exteriori hoc patent ostio, & vidi qui horrerent ridiculosi. interior autem minor eft, labra verò quæ latera tegunt, majoris rimæ cadurda dixi vocitari. Alæ funt intra reconditiorem illam rimam, mihi quidem prominentiores, Nymphis his nomen eft. Sed fub alis in virginibus, qualis tu es, exurgunt quatuor velut valvulæ. Occludunt eæ ad uterum iter, quod primis in congreffibus fine vi, & conatu multo vir non aperiat libidini fuæ. O C T.

Præfentiæo, in eo conatu omnis erit doloris, de quo narrafti, acerbitas.

T V L L.

Sine inftitutam abfolvam defcriptionem; ut funt fimul junctæ hæ membranulæ quatuor in caliculum definunt, quafi caryophilli eft. At non tranfverfam, quafi obductæ, tenent uteri viam: verfùs exterius horti oftium objiciunt fe erectæ: interdum verò aliquantifper furfum verfùs dehifcunt, hac fcilicet demittuntur viâ, quæ à corpore noftro excreta expellit foras vis naturæ. Sed de clitoride me fugit dicere: fpeciem penis refert mé, branofum corpus in extrema ferè pube. Ac fi penis effet obdurefcit tentigine : improbâ adeò titillatione fœminas inflammat vividioris paulò naturæ, ut adhibitâ manu, fi irritentur ad Venerem, plerumque non expectato confcenfore ipfæ fpontè colliquefcant. Profectò dum me Callias nequitijs fuis confcelerat, dum demulcet, dum attrectat idipfum fæpe fæpius experta fum. Intra ipfius manus in his locis liberiùs ludentem copiofus decidit ex horto meo rofcidus humor. Hinc illi in me jocorum larga feges, & facetiarum campus. Sed quid facerem ? in cachinnos erumpit, rideo ego. Petulantiam ejus increpo, increpat libidinem meam, ludus fumus alter alteri : & dum ludimus verbis, re profilit in me, fternit volentem, nolentemque init jacentem, &, quod humoris hortum meum amififfe jocatur, vi magnâ refundit è fuo, nihil ut quærar per ejus culpam mihi periiffe.

O C T.

Beatam vivitis ambo vitam, & delicijs plenam ; alter alteri eftis oppidò fatis ampla fœlicitas.

TVLL.

Demum, quod ab horti ingreſſu ad ſummum hortum interjacet itineris, vaginam appellant, in quam ſe penis dum concutitur mulier, induit. Vteri modò collum, modò cervicem, modò ſinum pudoris Medici vocant. Amplexatur verò, conſtringit, exſugitque virile membrum, quod in eam vaginam impellitur, & inſeritur. Hic eſt, Octavia, velut tubus per quem genus humanum ab altâ nihili caligine tranſit in vitæ lucem.

OCT.

Rem ita depingis, ut videar mihi videre ea etiam omnia quæ indita latent in imis meis viſceribus, quaſi ob oculos poſita.

TVLL.

Tibi quidem, cognata, hæc interior rima, quique eam conſequitur ſinus, minùs patent quam mihi. Agè, hæc omnia defixo obtutu introſpicere libido eſt; aperi crura quàm maximè, quod tibi commodum fuerit.

OCT.

Aperta habes, quid mihi tunc cum

his oculis tuis emiffitijs? diducis digitis hæc utrinque labra: quid intrò vides?

TVLL.

Dulcis virgo! video florem tuum, quem qui videret floribus præferat, odoribufque cunctis.

OCT.

Ah Tullia, contine, amabo, lafcivam manum, re___he hunc maleficum digitum, quem intromittis, mihi verè dolorem, dum altiùs agis, inflixifti.

TVLL.

Mifercor tui: ô concham pretiofam, Veneri concIpiendæ meliorem quàm hæc fuit concha è qua aiunt ortam Venerem! bonis avibus natum Caviceum, cui hîc nova nafcetur in hac conchâ Venus!

OCT.

Enimverò dicis miferere mei te.

TVLL.

Scilicet te video, excarnificandam miferis modis.

OCT.

Quî fiet? quid miraris?

TVLL.

Vt parvo tuus oftio hortus apertus eft, ut difficilem oftendit ingreffum, timeo ne Caviceo etiam labor incumbat, quem moleftiorem habeat quàm gratiorem, ut fit etiam gratiffimus. Vidifti ejus catapultam, quâ eft caftrum iftud tuum diverberaturus?

OCT.

Ecatsor Non vidi : fe~~d ~~*for* fenfi, qualem fingunt Herculis clavam; craffam, rigidam, & bene longam.

TVLL.

Dixi probè mater mutoniatum effe, vehementer gaudet : mentulatiorem in hac urbe noftrâ hominem effe putat neminem. Refpondi hæc jactanti, Calliæ viro meo machæram effe latos octo digitos longam; nihili eum effe hominem ad Caviceum repofuit. Se quidem dolere fortem tuam & invidere : eam gratulari tibi multùm; Caviceo penem effe ait longum digitos undecim, craffum verò ut brachium habes, quâ cum manu committitur.

O C T.

O monſtrum! & hanc omnem mo-
lem in corpus meum vi trudet? pati
potero? jam cor dolet, cùm venit in
mentem quantæ me miſeram ærumnæ
maneant.

T V L L.

Ne tamen deſponde animum: lon-
gitudine cedit Callias Cauiceo, Caviceus profectò craſſitudine Calliam
non vincit: nam brachium hoc meum
vides.

O C T.

Video ædepol. Cæca-ſim ni videam.
T V L L.

In hunc modum illi mentula tur-
geſcit, cùm iraſcitur ea in me: nunc
tamen hæc machæra bene convenit
in vaginam meam.

O C T.

Quæ tandem illa eſt vagina tua
victrix, fulminatrix, velim ſcire.
T V L L.

Non tam diſcrepant pulices à pullis
quàm à meâ hæc tua. En inſpice, in-
tuere, explora.

O C T.

Projice te in lectum, & statue supinam: nam videre probè nequeo cùm sedes.

T V L L.

Iaceo, obtuere omnia diligenter; utile id tibi, & mihi dulce.

O C T.

Chasma video : quale Curtium mersit, & absorpsit armis onustum, equo vectum video. Admovebo manum, diducam latera : manum etiam totam liberè mittere intrò possim, si velim. Digitum meum, quippe qui venereus est, indere libet qui campum hunc omnem quantus est pererret, de eoque nuntiet mihi quàm latus, quàm altus, quàm mentulae commodus. Euge, ipsi imò Priapo conveniat, ah, ah, ah, vel si quis Priapo mentulatior; verum & nares afflat meas spiritus terer.

Talis se se halitus atris Faucibus effundens nares contingit odore. Quàm malè olentes hic tuus hortus fert flores! ex his pigeat Venerem sertum fieri sibi, aut coronam.

TVLL.

Faceta es, cara Virgo, & falſè loqueris; tu autem, qualis nunc ſum,
& intra paucos menſes eris poſtquam
pepereris; & patebis immenſum, ut
patere me vides; & hiabit tibi infima
hæc uteri ſedes, ut hiat mihi; & quæ
nunc hac parte tam pura es ſpiritu,
quàm es ore, nocenti perflabis nares
meas odore, manumque, ſi te contigerit, inficies. Hæc ſunt nuptiarum
incommoda, hæc ſunt voluptatum
noſtrarum acceſſiones.Sic ne dubites,
fiet.

O C T.

Id quomodo fiet ? cupio ſcire.

TVLL.

Poſtquam hominis membrum illud
in ſuam excrevit magnitudinem, penetrat ſe eo furore in corpus noſtrum,
ut omnem locum conſpurcet, conta-
minet, polluat.

OCT.

Sed promiſſorum te non capiat
oblivio.

TVLL.

Intelligo quid quæras, adſum : par-

tem eam tamen virilem, tam efferam,
tam impoténtem, varijs laudibus
prædicant quæ amant, quæ expertæ
funt; ulla nec eft experta quin amet.

OCT.

Amabo igitur vehementer cùm experta fuero.

TVLL.

Præclarè: veretrum, mentulam',
penem, phallum, taurum, machæram, peſſulum, peculium, vafa, vaf-
culum, pomum, nervum, haſtam,
trabem, palum, mutonem, verpum,
coleos, ſcapum, caulem, virgam,
pilum, faſcinum, caudam, mœti-
num, noctuinum, columnam appellatione partim propriâ, partim trans-
latá vocant Latini. Græci varia etiam
uocabula: nam Φλιψ, καυλος, γοιμη
υρα, κριςη, στοςη, ςαθη, έμβολον,
ςημα, Σύριξ, καπρός, τυλός, κολη, ράψη,
αναγκῖον, dicitur & άφίδος. Extra rei
venereæ uſum iners, & pendulus ja-
cet homini nervus; ad eam verò rem
arrigitur, intumeſcit furit, in eam
creſcit magnitudinem, quæ nobis primùm incutiat vehementem metum,

mox

mox quidem acrem Virginibus dolorem ferat, ac poſt devirginitatis ſummam voluptatem, quæ & metum & dolorem longè ſuperet.

O C T.

De voluptate neſcio, nec de dolore ſcire velim, utique de metu ſentio.

T V L L.

Subtus & ad radicem ejus vaſculum cohæret, ſcrotum vocant, pilis multis, criſpis, duriuſculis obnuptum & opertum. In eo virilitatis teſtes, ijdemque nobis amoris erga nos hominum benefici teſtes.

O C T.

Non vidi, non audivi de his teſtibus expedi quid rei ſit.

T V L L.

Globuli ſunt duo non adeò parvi, non exactè rotundi, admodum duri, & quò duriores, eò aptiores ad libidinem· Quòd duo numero ſint didymos ob eam rem Græci appellant, & id nomen magni viri tulerunt multi. Fuerunt quibus unum præterea naturæ adjecit munificentia, ut tres haberent. Hoc in numero Agatocles fuit

Syracusanorum Tyrannus, quem idcirco τροφάρχην nominarunt. Nota est eo nomine apud nos Coleonum gens nobilis, quæ Bartholomæum illum Coleonem Imperatorem summum in Italicis bellis tulit. Omnes in ea viri ferè tribus testibus ad veneris duella, ut præstantibus animis, ad Martis certamina, vigent! fortunatæ quas uxores habent! nam in testium anfractibus ambrosij illius roris velut officina est, qui nos tam amicabiliter demulcet, & vulnera quæ penetrando in corpus nostrum mutinus fecit mirabiliter curat, diu ne doleant; cui debeo pupulam meam; cui debeo omnia gaudia mea; cui se fert acceptum genus humanum. Semen vulgò vocant & sperma, alterum Latinæ, alterum Græcæ originis. In sulcos enim fœmineos projectus mox in hominem fingitur. Omnium animalium homo maximam seminis copiam emittit: quibus autem tres fabri in eam rem laborant, ut etiam *Fulvio* Pomponiæ meæ fratri, sanè eorum operâ fœminas abundantiori

imbre proluunt, quàm quibus solùm duo, & res, ut loquor, sic est.

OCT.

Fortè & tres Cavicco insunt, ita
me ejusmodi roris pluviâ rotam ad usque ferè umbilicum aspersit, indusium madefecit.

TVLL.

Vegetum juvenem & tuæ Veneris
cupidum, Cognata, turpe esset exsic-
catis tibi vasis littare, Venerique tuæ.
Reliqua persequar, liquor hic spu-
mosus, albus, viscidus, veretri spu-
tum ab eo loco, in quo excoctus per-
fertur ad summum virgæ caput,
moxque propellitur tanto impetu, ut
tres etiam pedes longè à se evomat,
qui ejaculatur. Igitur cùm opus ad finem venit, post multas concussiones,
tam rapidè in imum uterum projici-
tur, ut quibus sensus fœminis nõ penitus torpescit, impeti, & igneo se intrò imbre rigari magnâ sentiant cum
voluptatis titillatione. Verba desunt,
Octavia, quibus aptè satis eam voluptatem depingam, tutè tibi dixeris
intrà paucas horas.

O C T.

Scilicet ex summo virgæ capite fluant hi lactei rivi, Priapo quidem caput esse non negem, qui quòd mentulatissimus esset, Iampsacenos inter homines esse desijt, nempe ut Deabus proximus esset, ut audivi à te: sed illi hominum membro caput etiam esse nesciebam, quæ homini cuilibet duo esse capita inepta nesciebam.

T V L L.

Et fuerint profectò beati, fortunarique, ac summâ inter Heroas gloriâ, quibus etiam fuerint tres pedes. Extremam penis partem in oblongum effictam, vocant caput, balanum, & glandem; quam si summis digitis compresseris, tantùm abest, ut dolore afficias ullo, quinimo dulciori pruritu affeceris. Nec ullâ faciliori, breviorique viâ ad Venerem tuam, cum œstro percita ardebis, Caviccum abduxeris ex alienissimis etiam ab hac cogitatione cupiditatibus. Et operitur pileolo id Priapi caput; præputium nominant, quem vix superbus ille deponat noctuinus, nisi ut te salutet,

apertoque capite Dominæ aulam
subeat.

O C T.

Mirifica es : te audiendo nulla unquam me capiet satietas, ita, ô utinam ! nec Calliam tecum dormientem.

T V L L.

Connivent jam mihi mei oculi
somno, quæ longæ vigiliæ sum valdè
impatiens. Ideoque sic loqueris, ut
loquuta es, quòd animadvertisti me
somniculosam eloqui, quem tecum
habeo, his de rebus sermonem.

O C T.

Noli somnum tenere, amabo ; admitte, qui tibi jucundè blanditur.

T V L L.

Per Venerem tuam, & meam, atque
adeò Cavicei, opus est tibi magis
somnus quàm mihi ; nam proximâ
nocte nec eum videbis ; inter Cavicei complexus, oscula compressiones,
subagitationes, furores. Refice corpus tam tenerum, tam molle, ad id
certamen te para fortiter ineundum.

C iij

O C T.

Faciam uti vis, verùm me maior tuæ valetudinis cura tenet quàm meæ: obdormisce jam, nequidem verbum mittam.

T V L L.

Osculum impinge mihi, id mihi viaticum erit ad quietem.

O C T.

Tibi & os, & labra, corpusque totum dedo, quos volueris ex me fru-ctus cape, tua sum.

T V L L.

O basia quæ Iupiter invideat mihi! ô gratos cumplexus! ô illecebrosos tactus! permitte, ut composito intrà papillas tuas ore, manu alterâ ad hortum tuum missâ, alterâ ad nates illas duras & compactas affixâ, sic obdormiscam, ut Mars cum Cypride suâ dormire solet. Quum somno soluta fuero, quâ fide cœpi, quæ supersunt, repetito sermone eloqui pergam, dulcis Virgo, hera mea.

O C T.

Loquacior es quàm è re sit; tace & obdormi; age quod ägis.

COLLOQVIVM QVARTVM.

DVELLVM.

TVLLIA. OCTAVIA.

TVLLIA.

NOn possum dicere quàm optimè recreata sim hoc tam longo somno, qui septem per horas continuas artus meos occupavit: tu verò Octavia?　OCT.

Ego verò ab hora evigilo, quàm somnij horrenda species è somno excitavit paventem, trepidantemque.

TVLL.

Narra somnium si lubet.

OCT.

Videbar mihi cum Caviceo esse,

Tullia, sub salicum ramis, qui nos ab æstu Solis tuebantur, in opacâ & viridi Padi ripâ deambulâre. Suaviſſimis deſiniebat aures animumque meum queſtibus ſuis Caviceus, quos præ amore fundebat; ſuavium petebat, negabam; ſuadebas, darem dedi: cepit. Cùm præterea in ſinum meum manum alteram demitteret altero brachio complecteretur, tuâ ope, tuâ operâ ab ejus me vix complexu explicui. Exſoluta in fugam me dedi, ſequebatur; at cùm jam eſſet comprehenſurus, os obverto: hem! Tullia, quid monſtri video?

TVLL.

Lupi invaſerant in Caviceum, lacerabant amores tuos, an ſe gladio transfixêrat?

OCT.

Bona verba, potiùs ipſe ſuâ me machærâ transfigat.

TVLL.

Faceti oris, falſi animi puellam!

OCT.

Video in fœdiſſimum animal mutatum, Satyris, quales in pictis tabulis videmus, quàm simillimum, sui dissimillimum. Horrebat pilis totum corpus, in capite duplex ad frontem excreverat hircinum cornu, in longum siniebat acumen. Aures verò, frons, oculi, nasus, vultusque totus Cavicei erat. Pilulum intentabat mihi longiùs, crassiùsque duplo, quàm homini est sub Veneris signis merenti ; cætera in hircum desinebant. Ruebat in me, stuprum poscebat, ori os admovebat, quid plura ? tam insolens rei facies me ferret. Quid verò id mihi mali portendat, tu tam docta potes dicere ?

T V L L.

Et possum dìcere, Cognata , & dicam suo tempore : nam inpræsentiarum nihil interest tua scire.

O C T.

Ne me sciendi cupiditate sinas diutius torqueri , Hera mea , Sponse mi, *fuit si tibi quisquam dulce meum.*

T V L L I A.

Dulces alieni amoris fructus , florenti tibi , & teneræ ; at Cavicco , non dolorem , sed injuriam violati thori portendit id somnium.

C v

OCTAVIA.

Abſit longè à me hæc ignominia.

TVLLIA.

Eos homines quorum uxores non honeſtà Venere, ab alijs hominibus per libidinem ſe ſubigi patiantur, hircorum, & cornutorum numero cedere vulgò aiunt.

OCTAVIA.

Audivi ut dicis. Igitur in eam ego perfidiam lapſura ſum : mei corporis non uni ſolùm Caviceo uſum dabo? mortem antè oppetam, quàm id admittam in me flagitij. Ante alienæ etiam libidini ſubjeciſti? abſit me credere : abſit etiam de me quidquam ſimile ſperes.

TVLLIA.

Confabulabimur de his, cara Virgo, aptiori tempore, poſtquam depolueris virginitatem, & te Caviceus per aliquot menſes diu noctuque conculcaverit, permoluerit, protriverit. Alio tempore, & ſcio, alia mens erit.

OCT

Mutaſſe te mentem omnino oportet, nec in eâ nunc eſſe ſententiâ, in.

quâ eras cùm nupſiſti Calliæ, quæ
fers id de me judicij.

T V L L.

Quis probro vertat invictam necef-
ſitatem, ſi in eam te fata amentiam
agant, ſi me egerint, à quà ne Miner-
va quidem ſe expediat? ſed de Caviceo
vidiſti aliud nihil in ſomnijs?

O C T.

Penitus nihil, & pervigil facta, al-
tiori dum tenêris ſopore, quæcunque
ex amoris arcanis dicendo retexuiſti,
hactenus cum animo meo revolve-
bam.

T V L L.

Hæc tela texitur Caviceo tuo, non
matri quæ te erudiendam mihi dedit.
Doctior è complexu meo in Cavicei
tranſibis amplexus; eò gratiores ex
tua Venere capiet fructus. Sed qui ſint
ij fructus omnes aves ſcire, & aveo
dicere ego, quorum poſt hanc noctem
incredibilem ſenties ſuavitatem. Iam
noſti in corpus tuum, quâ rimas
agit has duas, quas deſcripſi, inter
fœmina tua, trudendum illud pilum,
quod te perfodiat ad ſeptimam uſque

C vj

coftam. OCT.

Rides, Tullia, qui fieri id poſſit? per ludibrium narras.

TVLL.

Quidquid id eſt : machæram illam ſuam, quâ vir eſt, impinget in eam corporis tui partem, quâ fœmina es. Sexus ſexui commiſcebitur, ut videri jam unus poſitis in ea conjunctione, qui duo verè eſtis. Hoc quidem modo ea res tibi agetur omnis.

OCT.

Cupio, metuo ſcire, opto in amplexus Cavicei venire, metuo mihi cùm venero.

TVLL.

Principiò injectis brachijs, quaſi vinculis, ita ut elabi non poſſis, nudus nudam arctiſſimè conſtringet.

OCT.

Narra verò, Soror, de Callia, ut jure ſub tecum uſus ſit, quum data illi vxor es : nam de Caviceo nihil habes certi dicere.

TVLL.

Satisfaciam deſiderio tuo, & lapidea eſſes, ſi ex eo ludo quem luſit mecum Callias, cùm virginitatem mihi excuffit, quis etiam tibi lufus ludendus fit cum Caviceo minimè perfpiceres. Ac nullo unquam tempore tam gratæ noctis joci ex memoria mea excident.

O C T.

Stertunt etiam num omnes domi, Sol natuiæ oculus, dierum pater, gravem videtur aperire oculum in terras ; mortalium oculi filenti fomno & molli natant in quiete, profundum ubique filentium. Tuta nobis omnia colloquentibus & colludentibus.

T V L L.

Vtique poftquam me collocaffet nudam in lecto mater, fudarium ad caput meum pulvino fubjecit; ofculum Calliæ tulit & mihi; Galliam iuffit, ut fe coram fuavium mihi jacenti & multo robore fuffufæ daret: abiit; fores cubiculi occlufit, & clavem abftulit fecum in cubiculum fuum, in quo è noftris affinibus multi, & in eo numero Pomponia mea.

O C T.

Illam dicis quæ tibi ut ætate proxima ita familiaritate intima, sodalium tuarum tibi semper fuit carissima.

TVLL.

Si venustatem, si lepôres, si ingenium nosces mulieris, amares Pomponiam, æquè ac amo. Paucos ante menses nupserat Lucretio juveni, animi dotibus, corporisque donis præstanti. De re hac omni planè certiorem fecerat, docuerat quid primis in conflictibus ferendum mihi esset, quid me facere deceret, quid loqui; demum fecerat, ut nequidem minutissima quæ ad Venerem pertinent nescirem, multis has nostras voluptates commendarat, quæ, per Iunonem meam, alias omnes longo intervallo prægrediuntur. Igitur parata, instructaque parem meum expectabam, non inferior animo, si inferior viribus, abiisset modo pudor.

OCT.

Sed cui rei id sudarium ad tuum cervical?

TVLL.

Videbis.

O C T.

Nudam sanè decubuisse te illâ nô-
cte cum Callia, non miror, quæ sci m
matrem meam noctes omnes nudam
cum patre cubare.

T V L L.

Ardorem illum tuum noscendi,
quæ te utique nosse multùm interest,
parumper sustine. Audies à me omnia,
suo quæque ordine. Vt secessit mater,
& me soli vidit Callias in hac Veneris
arena commissam, vestimenta tantâ abji-
cit festinatione, ut mihi priusquam
exutum vestibus crederem, nudus ad-
stiterit ad interius spondæ latus. Lucebat cubiculum quasi medio die, cereis candelis hac, illacque distributis.
Vidi corpus egregium, candidum,
succi plenum. Quum verò pudorem
simulans dejicerem oculos, vidi illi
egregiè etiam & magnificè pendere
penem; identidem penis caput sustol-
lebat, quasi mihi honoris causâ, mi-
nister voluptatis meæ, assurgeret.
Mox dejicit tegumenta quæ me in lecto involvebant; nam Iunio mense
ineunte nuptias fecimus; nudam

proſtituit oculis ſuis! ego manu alterâ papillas, alterâ hortum meum ab
eo tueri, & ab hac luce eximere: ille
manum alteram & alteram vi amove-
re, papillas attrectare, & ſulcum expanſâ dexterâ occupare, in quem mox
aratrum erat immiſſurus. Interim omnem venuſtatum mearum florem in
unoquoque membro corporis intenta
oculorū acie pererrabat, baſiis oculos,
os, genas, collum, papillas, ventrem
crebris premebat. Dehinc medium induxit digitum meum in hortum. Eo
conſilio, nam ipſe poſtea non negavit
in pleno complexu, ut de virginitate
mea certior fieret, habiturus ſcilicet
digito fidem, quàm pilum ut erat ma-
gnum & craſſum facere verè poſſe
non putabat.

OCT.

Vide hominis malignitatem.

TVLL.

Nec, quod ad hanc rem pertinet,
differt, homo ab homine. Curioſi
ſunt omnes æquè ac unus: tu ipſa experta es à Caviceo. Condonanda eſt
illis, qualis qualis eſt, hujuſcemodi

suspicio. Certè castæ puellæ mens
multo gaudio cumulatur cùm videt
inveniri in se incorruptum florem, ac
maritum id etiam ipsum mirificè delectat, cùm invenit: nam, ut verum
fatear, cara Virgo, quæ sunt veræ
virgines, ut tu es, ut ego eram; virginitatis certissimam habent semper
in ea parte, in qua residet, probatio-
nem. Flos ille pudoris, quem Hyme-
nem, quem Eugium vocavere Veteres,
virginem monstrat in qua se ostendit:
etenim à qua abfuerit puella, ita ut
percipi non possit ab ea, etiam longè
abest virgo, si hominem non est passa,
illi tamen fuit libido sua, procul dubio, pro homine: virgo virginitatem
eripuit sibi, vim à se passa est.

O C T.

Fecisti ut intelligam quomodo ipsa
se virgo devirginet.

T V L L.

Adjiciam alia bene multa; sed suo
ordine. Quum tam parvo aditu id mihi ostium patere sensisset Callias, ut
homini hac iter probè intelligeret
nondum fuisse, projecit se in lectum.

me complexus, aggreſſus eſt ſuaviſſimis verbis compellare, ſuaviſſimis jocis incendere ad Venerem.

O C T.

Obmutueras, ſtipes eras, ſaxum eras? quæ tam lepida, tam faceta, tam ingenioſa es.

T V L L.

Æſtuanti ex pectore ducta ſuſpiria pro verbis erant; repellebam, revocabam; fugiebam, accedebam; pudor mihi reſtinguebat libidinem, & inflammabat.

—————————— *Irritaturque retenta,*
Et creſcit rabies.

Senſit Callias igneſcere me vel invitam. Agedum, Tullia mea, inquit, noli invidere fœlicitati meæ, quæ à te tota pendet, quæ in te tota eſt. Hortum tuum amœniſſimum ſine, Domina mea, ſubeam: hoc quod in te eſt, Veneris & Cupidinis domicilium, aperi ipſa tu, mihi. En clavim, ſic loquebatur ſubridens, & manum meam lævam peni admovebat, petebat apprehenderem, negabam; quid times? aiebat, ſi precibus meis obſequeris in gratiam meam, quæ tota mea es, & quod multò satiùs est, quæ vis esse? volo equidem tua esse repono, sed his noli fœditatibus pollui, ut digna sim laudibus tuis. Quis hic amor tuus? si me amasti, ut contamines? odio similior hic est amor tuus, quam amori. Te capiat mei misericordia, tangant animum tuum hæ lachrymæ.

O·C·T.

Lachrymas fundebas.

T V L L.

Lachrymulæ cadebant quædam ex oculis: etenim, inquit, Tullia, si me amas cùm pudore hoc tuo importuno per hanc noctem facias inducias. Nuda nudo audes ampliùs pudicitiam tuam commendare? deinceps magis nunquam pudica eris, quàm cùm ostendes nulli prorsus per te pudicitiæ locum esse, in hoc geniali nostro thoro, quæ tuo officio, quæ voluptati meæ adversetur. Nam voluptas tibi mea pro officio omnino esse debet. Omnibus præterea sis nive frigidior velim, mihi Passere salacior. Igitur, quod à

te peto pro jure meo, id volo ultro ci-
troque facias. Interim mirabilem in
modum falax illi cauda creverat, &
inquieta femur meum alterum verberabat. O C T.

Heu metuo tibi, contremifco ad
tua vulnera.

TVLL.

Ad ineptias abis nugax; auditem
feriam feriò, ut debes, fi fapis.

O C T.

Ah, ah, ah.

TVLL.

Nec plura, inferto intra femora
mea femore, primùm quafi cuneo injecto, fic viam toti corpori intra femina mea fecit. Afcendit in me, &
pectus pectore compreffit, tunc quid
negem? me vehementi metu perculit
novum hoc & inufitatum pondus. Ille manu alterâ temperans Priapi
amentiam, foribus meis baliftam applicuit. Virginea inter cadurda Priapi
caput indidit, & mox facto impetu,
quafi ex alto irruens, impulit fe in me
magno nifu. Attamen profecit nihil,
quòd compactior effet munimenti ag-

ger , validiſſimum vallum. Prima ſe-
cundave concuſſione , ne unguem
quidem latum in caſtra ſe penetravit ,
ad tertiam verò quartamve exhalato
ſpiritu ſenſi Priapum defeciſſe , & eſſe
reſolutum. Priapi ſpiritus utique eſt
ſemen illud , & proli & voluptati ſa-
crum. Id reductâ quaſi cataractâ in
meum oſtium pleno ore evomuit. Hæc
velut velitatio quædam fuit non juſta
pugna. Nihilominus ſenſi, etiam tum
ad vehementes illas côcuſſiones acrem
in illa parte dolorem , ob difficultatem aditûs, pilo fortiter adducto.

O C T.

Continuiſti vocem ne erumperet
in clamores.

T V L L.

Suſtuli quidem clamorem, cùm-
que ſatis altum.

O C T.

Sed cùm citiùs abſolutum fuerit
opus , quàm bene inſtitutum ſentires,
num clamaſti ex compoſito ?

T V L L.

Repreſſi continuò vocem , conti-
nuòque deſiliens Callias alacer & ri-

dens fecundùm corpus meum projecit corpus. Sed uno femore fuperimpofito femori meo, caudam falacem ita ftatuit, ut ad umbilicum ferè meum pertingeret, & identidem guttatim ftillans totum id fpatium complueret. Tunc fudarium, nam ita jufferat mater, cepi quod fub pulvino meo miferat? & primùm Calliæ mentulam deterfi; dehinc hortum meum, & uterum totum quem irrigarat: ac cùm detergerem Calliam, ofculabatur me, ardentiffime furebat, novas iras intentabat. Sed ex eo liquore, quem infuderat intra latera virginalis mei, magna pars defluxerat in lintea, notifque infecerat, quas non eluerem. Ex eo tam abundanti profluvio multa facetiarum pofterâ luce argumenta cepit, ficut ex cruore virgineo, cujus venæ per lintea tota ductæ.

O C T.

Sed dixifti tunc non altè tibi infixum fuiffe Calliæ mucronem.

T V L L.

Velis tibi altiùs infigi & mihi quidem pòft infixus eft; & ex eo vulnere

vis fangninis. Hanc enim poſt veli͡a-
tionem paululùm requievit Callias.
Moriar, mea Tullia, dicebat, ni te
plus oculis amem, plus vitâ; nihil
unquam pulchrius videri poteſt inter
mortales. Dea es, an fæmina? quàm
tibi turgent ubera mediocri tumore,
quàm dura, quàm à ſe apto intervallo
diſſita! ea verò manu tractabat, dein
oſculis impetebat papillas, ore ap-
prehendebat, leniter mordicabat,
labiis ſugebat. Id me ſanè ultra quam
putaſſem permovebat ad libidinem,
æſtu inflammabat, qui me totam urebat. Tunc & manum inter femina
mea demittebat, digitis ludebat in
lanugine pubis, mox labia cunni
comprimebat, digitis dehinc diduce-
bat, digitos intrò unum poſt alium in-
ſerebat, totum in me Veneris æſtrum
ingerebat. Averte, dicebam, hanc
tuam incendiariam manum, ſecede,
quid me vexas? ille exſultare, quod
faterer me incendi. Lævam manum
meam arripit; veneream hanc tibi facem incendo, inquit, quæ incendium
illud quod excitat, reſtinguat. Iubet

eam facem capiam; jam audacior facta quia cupidior, capio. Vix eam
manu complecti poteram. Horrui du-
ram, rigidam, ardentem, hoc inquit,
sum diffusurus cuneo hoc ostium tuum
tam adstrictum, tam copactum & an-
gusti. Macte animo, mea Nympha, in
eam spem te potiundam mater tradidit
mihi: si cùm revertetur ad nos, te reci-
peret à me, tam integram quàm dedit,
generũ ignaviæ incusaret, generum me
negaret sibi, qui tibi maritus non fuis-
sem. Pati non potero, repono, occi-
des me si tam grave pilum intra corpus meum velis totum condere: tu è
ipsa, inquit, dux esto ad prælium, ipsa tu torque tuis manibus id pili quicquid est in scopum illecebrosum,
quem ipsi amor posuit & Venus. Rogat ne elabi, sinam è manu mea, obsequor. Conscendit iterum, ego ostio
meo applico quod subingrediatur aus-
piciis meis, è femoribus meis alterum,
intrà quæ se conjecerat, in altum tollit, manu supposita alterâ, pilum ostio
admoveo, pulsare ille magno nisu cœpit. Conquassiones forti animo,
                                        veh

vehementissimas aliquot, fero. Pilum primoribus digitis tribus, ne à recta via exerret, quæ in hortum ducit, contineo firmum & stabile. Mox nervosiùs furere cœpit Callias, tantoque impetu contorsit in me pilum, ut per vim penetraverit se in uterum meum duos digitos latos.

O C T.

Abfuit omnis doloris sensus?

T V L L.

Sensi difficillimum toleratu. Me necas, Callia, aio, vociferor miserabili voce; jam non clamor, sed ejulatio fuit. Nec præterea movebatur. Ego telum traho, subirasci ille, & increpare turpem & insolentem, ut loquebatur, licentiam. Demum restituere pilum cogor in eum locum à quo diverteram. Sed illico lacteum imbrem, dulce lenimentum vulneri quod intulerat, defluere ex eo tubo sensi in hortum meum. Resoluta est, & elanguit pars illa effræna & impotens. Datæ mihi breves induciæ.

O C T.

Imber ille in intimum hortum tuum defluxit?　　　　　D

TVLL.

Haud quaquam, dulcis Virgo, ne guttula quidem. Extima ora hoc solùm rore infperfa eit. Vbi exfcendit Callias petit ut fe abftergam; mox conqueritur de me : fi me amares, Tullia, dicebat, non negares, ut facis mifero, qui amore tuo ardeo, veros amoris tui fructus. Amo te, refpondeo, & perdito amore ; fed miferam quæ me vis facere in hac laniena ? nefcis, fubjicit, iftam corporis partem non jam effe tuam, fed pleno & indubitato jure meam ; quid me prohibes rebus meis liberè frui ? an decet bonis inftructam literis, ut tu es, mea conjux, meæ deliciæ, fui muneris adeò effe negligentem ? nam tui muneris eft mecum non contendere de his Veneris muneribus. Ah Callia ! replico : etenim, fi nofces quàm moleftus ille fit dolor quem infligis mihi, te mifereret Tulliæ, fi Tulliam amas. Decorus & honeftus tibi eft hic dolor, fubjicit, quo acrior tibi tur, tu honeftior videberis, turnum non erit quod dolet,

solùm erit diuturnum quod te in pô-
sterùm quàm maximè delectet. Demum vitio tibi, vertetur quòd tantam
copiam prolifici seminis intrà sulcum
non exceperis, quo scilicet pater fieri
potui. Crimen id est, crede mihi, quo
sceleftius nullum : ipsa necas liberos
tuos & meos antequam nati sint, animam adimis quam non habent. Sce-
lerata est, & flagitiosa impatientia tua.
Ad hæc ego, tecum, dulciffime conjux, nolim de hac re movere contro-
versiam, me ream fateor, ignosce,
obsequentiorem habebis, feram omnem ærumnam immoto animo & corpore, ut tibi gratificer. Nam, quæ tua
illa est protervia, pupula mea, inquit, ut quæ omnes in omni conditione, etiam te multò juniores quæ nup-
tum eunt, quotidie patiuntur, effu-
gere posse arbitreris : liberam te nihil
præstare potest ab hoc stipendio. Docta es literis Græcis, Latinifque, &
te habes ac si esses è stolidarum &
ineptarum numero. Tunc ego ridens,
Dea Pertunda opem fer : quidquid
iusseris me esse, ut libidini tuæ ancil-

ler, conftanter ero ; fed video quidem
me mox pertufam fore , fi Pertunda
aderit. Rifit vehementer Callias , ita
ut rifum è proximo cubiculo audiret
mea Pomponia ; & fedato rifu , nunc
ait, para te ad proximum hunc cona-
tum, infanire in te incipit mentula
mea mihi. Cùm me effudero in amatum iftud pectus brachiis amplectere
me, nulla res complexum tuum fol-
vat, fac omnino quod jubeo , fi me
vis maritum ; quod rogo , quod peto,
fi amantem. Quinetiam tolle quàm
altiffimè poteris crura, ita ut lepidiffi-
mi pedes admotis calcibus politiffi-
mas tibi nates exofculentur : promitto
me facturam.   O C T.

  Et ftetifti promiffis ?
         T V L L.

  Macte animo, inquit, oppeterem
ipfe pro te lethum , & impatientia ma
amori meo pugnat ? hoc in conflictu
amorem mihi tuum teftari , & maxime potes, & omnino debes. Venerem
mihi malim habere iratam , quàm te ,
inquam, interclufit mihi os ofculis,
& rurfus alacriter confcendit. Tollo

quàm altiſſimè femora, amplexor quàm arctiſſimè, tunc ad portam Lanuvij admovit facem, interiùs diducit digitis vulvæ labia, mittit intro caput, mox totis viribus incumbit in me, & in ſemihulcam eam corporis partem haſtam impulit. Ad primos concuſſus infixus eſt mucro : ſenſi enim multò altiùs ingreſſum quàm antea fuerat ; diſcerpi me credidi in longam ejulationem erupu, & eruperunt ex oculis meis uberes lachrymæ. Pauliſper reſtitit Callias ; & hanc tibi moram concedo, Tullia mea inquit ; ecce medium ferè itineris confeci ſpatium : vide tu ipſa manum meam illuc adduxit periculum, ipſa facerem, an mẽtiretur monet : quod ſuperextabat nullo ferè labore trudi poſſe, ſi faveam. Superextabat media admodum veretri pars, ſed ea craſſior. Tunc vibrat linguam in os meùm, & eodem temporis puncto pilum adigit in perniciem meam. Ejulo, vociferór, manant ex oculis lachrymarum rivi : hei mihi dicebam, me necas, tempera parumper tibi ..b hoc impetu tam ſævo, tam fero; nec tamen amplexus folvebam, nec projeci femora. Aditum ingredienti hoc corporis mei fitu expediebam. Vltimo tandem conatu perfecit, ut totus intra vallum meum fubiret hostis; fed concuffu qualem fuftinueram nullum. Contremuit ad hunc impetum lectus, ita ut difiectum crederent in contiguo cubiculo. Clamorem tunc fuftuli qualem tolleret, qui intra vifcera hastæ fummum mucronem excepiffet. Mea es, inquit, è caftiffima virgine caftiffima Mulier. Cæterùm nihil quod timeas amplius habes, aperta est tibi & mihi via, quâ eamus ambo ad voluptatem. His dictis fubagitare cœpit, nec ampliùs dolebat, quod quidem me provocaret ad querelas. Momento fenfit libidinis œftrum adventare. Adverte, Tullia, inquit, mox horto tuo intimo veneream aquam irroro, ofculum figo cùm primùm defluet: vix dixerat ofculû dedit, ex imis me fenfi præcordiis irrigari calido & copiofo fáguine: fed fi levem titillationem exceperis, nihil omnino in ea re fuit quo delectarer. Ille ba-

fiis crebris, fubagitationibus, tactibus, murmure fuo teftabatur mirificâ
fe perfufum voluptate, quam in eo
loco nactus erat, quo penetraverat
caudam fuam falacem. Opere perfecto
non tamen defilit de equo : compen-
fabo nunc jacturis meis, inquit, hoc
lucrum, Tullia mea dulciffima, quandoquidem arcem pudicitiæ tuæ obti-
neo, faciam quod victores folent : ego
ad eum, quid folent victores amabo,
mi Callia, qui me victam habes in po-
teftate, mancipium fi volueris ad
obfequium, liberam fi volueris ad honorem. Arcem cui eripiendæ tot labores infumpfi, tantùm fanguinis effudi, tam citò ac putabas non defe-
ram tibi vacuam : volo fciàs me viciffe,
& agnofcat imperium victricis mentulæ difractus & laniatus tibi cunnus.
Sanè, aio, laniatus non dubito quin
fit, & miferè laceratus, è cujus ore
tam parvo fecifti antrum tam amplum ; me miferam ! jam me fentio
portâ potentiorem. Etenim, inquit,
quò minùs pateres, ego eò magis paterer. His dictis fenfi intrà vifcera

mea fuccrefcere mentulam Calliæ,
quæ tabe projectâ flaccida & elangui-
da paulò antè pars minima fui eſſe videbatur. Iubet bono ſim animo, ut
benè valeam, quærit, nihil mihi
quod præterea doleat ſupereſſe; reſ-
pondeo; gaudio ſe ob id multò capi,
ait, & impingit ſuavium. Sed tu ut
voluptatis meæ particeps fuiſti? inquit, nullius particeps fui, refero,
quis potuit ineſſe in hoc ſævo conatu
tuo, quis voluptatis guſtus eſſe potuit? mutabis modò ſermonem, mea
Tullia, & fateberis Venere nihil eſſe
inter Mortales dulcius, ſubjicit, ſed
& hunc etiam mihi laborem concede?
ut agito ego nates deorſum, tolle ſurſum, & agita quàm vehementiſſimè
poteris; poteris autem, ſi quæ alia,
juvenis, vegeto corpore viridi & ro-
buſto. Nego motus, qui mihi ſit tam
inſolens, noſſe rationem ille jubet,
propellam ſurſum verſùs hunc corporis truncum; propello, jubet rem re-
peti, violento impetu, obſequor.
Quid plura, mobiliores mihi nates
effecit quam ipſe haberet; ut me videt

satis doctam, rogat ut ne meis lateribus parcam, concutit vehementer,
resilio vehementiùs ego. Subsultibus
conquatio subigentem, totis me viribus urgebat, ita totis ego viribus re-
cutiebam in me ruentem. Subabam
ego, coycbat ille, & crissantibus inguinibus mixti videbamur minari cubiculo ruinam: contremebat certè lectus cum tanto strepitu, ut is longè
latèque exaudiretur dissipatus strepitus. Anima mea, Venus mea, dicebat,
quàm me foelicem facis? quis me
Mortalium beatior? En en, Anima
mea, colliquesco, advenit summa voluptas. Sentio, inquam, hei mihi!
quid hoc est quod sentio, mi Callia?
                O C T.
Me enecas hoc sermone, in expe-
ctatione tantæ voluptatis ecce emorior.   T V L L.
Compressit me arctiùs Callias;
promovit in uterum meum eâ vi caudam ardentem, ut etiam videretur
velle se totum in corpus meum immergere: defluxit tunc in me delicio-
sus imber, & simul sentio etiam me
                D v

liquescere,sed tanta & tam incredibili
cum voluptate,ut nullâ ampliùs in hoc
Veneris furore habitâ honestatis ratione , vrgerem ipsa Calliam,subsultibus
crebris fatigarem ; rogarem ut prope-
raret ; ita defecimus , resolutis quasi
artubus , ambo eodem temporis puncto. Et puto , si Venus ipsa confligen-
tibus agonotheta adstitisset , cui Lauream concederet fuisse dubitaturam.
Animam , quam in hoc cursu reciprocando penè ademerat lōga pugnæ con-
tentio , vix receperamus, cùm audivi-
mus, clavi ad seram admotâ , portam
patefieri : & simul mater & Pomponia
lætæ se in cubiculum proripiunt;fores
post se claudunt, ne quis ingrederetur
unà , pessulo obdito.

O C T

Non quali obdiderat fores tuas
Callias , hem , hem , hem & mater
& Pomponia de eo sibi habendo nunquid altera in alteram colligasset,
hem , hem , hem !

T V L L.

Salsam te , quæ intrà paucas horas
pessulo obdi fores tuas senties bilibri.

O C T.

*Est hic est animus pili contemptor
(& illæ), qui cunno bene credat emi quo
tendis amorem.*

Sic immutasti ipsa virgiliana hæc
duo carmina. Emam, equidem, meo
puro puto amorem Cavicei, & hujusmodi oblectamenta. Persequere filum narrationis tuæ.

T V L L.

Tegumentis, quæ ad pedes dejece-
rat à principio Callias, ocyus obdu-
ctis diligenter corpus operui Calliæ
meumque, ne hoc visu oculi matris
offenderentur : nam de Pomponia minor cura, cui tam sum nota quàm tu
mihi. Mater accurrit in complexum
Calliæ, mi fili, ut probè militasti ?
Victorem te, vociferationes Tulliæ
meæ testificatæ sunt ; de tua victoria,
tibi gratulor & Tulliæ. Si non vicis-
ses nupta vidua esset. Pomponia verò
injectis ulnis amplexabatur me, &
lachrymis irrorabat ora quàm te dirè
habuit hic Lanio, inquiebat, summissâ voce ; cùm te audirem, Soror,
ejulantem maledictis infectata sum

inconfultam nebulonis libidinem ; ut
fe verò res habent ? Optimè, inquam,
difficillimâ tandem viâ ad delectationem veni , quam quærebam. Per 'le-
thi medios cruciatus ad vitæ perveni
plena & fumma gaudia. Mulier facta
es , fubjicit , ego verò facta fum , &
cùm gaudia reputo mecum , quæ jam
femel cepi ab virginitate cæsâ , miror
tam nullo pretio tot bona venire.
Diem malim deinceps abfque Solis
luce, quam noctem abfque Veneris
ufu. Bene eft abundè eft, inquit, &
fanè his quæ non fruitur puella Veneris donis , vivam puto vitâ non frui.
Et continuò ad Calliam accurrit , ei-
que fuavium dedit, Imperatorem fuum
vocans cujus fub fignis Venus tam
citum de virgine tam purâ, & tam
inimicâ triumphum egerit , hoftibus
cæfis Eugio , Nymphis Hymene. Scis
Pomponiam literarum ftudiis effe im-
butam, mater aromatites vinum in ar-
genteo fcypho bene grandi Calliæ dedit bibere. Hoc , inquit , recreabit
pectus tuum, & reficiet vires, fili,
fed fi me credis, dabis te quieti, fatis

gloriæ hac nocte partum habes, qui
virginitatem Tulliæ occifione dele-
vifti. Me autem conditas nuces tres
quas attulit edere juffit, & ad aurem
infufurravit obtinerem à marito, ut per
horas aliquot requiefceret. Opus illius valetudini effe fomnum, & ab hac
palæftra quietem. Poft utraque abiit:
Pomponia precata eft, cùm valediceret
Calliæ, novos animos, novam alacritatem, mihi patientiam laboris &
invictum robur. Interea, dum mater
& Pomponia loquebantur, materque
componebat lintea & tegumenta,
Callias fubtus protenfa adverfûm me
manu, mammas, ventrem, totumque
in quo pugnaverat tam fortiter Veneris campum pererrabat. Itaque refti-
tutis momento temporis viribus cùm
Pomponiam recedentem revocaffet,
volo teftis fis, ipfa tu foror, inquit,
quàm dirè habeam Dominam meam,
fororem tuam, ego nebulo, & ea inf-
pectante adfilit in me, telumque fuum
immane in uteri mei ulcus impreffit.
Recruduerunt ad vivum vulnera quæ
fecerat, & acutiffimo dolore puncta

infremui, ah Pomponia mea opî sis, clamo, advola; ille verò horribilibus concuffibus agitare me & lectum quatere. Ad hæc Pomponia materve cachinnantes proripuerunt se foras feftinæ. Poft aliquot fuccuffus eofque vehementes evanuit dolor omnis, acerrimaque fucceffit titillatio, qualem non cogitaram. Nates motito fuperequitantem Calliam imitata. Ad eum motum quem ciebam jam ultro, fuavio dato gratias mihi egit, quòd rem facerem fibi gratiffimam. Hic curfus paulò longior fuit quàm alij fuerant. Demum me femine prolui in intimo utero fenfi, & fimul excerni ex me nefcio quid quo dulciffimâ velut prurigine titillarer. Ad hoc gaudium nihil accedere poffe nuntiarunt omnes mihi mei fenfus, quo majùs & jucundiùs fieret. Re patratâ eduxit è concha mea fafcinum jam capite fummiffo inglorium. Volui fudario detergere, nihil opus eft, inquit Callias, æquè mihi ficca & pura eft mentula, ac fi in hac voluptatis palude non nataffet. Protinus attrectavit manu cymbam, digitum imò medium immifit intrò, ficcam invenit vulvam non temulentam. Faveant Superi, inquit Callias, ex hoc congreſſu, procul dubio, Anima mea, vtero concepiſti. Meum tuumque femen matrix illa tua quæ mihi Liberos debet, omne imbibit. Fatere, cor meum, num, quam cepiſti, prætergreſſa tibi viſa eſt voluptas omnem voluptatem, quâ unquam ſis per vitam tuam perfuſa. Fateor, inquam; ſed quod præcipuè tam incredibilis mihi oblectamenti titillationem intulit, cogitatio fuit, quæ me etiam ſola plurimùm delectare poſſit, abs te illam mihi, venire, è tuo corpore in corpus meum illas fluere delicias. Ofculatus eſt; & quieſce, inquit, paululùm, mea Tullia, donec excitem te ad nova prælia, & novis gaudiis impleam tibi tuam navim. Fatigatos invaſit amicus ſopor, tresque continuas per horas tenuit & juvit: Solutus callias impegit mihi baſia multa nec ideo excitavit dormientem: ita me altus oppreſſerat ſopor. Revoluit rurſùs operimenta ad pedes; vidit resupinam , & distractis cruribus ostentantem circum in quo iam-quinquies decurrerat fervidis rotis. Miratur venustatem corporis , cerei enim nondum defecerant , & ridens tuetur cymbæ compagem solutam. Tunc incensus hoc spectaculo irruit in me, mentulam intumescentèm protrudit in sinum pudoris mei, & excitata aperui oculos. Benè est , inquit , vivis, uxor , timebam ne rem haberem cum mortua , quod de Periandro narrant Corinthiorum Tyranno. Sentis me vivere, repono; fac sentiam , nihil mihi unquam feceris gratius , inquit osculans.

O C T.

Quid fecisti ut te vivere sentiret, sanè conjecturâ assequor quid feceris ?

T V L L.

Quid illud est tua verò sententia?

O C T.

Tuo agitata es motu , quàm potuisti vehementissimo.

T V L L.

Dicis vibratis in aëra natibus, continuo meo motu tam aptè Calliæ motui respondi, ut cum deorsum impelleret in meas fores pessulum, ego sursùm propellerem. Ita pubes pubi, pecten pectini pugnabat eâ contentione, ut si seminis ad summum capitis verticem fontem habuisset Callias, ex eo potuissem nihilominus exire.

O C T.

Longa fuit hæc concertatio?

T V L L.

Si tempore metiris, dodrantem si deliciis, duo sæcula.

O C T.

Contingant mihi sæpè hæc voluptatis secula!

T V L L.

Quibus scilicet æviternitatem suam omnia acceptò ferunt sæcula animantum. Intemperanti fessa agitatione, laborem diutiùs ferre non potui; victam me fateor, inquam, sine paulisper spiritus colligam. Dedis te, arma ponis Tullia, subjicit, ô te ignavam! Agedùm revoca animum, pacem peto, repono, aut breves inducias: Plus viribus & artubus vales, non quidem animo, ne putes. Cum dicerem ipfe fuperincumbens.

Intorquet fummis innixus viribus ha-
ftam.

Implet fœcundo rore uterum, diftillat etiam mihi album virus. Voluptatum magnitudine impares, ambo, alter in altérius amplexu fumus refoluti.

O C T.

Nihil ampliùs tibi pars ea, belli in-
teftini fedes, indoluit ? Quæro curiofiùs : Nam ut fpe veneris uror, fic doloris metu ægra fum. Pendeo,

Spemque metumque inter.

T V L L.

Apage inepta, nihil ærumnæ præ
gaudiis.

O CT.

Credam iam tibi, puto, & mihi ar-
dentiffimè cunnus prurit.

T V L L.

Scalpere interim potes. Scalpam
ego, quid vetat ?

O C T.

Narrationibus tuis incendifti me
totam. Ah, ah, quid agis ? me in furorem rapis, abftrahe adulterum digitum, amabo, foror. Quid tibi præte-

rea à Callia ufque ad lucem ?

TVLL.

Tandem ftupidiffimo fomno cor-
reptus eft per duas continuas horas;
haud quaquam ego obdormifcere,
cum maximè vellem, potui. Ardebant
etiam nunc cerei ; venit in mentem
aperiendæ , quæ in hortum refpicie-
bat , feneftræ. Surrexi nuda , aperui
nec Callias fufcitatus eft à fommo.
Reftinxi cereos, & , cum me mit-
tendæ urinæ defiderium premeret, captam in manibus matulam fubjicio
rimæ meæ. Dilabens lotium uffit me
acri dolore , ut vix ferre poffem, cum
mififfem fufpirium , fomnum Calliæ
abftulit gementis vox. Vidit nec movit defixit in me oculorum aciem, nec
fomno effe folutum percæpi.

OCTAVIA.

Rem'mirabilem refers, ægrè tibi lotium miffum eft ?

TVLLIA.

Ita me diviferat Callias , ut fiffà latum ad minus digitum rimâ interiori,
quâ ad fummum bonum itur, protri-
tis difcerptifque floris mei foliis , ca-

lyculoque difrupto, in quo mea late-
bat virginitas, crudeles intùs lacera-
tiones fupereffent. Itaque acerba erat
hæc ærumna, quam urina laceræ vulvæ inurebat, ac fi tu vulneri, quod tibi ferro fortè inflixeris, fal aceto dilu-
tum infundas. Effluebat ex intervallo,
non continuo fluxu fugiebat urina.
Cùm modò fuftinerem deciduæ impetum, modò laxarem, in opinam his
verbis aggreffus eft Callias. Etiam-
nùm dolet, mea Tullia, ego matulam
fubitò depofui pudore offufa. Putabam te dormire, aio, cor meum, ignofce imprudentiæ meæ & impudentiæ,
pudet re turpi offendiffe oculos tuos:
Quid me vidifti hac cum matulâ col-
loquentem? Vocas rem turpem, inquit, quæ cum neceffaria fit, turpis
effe non poteft: Denique me in lectum mifi, poftquam fudario exficcaf-
fem pudenda fufpensâ manu. Intrà ulnas totam, intraque femora fua fuf-
cepit Callias. Mox ofcula ori impreffit nates alterâ, alterâque manu leniter verberabat. Rogavit, ego hortarer
ipfa, admotâ manu, mentulam ad no-

vam pugnam; illud sibi præstarem officium, nec negavi. Intumuit illicò,
intrà manum meam,& ridens Callias,
accensam mentulam, rigidamque in
umbilicum meum iterùm atque iterum torsit. Quid tu, inquam, vis etiam,
qui tam sævus es, per medium ventrem adactâ hastâ viam tibi aperire ad
libidinem? Vis tam sim pertusa quam
Danaïdum urcei? risit ad dictum Callias, & suppositâ manu femur meum
sinistrum semisupinæ, ut eram, in latus suum dextrum sustulit. Nunc te
volo inire novâ figurâ, inquit, semi-
supinam, & in latus recumbentem.
Mentulam ad ostium applicuit horti
mei, & impetu infixit. Cùm tota non
subiret, rudis es, ait, ad hæc opera,
Tullia mea, patere te doceri. Respondeo à nullo potuisse meliùs hanc
me artem edoceri, pergeret, me do-
cilem habituram Discipulam. Iubet
pubem pubi conjungerem, mihi cunnus oscularetur proximum mentulæ
caput, sic aditum fore facilem ad intima, modò altissimè femur, quod ejus
lateri superjeceram, tollerem. Obse-

quuta sum, & uno concussu immersit totam in vulvam meam ad usque coleos : mentulam.

OCT.

Nec demum dolebat.

TVLL.

Confricatio frequens sensum omnem doloris obtudit ; voluit scrotum sibi molliter tenerem ; adhibuit testibus meam manum molliter & primoribus digitis utrumque compressi , & illico vivida vis seminis exiliit in sentinam navis meæ , mihique per libidinem effluvium movit ; utrique capta de utroque voluptas summa. Iam ad multam lucem , in his lusibus , processeramus , & promiserat mater visuram nos summo manè. Dum scrimus varios sermones , dum miscemus oscula , dum inguina fovemus inguinibus , vox pervenit ad nos accedentis. Veniat quantumlibet , inquit Callias , non faciet tamen quin amplexibus tuis exfaturem libidinem meam. Est constitutum mihi, voluptas mea, verè dum hunc tuum cunnum ostendebat, septem decursionibus subigere. Sex

per egi, superest septima, quæ me ad
satietatem ferat. Vt sensit matrem foribus proximam, conscendit rursùs,&
cum illa insereret seræ clavim,& ego,
inquit , hanc meam clavim mitto in
seram tuam. Subagitare cœpit, & mobiles mihi nates optare. Intereà in-
gressa mater, contremere miratur lectum , ego verbis perstrepere , & suspiriis præ pudore. Quid est quod video? Nata , inquit, nox tibi tota non
suffecit , nec tibi Callias ad fruendam
Tulliam. Ignosce mater, respondeo,
malim mortem , quàm me visam à te
in tantâ turpitudine. Fœlicitati Tulliæ
meæ allaboro in ipsâ Tullia , subjicit
Callias. Immaniùs concutiebat, tunc
mater, obsequere marito tuo nata,nec
te utique obsequij pudeat , quod officij pars est maxima nuptæ abeo mox
reversura , interim alacres explete alter alterius cupiditatem. Egressâ matre Callias iubet subsultus objicere
cócussibus suis rapidos & frequentes.
Iactitare nates cœpi,sursùmque deor-
sùmque ferri : ut facturus impetu impressionem abscedebat, ut faciens ir-

ruebat. Laudabat animos, mirabatur
mobilitatem : At ego volo, inquam
laudes in te meum amorem, qui me
his commotionibus, quas imperas,
de honeſtat. Laudes obſequium etiam
ad turpia : At verò, ecce, ecce, mi
Gallia ! Mihi ecce defluunt libidine
venæ omnes : Vrge opus. Ille ardentiùs operam mihi navare, *Idque reditque viam toties.* Sed, ut ſi eſſet
exhauſtus in eo humoris fons, ex ejus
nihil manabat tubo. Oſculans & vel-
licans excitabat, ut properanti adeſ-
ſem, & curſu, quàm poſſem velociſ-
ſimo, deferrem ad optatam Venerem.
Ego ſubſilio crebriſve ſubſultibus
cieo cupidineum imbrem in implu-
vium meum, & longo poſt me intervallo pervenit ad metas. Poſtquam in
amplexu meo artus feſſos recreavit,
exſurrexit è lecto, ſerviſque vocatis
induit veſtes, & baſio dato veniam
petiit ignaviæ ſuæ, ſic loquebatur :
condones mihi, inquit, enervatam
hanc mollitiem, qui tam pauca iti-
nera percurri in tam pulchro ſtadio.
Hæc cùm diceret, reverſa eſt mater,

meaque

meaque cum matre Sole gratior apparuit Pomponia oculis meis, altera
oculorum meorum lux, Iusculi infu-
sis plurimis ovorum vitellis scutellam
illa & illo adferebant. Mater Calliae,
Pomponia mihi obtulit : ego hausi
hilarè, negabat Callias se agere,
exorpsit tamen. Postea mater jussit
requiescerem : nam scio, inquit, te
tantùm itineris hac nocte confecisse,
ut periculum sit ne in morbum inci-
das, corpus tuum delicatum ni diligenter cures. Septem omnino milliaria percurrimus, adjicit Callias, fes-
sam esse plurimùm verissimile est, quae
me toto itinere vexit summâ celerita-
te. De his postea loquemur, refert
Pomponia, tu interim quiete & somno refice fatigata membra nocturno
labore.

O C T.

Video, Soror, in ea narratione
picturam omnium quae jam virginali
meo, puto, imminent. Sed si bene
praesagit animus, quàm tu tulisti, feram molestiora ; majores etiam, quam
coepisti, capiam voluptates. Nam in-

E

ferius illud gurguftiolum minori mihi,
quàm patebat tibi, hiatu pater, eò
mihi moleftior vis inferenda, at pro-
tenfiori tres digitos mentulâ, quàm
Calliæ fit, rem aget Caviceus, & eò
mihi dulciores Veneris fructus, quantò altiùs in penetralia Veneris Venerem inferet.

TVLL.

Nihil ultra tibi optare debeam ad
perfectam fœlicitatem, Soror mea,
quàm ut faveat tibi Venus æquè ac
mihi. Nunc è lecto furgamus, dulcis
Virgo; cras furges tam pulchra fœmina, quàm es hodie pulchra Virgo : te
puto ad eam pugnam, quæ tibi de-
pugnanda eft, fatis comparatam.

OCT

Sum; ita me Venus amet. Imò volo conftantiam commendari meam
fine fletu, fine clamore, deliberato
animo omnia feram.

TVLL.

Cave iftud feceris, corculum, graviter ipfe ferret Gaviceus, fi tam
conftanter ferres; filentium tibi tuum
probro verteretur; marito non folet

parva fieri laudis acceſſio, dum Virgo
vim patitur, ex clamoribus, ex fleti-
bus oppreſſæ. Dicunt eſſe eos ejula-
tus vìrginitatis, dum conciditur, pe-
reuntis vocem. Quæ ex eo conſequan-
tur opiniones, tecum ipſa vide.

O C T.

Rectè mones.

COLLOQVIVM

QVINTVM.

LIBIDINES.

TVLLIA. OCTAVIA.

TVLLIA.

NVlla mihi dies gratior unquam fuit, quàm hæc nox erit.

OCT.

Libero sermone confabulabimur; complectar te, Cognata, in cujus quidem amplexibus omnes mei solent sensus & cogitationes gratissimè conquiescere.

TVLL.

At vero, in tuis, puto, complexibus non ita quievit Caviceus. Sed enim in eo, quem innumeris tuis illecebris excitasti rapido motu, utrique quies

& voluptatis cumulus summus.

O C T.

Quæ presagieras gaudia, inveni; ad eam delectationem nullo opere perveni, quæ omnium utique superat rerum pretium quæ mortales inserit immortalibus.

T V L L.

Nihil verò occlusis cubiculi nostri foribus, quóminùs iucundo, quem aures iamdudum expetunt, cibo pascar, impedit.

O C T.

Intelligo, cognata, vis quam pollicita sum, me narrationem aggredi.

T V L L.

Scilicet, quid dulcie mihi queat accidere, quàm participem fieri voluptatum, quibus ingurgitata es. Nam sermone hoc tuo partem infundes in animum meum, quæ nihil è cumulo tuo detrahat.

O C T.

Vellem etiam ita & in corpus tuum fundi per me posse cupidineos illos fluctus, qui cymbam meam ad veri boni portum per hos quindecim dies detulere; & ex animo loquor.

TVLL.

Quàm altum, quàm craſſum inflixit in navim tuam malum ad eam navigationem Caviceus ? Quàm impar tibi viſa eſt navis tam parva arbori tam immenſæ.

OCT.

Rides ſanè : convênit bellè mihi cum caviceo. Quod perfregit mihi vallum, victori, ademit victoriam. Ecce exhauſtis fugit viribus. Cùm iam languidiorem vidit parens mea, id dedit conſilij ut ad patruum iret, prætexit itineri officium, ſed, verum ut fatear, cognata, iam fractæ vires vera cauſa fuere, necme latet. Hæc, quæ menſis unius erit, reparabit virium, robur, abſentia prudens profectò conſilium.

TVLL.

Quid hoc eſt? tam tenera tam delicata ad primos non periiſti Cavicei concuſſus ? Quid audio ? Quæ tam citò talem per egeris, iam facta es athleta. O victricem & laureatam concham !

OCT.

Abi improba manus, quæ procaci tactu adulteras novam nuptam.

TVLL.

Patere inepta, quid times hoc in meo lecto, quem libidine & incendio imples. Eâ cereos illos qui lucent extingui nolui mente, ut omnem pulchritudinis tuæ florem delibem oculis.

OCT.

Sed nunquid amoris nuptialis legi cedere lex debet amicitiæ? Si patior ultrò quæ olim, à te pathicâ sum pati solita, nunquid Caviceo fecero injuriam?

TVLL.

Ah, ah, ah, quid ampliùs objeceris mihi?

OCT.

Quid hi sibi cachinni?

TVLL.

Novum antrum hausit rimulam illam tuam, in qua sedebat virginitas. Quam immane patet? quid objicies deinceps, mihi?

O C T.

Nihil habeo, mea Tullia, quod objecisse tibi, aut velim, aut debeam.

T V L L.

Aperi femina.

O C T.

Obsequor.

T V L L.

Quàm differt hæc mulieris pars à virginis parte! ecce divisa cadurda: O hiatum, manum etiam induere possim.

O C T.

Eh, eh, eh, moves me nimis ad libidinem remitti me sentio, ni cesses. Vis in manu tua fiam adultera, quæ mori malim, quàm in vetito hominis amplexu pollui.

T V L L.

Postea videbimus. Sed nunc agam quod ago, quis hominum complere possit hanc fossam, unum præter Caviceum? longè laxior es non solùm quàm ego, sed imò quàm mulieri conveniens sit, ut homini conveniat non portentoso. Sum ego stricta præ te, quæ tandiu homines passa sum, quæ tot sum effusa sub congressibus, è cujus cymba partus invectus est in vitæ portum. Timeo, Cognata, ne quæ hunc in modum discissa es, omnibus præterea hominibus inutilis facta sis ad Venerem. Quòd pumilio una in navi regia, si naviget solus, id in te fuerit alterius hominis mentula.

O C T.

Nihil mea interest, me modo suis semper voluptatibus habeat commodam Caviceus, &, ut nudiustertius loquebaris, ejus probè machæra conveniat in vaginam meam. Hoc sibi usuique suo perfodit stadium, non aliis. Quod mirere, cùm me ultimùm compressit, tam arctè intrò, aiebat, sibi vinciri mentulam, ac si manibus premerem, & ita hoc compressu exsugi, ut præ voluptate se diceret emori.

T V L L.

Tu verò quid?

O C T.

Ego spissis basiis animos dabam, & molli crispantium clunium motitatione opi eram ad metam eunti.

E v

TVLL.

Sed, quam cupio, instituis à calce narrationem : hanc volo à capite ordiaris. Scio te hos per dies probè dolatam, si ex fœlicissimis, alia fuit unquam, Sed nunc omnia minutissima vel momenta ab hora quâ nupsisti ad hanc usque diem curioso refer sermone, pupula mea.

OCT.

Faciam tibi satis : pruriginosa descriptione per aures in animum tuum stillabo voluptates, quas in corpus meum depluit Hymenæus. Tuo de lecto nondum surrexeram, & jam consanguinei, cognati & affines Cavicei mei ad Lares nostros convenerant. Meministi? ut ingressæ sumus in paternam domum, venit obviam Caviceus alacri ore, lætisque & micantibus oculis utrique impegit osculum, & ad me renidens, ades mea aurora, inquit, ades mea fœlicitas. Noluit ad vos irem mater, hæ dedissent mihi pœnas nates, demissâ manu verberabat, castigassem pigritiam. Scis te mihi esse Solem non pro Sole,

illucefcas modò mihi, fuum Cœlo
non inuideam Solem. Sub hæc falu-
tantium nos turba circumvênit, mox
dotales confcriptæ funt tabulæ,& fo-
lemnia nuptiarum, ex more, peracta,
& juris Formulis, ut loquebantur.
Nihil ut fupereffet ad nuptiarum facra
nifi victima.

T V L L.

Victimam appellas virginitatem
tuam, fine cujus jucunda & læta utrique occifione nuptiarum facra, nee
facra funt.   O C T.

His actis Caviceus, egoque domi,
folutis concionibus, relicti fumus.
Cœpit ipfe rogare fua effe vellem;
refpondeo me equidem maxime velle,
quæ jam mea non effem. Fervidiffi-
mis bafiis labia mea onerabat, urgebat, ignefcebat, ignem per vifcera
mea inferebat. In eo tota eram, jam
apud me non eram. Ancilla una atque
altera comites datæ lateri meo hære-
bant, avertebant autem oculos retro
ut pudicas dicebat. Tunc Caviceus,
jube exeant hæ ancillæ, inquit, anima mea, fpes mea; hoc nuptiarum

nostrarum festo die, quid tibi mihique cum illis? absit in eam me impudentiam cadere, repono, quid de me judicares? quid mater, quid domesticorum familia? præclusit novis suaviis os dicenti, ac demum sensi vibrari in me arma virilia. Sed ecce revertitur ad nos eodem temporis puncto mater. Vt habes uxorem hanc tuam, Cavici? inquit, ut amas? efflictim, ait, & perditè amo, nihil amori meo adjicere ipse ne quidem amor possit, quò ardentior fiat. Sed per Deos Deasque omnes nuptiarum Præsides & Antistites! Permitte me, mater, virum esse, & quæ vis ut habeam uxorem tam elegantem, tam pulchram, permitte me virum esse. Adde, subjicit mater, & tam teneram. Te cura tangat teneritudinis ejus, nam quàm impar sit pugnæ, quæ mox alterum alteri committet annos vix quindecim nata, reputa, fili, cum animo tuo. Dehinc moræ impatiens Caviceus, mei te misereat, mater, inquit, absumi me sentio cæco incendio, quod sola extinguere possit

uxor mea uxoriâ medicinâ. Da mihi
nunc fruendam, si negas, furaris mihi quod meum est, sis mei mihi boni
liberalis, subrisit illa : sed enimverò,
inquit, isti libidinis tuæ impetus in-
tempestivi sunt, non præstabiles affectus. Ad noctem differ, quod dila-
tum gratius fiet. Morâ dulcescunt
amoris fructus, ut reliqua meliorum
tempestatum dona. Quàm intem-
pestivæ sunt hæ preces, mi fili, ipse
videris, vellem sanè indulgere posse
quod petis. Nec hora, nec locus huic
rei apta sunt. Non morabor voluptatem tuam, sed ad noctem usque mo-
derare tibi. Ah, mater, reponit Caviceus, miserere generi tui ; sanè
Octavia ipsa non negat vulneri mederi, quod impressit cordi. Audin ? tu
inquit conversa ad me mater, vis
mederi huic morbo, vis ipsa esse me-
dicina ?

TVLL.
Quid ni velles ? nimirum sapis.
OCT.
Offusus est mihi rubore vultus,
qui pro sermone fuit; obmutui. Ta-

ces nata? inquit, nam & confentis.
Secede igitur tantifper, eft quod tua
refert, maritum tuum monere, in-
gredere in id cubiculum interius. Se-
ceffi paffus duos trefve, & arrectis
auribus in eo tota fui, eorumque di-
cturi effent, nequid me fugeret. Tunc
mater ad Caviceum, nec tempus, nec
locum nuptiis faciendis apta effe dixi,
fili, haud ipfe negaveris, mox enim
ex affinibus noftris, qui nobifcum
accubituri funt ad prandium adve-
nient; lecti in hoc cubiculo nulli.
Nihilo tamen minùs ecce tibi trado
Octaviam, fed eâ lege ut libidini femel tuæ, pareat, hoc temporis momento. Proxima nocte frueris ejus
amplexibus ad fatietatem. Verùm hac
horâ novi te & operam & oleum per-
diturum, cùm non fit ubi eam commodo ad Venerem corporis fitu loces.
Demum parce ætati tuæ puellæ, nam
dicunt effe te æquo membrofiorem &
equo. Taurum paulò pòft, quantus
quátus ille fit, facilè feret fi fenfim fine
fenfu affuefieri velis oneri, nec primo
conatu difrumpi. Vi minùs quàm ar-

te juvabit ramum illum tuum ejus in hortum adigi & inferi. Hæc ridens, dehinc me vocat, & adhinnientem mihi videbar audire Caviceum. Tua non es nata, inquit, mariti es, petiit fibi per momenta aliquot te tradi. Quam in omnem vitam cessit Hymen, nec ego nec tu negare possumus. Precibus acquievit, quæ tibi pro lege funt. At volo femel tantùm ejus obfequaris libidini : cùm perfecerit, eripe te foras, fi fecus feceris, iratam me habebis. Promitto facturam ; verùm, inquit, verte te in omnes quos voluerit concumbendi modos, ac maximè cave ne per culpam tuam tubi maritalis imber difpereat tibi. Ita te adfilienti præbe, ut quâ te viâ petet tuum in uterum decidat. Vide, faxis, nata. His dictis ofculata me ad Caviceum duxit, & unà inclufit. Hoc proximo in cubiculo, inquit, expecto Cavici, dum iter illud peregeris, ad quod te admittit Octavia in ipfa Octavia. Seceffit miffo cachinno, fed momento reverfa, oblita eram, inquit, quod maximè factum oportuit : fed

jam me federe jufferat Caviceus in
fella parieti affixa. Sub pedibus, ad
hæc divaricatis, elatifque femoribus
fellas fuppofuerat. Nuda eram ad umbilicum, ipfeque arma virilia eduxe-
rat. Vt vidit mater, ingeniofa res eft
amor, inquit, quàm accommodus
hic fitus ad Venerem. Fugit retro Caviceus mentulâ minitante: res pexit
mater. O monftrum, inquit, fed
forti efto animo nata. Bene erit, fi
bonâ uti volueris operâ tuâ. Exfcen-
deram è fella, meque ad honeftatem
compofueram. Nolo, inquit, mater,
ex collifione veftium tuarum quid hoc
mane de te fit factum, connivæ noftri
conjiciant. Refolvit veftem, relicto-
que mihi in ima corporis mei antica
pofticaque parte interiori indufio,
nunc, inquit, fed memor juffi mei
admitte virum tuum. Iterum impreffit
ofculum mihi, & aperto itidem mihi
finu, quid condis papillas has tuas fororiantes, nunquid merentur Cavicei
oculos & ofcula? & ad Caviceum
converfa, ecce, ait, aperta, eft arena
tibi, Cavici, adefto Athleta fortiffime.

Poſt abiit. Lætus feſtinuſque accurrit
caviceus, mihi induſium tollit, manumque procacem parti meæ admovet; dehinc ſedere jubet, ut ſedebam
utroque ponit ſub pede ſellam, ita ut
cruribus altiùs ſublatis, horti porta ad
ſperatos impetuobverſa pateret tota.
Dexteram tamen ſubtus nates inſinua-
vit, paulò magis admovit me ad ſe.
Nunc verò porrigis hera mea, inquit.
Lævâ ſuſtinebat haſtæ pondus, tunc
procubuit in me.

TVLL.
Agedum, quid tu interea?

OCT.
Nec negabam, nec ultrò dabam.
Alterum ſtupidæ foret, petulantis alterum. Applicuit arietem foribus meis,
in rimam priorem cujus labra diduce-
bat digitis, inſeruit mutonis caput.
Hic verò hæſit, nec ultra quidquam
conatus eſt. Octavia mea dulciſſima,
inquit, complectere me, dextrum femur tuum ſubleva, & in lumbos meos
mitte. Non intelligo quid velis, inquam, quid moliris? te mei pietas
capiat? ſub hæc femur ipſe meum

subdita manu superinjicit in lumbos
suos, situ quo voluerat. Demum adigit in venereum scopum mentulam,
& principio quidem impellit levi con-
cussione, mox fortiori, ac postre-
mùm eo nisu, ut summum mihi non
dubitarem imminere periculum. Ri-
gida ea erat ac si cornea ; igitur, cùm
minima loci capacitas negaret ingressum, & in intima viam quæreret sibi,
& faceret, caligas demisit in pedes,
& nudus, ut nuda eram, cominus ver-
berare cœpit vehementer valli mei cre-
pidinem. Tantâ vi ruebat,& cuneo illo
diffindebat me, ut lacerari me exclamarem. Paululùm requievit ab opere;
Sile, amabo, corculum, inquit, ita
hæc res agitur : obdura immota. Iterum subter clunes manum misit, pro-
movitque ad se, quæ videbar in fugam
converti. Nec mora, crebris concussibus ita me fatigavit, ut ferè animo
deficerem. Rapido pòst impetu hastam impulit, summusque mucro hæ-
sit in summo ulcere, clamorem tollo,
quem ut audivit mater, festina accurrit. Heus tu, Cavici, inquit oblitus

es pollicitum effe mihi hanc tuam pa-
læftram , quam indulfi tibi ludum fore non pugnam? cum hæc loqueretur,
in fudorem defluxit venereum Caviceus. Senfi me imbre fervido irrigari,
at ut primùm colliquefcebat, eò rapi-
diùs agebat fe , & humor ille vifcidus
favebat conatui , ut qui contùm oleo
liniat. Me igitur duos tres-ve digitos
perfodit, eamque feminis copiam plenis laticibus fudit , ut intrà vifcera
mea penetraret, pubemque mihi po-
ftcà complueret.

T V L L.

Tu intereà eras *fatui puella cunni,*
nihil movebaris, nec fimiliter refoluta es !

O G T.

Fatebor, mea Tullia, tunc primùm
percepi quid fit Venus. Nec omninò
tamen exploratas habui omnes harum voluptatum dulcedines. Cùm
iam deficeret Caviceus inceffit me
quafi micturientis pruriens libido;
tum & ipfa retrò clunes tollo, & illicò fenfi magna cum voluptate excerni ex me nefcio quid, quod mirabili

ter me eâ in parte demulcebat. Con-
niventes mihi oculi, crebri anhelitus, vultus mihi ignefcere, totum
corpus dilabi, ah, ah, ah, deficio Cavici, exclamo, fifte fugientem animam,
defifte ab hac re, quæ tam iucundè
enecat. Euge, Octavia, inquit, huic
voluptati omnes fpiritus adverte, ejice
fortiter ex re, quod titillat tam fuavi-
ter fenfus. Intereà nervum, qui iam
elanguebat, demiffo intrà crura mea
capite, fuftulit læva manu, & iterum intrufit in oftium meum. Hic demùm tactus novos in his locis ignes
excitavit. Copiofa ex me titillantis
fluit liquoris pluvia, ut mictus potiùs videretur quàm ejectio feminis:
è locis. Hoc fi témporis momento parata fuiffent ad pugnam Cavicei arma, per Venerem! Gaudio & voluptate ebria irritaffem ultrò in me ipfa
ego. Tam citò curriculum illud à Caviceo piguit effe confectum, in ftadij
mei orâ, nec in ipfo ftadio.

TVLL.

Ita bellè, ita ad vivum rem depingis, ut me etiam fi fim filicernium

movere poſſis. Oſculare me: Vis Lampridium ? Sed non vis : Rapis me in furorem , quid velim, quid nolim neſcio?

O C T.

Quid tibi enim mihique cum Lampridio ? Quid vis me velle, quid nolle vis ?   T V L L.

Inſanio perdix mea , turturilla mea, eh, eh, mihi tuam manum commoda.

O C T.

Do propriam, non commodo. Quid poſteà?

T V L L.

Mea mitte intrà femina , expanſâ vola Veneris agerem occupa, prehende belli inteſtini ſedem , immitte digitum; mihi verò ſis pro marito, Inſili in me, ſubige, ſubagita; pulchrè omnia.

O C T.

Etenim ſi tibi eſſem quod Caviceus mihi. Sed quid umbra ad corpus? ut admoves pubem pubi , ut committis cunnum cunno , ut hæret pectus pectori.   T V L L.

Diffluo, diffluo, ô Lamptidi, Octavia. Ah, ah.

O C T.

O te libidinosam ! Tibi rivus manat
è lumbis , è quo vix puellulus amor
enatare possit.

T V L L.

Permitte tantisper requiescere ab hac
rabie, nam Veneris profluvium rabies
est. Sedata tandem hæc est mihi tem-
pestas, reddita membris malacia; redi
ad Caviceum ; quem in expugnatione
arcis tuæ reliquisti sudore fluentem.

O C T.

Pergam dicere. Verùm de Lampridio quid cogitabas? quid dicebas, æstu
furens impotenti? Cur potiùs non in-
vocabas ad opem , operisque partem
Calliam suum, quem amas, qui te deperit ?   T V L L.

Scies , communicabo tecum secre-
tissimas meas cogitationes, lusus, delicias, gaudia. In partem bonorum
vocabo te , omnia inter nos dividentur: memineris somnij, quo qualis
vitæ tuæ cursus in conjugio futurus
sit, præsagire debuisti.

O C T.

Dividere & dividi tu me docuisti

verbum esse in rebus venereis salaciffi-
mi sensus : & vis inter nos omnia dividi ? avertat omen Venus.

TVLL.

Te insulsam, divideris mecum, ego
tecum , divisorem habebimus pro-
bum ; omnia sic inter nos bona, quasi judicio Veneris ercifcundæ , noftra
dividentur, ô lusus , ô risus , ô illece-
brosas procacitates ! Sed quid obtre-
&tas nugatrix ? Sequere narrationis
tuæ filum.

OCT.

Gerræ Gerræ : scilicet, seria petis, ô fœminam gravem & probam !
revocas me ad sermonem, hac tuâ
Philofophiâ, moribus hifce tuis di-
gnum.

TVLL.

Hoc tuum est delicium. Sed agedum , fac quod facturam te dicis nec
facis.

OCT.

Etsi lapsus in paralyfim Cavicei
nervus peteret summiffo capite inducias , minabatur tamen mole & pondere terribilis. Spumas ore agebat,

& suo meoque tactus & madidus rore, identidem meam concham osculabatur. Perfecisse, me cognovi placatis meae libidinis fluctibus. Igitur liberior & audacior facta, quid ulterius petis, inquam, à me, ô Domine obsequuta sum, & me fatigat patientiæ meæ imago. Nihil superest quod præterea optes? sine abeam. Amplexabatur altero me brachio, alterâ verò manu vulvam spurcitiis ejus meisque turpem tractabat,& identidem offerebat arrepto fascino, non amplius arrecto. Sed ab ejus me tandem expedivi amplexibus, & dum fugienti repugno sellam pede offendi, quæ in pavimentum dejecta, non mediocrem edidit strepitum.

T V L L.

Tunc supervenit mater tua, hoc velut classico finiti prælij admonita, & ad lauream tuam vocata.

O C T.

Dicis. Non queretur mater nos collusisse siccâ Venere, dicebat Caviceus. Scio, reponit mater, te nobilem esse Palæstritem, sed vereor, ut prædixi, ne ne, ſicut operam, ita & oleum perdideris. Num bonæ fidei homo es ? Virginem reddis quam virginem commodavi ? Ingreſſam verò eſſe non perceperam, nec item Caviceus, cui nuda adhuc propendebat ante oculos meos mentula.

T V L L.

Haud fugit ad aſpectum mater, nam.

Recta veniunt, videntque magnam
Matronæ quoque mentulam libenter.

O C T.

Puto equidem, his de noſtris rebus ſubodorata, eſt muliebris curioſitatis conjectura, aut etiam ipſa vidit oculis minutiſſima quæque.

T V L L.

Vel quæ ſanctiores, & caſtiores, curioſæ ſumus omnes harum ineptiarum. Mater mea primâ nuptiarum mearum ætate, eâque aureâ, ſic diem voco qui nocti beatæ illi ſucceſſit, nihil dulcius antiquiuſve habuit, quàm ut ſibi quæcunque paſſa eſſem, enarrarem ? & injectis ad collum ulnis dum dicerem, oſcula figebat ori meo,

F

quæ vix Lampr i di vincant suavia.

O·C T.

Eandem de mea audies dementiam,
effugit in alterum Caviceus cubiculum, ad Caviceum redeo, sublato manu unâ subligaculo, quod ad pedes
defluxerat, pòst januam occlusit mater. At tu, inquit, ut lusisti, nata, ut
maritum experta es? amplexû arctissimo fovebat hæc locuta, osculis premebat. Absit à te pudor omnis, nata,
puta tibi dicta quæ mihi dixeris, in
matrē sociam habes ad hæc Hymenæi
sacra. Loquere.

T. V L L.

Dicenti ardebant oculi, venæ tur-
gebant, hiscebat concha, per Venerem meam! Diffluebat ultro remissa.
Nec miror : nam id ætatis nonum atque vigesimum annum vix attigit. Anno nupsit decimo tertio in has te vitæ
auras, fœlici partu, mea Octavia,
edidit ineunte decimo quarto. O quali incensa æstuabat pruritu.

O C T.

Principiò nihil respondebam; pòst
cùm cœpit inquirere curiosiùs, quid

quæris mater, repono, obfecuta fum
tibi & Cavicco, tibi, nam debebam ;
Cavicco, nam juffifti. At ne fufpice-
tur quis has veftras nequitias, emit-
tam, inquit, Caviceum ex domo.
Iube verò in inferius conclave defcen-
dere, non excedere domo, inquam,
id multò erit honeftiùs, quàm fi exege-
ris è tectis ut extraneum, qui tuas
quia tua fum, & quia meus eft. Illico
ad eum abiit. Sede interim, ait,
dum redeo. Dimiffo ad inferius conclaue Caviceo, regreditur : tunc, liberè loquere nata, puella es, ætate non
infans, & jam ingenio matremfami-
lias præftare debes. Mulier ego & tu
fumus, hoc, in quod vocata es uxoris
munus, bonæ mentis fons eft equidem nobis certiffimus, officij nuptialis Provincia quædam velut Regio eft
iudicij & mentis, in quâ turpe eft
deficere nos iudicio & mente cujus-
cunque ætatis fimus. Vt bona gaudia
mariti in corpora noftra, fic bonam
mentem in animos eodem tubo, egre-
gij artifices, infundunt.

F ij

TVLL.

Quis dubitet, & ipfa fatis eſſamplo documento, quæ ante hos dies etiam fandi rudis, hodie tam aptè ingeniofè, & comiter omnia & agis & loqueris.

OCT.

Vix apud nos velut *in una fede moratur* virginitas & bona mens, duæ pretiofiſſimæ vitæ res· Qui aperit nobis vulvam, aperit & delitefcentem mentem, virilis contus. Fortè in hoc, dum nafcimur, loco detrufam, mox impulfibus concuſſibus-ve fuis ex hac infima fede ad fuperiora agunt.

TVLL.

Bellè dictum, ah, ah, ah, fic quæ tibi excuſſit virginitatem mentula, mentem incuſſit. Ideo huic nervo affictum mentulæ nomen, quòd impreſſa fit illi facultas à natura, creandæ in nobis bonæ mentis.

OCT.

Igitur audacior adhortatione matris facta, non alia fum, inquam, mater, ac eram ante horam nifi quod confpurcavit miferè Caviceus. Rapidum Cavicei telum vulnus tuum, vulvam oftendebat, non haufit. Subire non potuit, mater, præ craffitudine, inquam, nec ferre ego crudos impetus, igitur erupi in clamorem, difcerpi me, cum dirè peteret, fentiebam. — Nec tamen intrò vallum tuum pervafit, aggeremque perrupit ? fubjicit. Non potuit, inquam, nam citò in humorem furor ille impotens refolutus eft. Agè, oftende, inquit, indufium tuum : Ecce mater, aio; ut vidit abundanti imbre confperfum, exclamat, ô filia, quid video, quàm divitem & inexhauftum libidinis fontem habet Caviceus ! O te lætam & fortunatam, fi hæc feminis copia uterum tuum intimum irrigaffet. Hæres fingi ex eo nobis potuit robuftior Hercule. Nunc, inquit, nuda corpus, nam id volo à tam pulchro' corpore abjici tam fpurcum indufium. Quid plura ? Sumpto alio veftem indui, eâque arte & diligentiâ capillos & veftimenta mater emendavit, ut nihil præterea addi ad cultum ac honeftatem poffet.

TVLL.

Num indusium condidit quod deposueras? Num lustravit oculis.

OCT.

Superstitiosâ curiositate expandit. Ego vero erubescebam ad rem, inundationem passa es filia, dicebat, non levem alluvionem : Sed apparent nullæ virginitatis læsæ lachrymæ; quid clamabas? Dum conciditur virginitas, sanguineæ ex ejus cæde stillant guttæ, quæ pereunti pro lachrymis sunt. Intelligo pulsata tantùm fuit, non vulnerata. Hac nocte se res meliori successu habebit : Sed ad id muliebris patientiæ stipendium, quod cœpisti mereri, probè te video comparatam. Demùm indusium armario condidit.

TVLL.

De convivio, cui et assedi, nihil habes dicere quod nesciam. Fœlicis noctis illius, quæ subsequuta est, expone lusus & procacitates.

OCT.

Mei, Ecastor, conveniendi ad noctem usque Caviceo facultas nulla

fuit. Ita confanguineæ affinefque è
virginum numero adhæferunt mihi.
lateri affixæ. Raptim femel fuavium
tulit, inquietæ, Dij boni ! Quàm fua-
ve ! Nobis alia omnis præclufa erat ad
plenam voluptatem fpes & via.

TVLL.

Licere amantibus, die, quod cu-
piunt nocturnæ, vetant amoris reli-
giones. Sua funt nocti dona, quæ fo-
lem videre non juvat.

OCT.

Moriente die vivere cœpimus; mox
folutis hominum fœminarumque im-
portunis concionibus, relicti foli alter in alterius cupiditate emorieba-
mur. Tu ac Pomponia aderas, tandem
utrumque manibus prehenfum duxit
mater in genialem thalamum, hac fatis hactenus die laboris tuliftis & in-
quietudinis, inquit, reficite animos
quiete & corpora fomno.

TVLL.

Ite agite, ô juvenes, pariter fudate me-
    dullis.
Omnibus inter vos : non murmura veftra
    columbæ,

F iiij

Brachia non hadera, nec vincant oscula concha.

Ludite, sed vigiles nolite extinguere lychnos.

Omnia nocte vident nil cras meminere lacerna.

OCTAVIA.

Me paulò ante accerferat in cubiculum mater, in quo delibata & imminuta virginitas mea. Hîc, reclusâ aureâ pixide, odor fuaviffimus nares noftras afflavit, aëraque implevit. Revolve nata, inquit, ad umbilicum veftem, indufiumque, obtempero. Nudam videns fubrifit, es verè pulchra, nata, fubjicit, & Caviceo digna. Sed hoc fuave-olenti unguine facies, ut operâ fuâ minori tuoque labore ferè nullo maximè commifceatur tecum, Tuam inunge tibi partem, nullo melioris pacto poteris tuis defungi partibus. Immitto in pixidem duos digitos & multo fluentes unguine ad vulvæ refero monticulum. Nec verò, ait, fic facto opus fuit, intrò eft mittendum non ad pubem, circùm circà ut facis, effundendum. Mox ipfa extimam intimamque inunxit rimam digitis quàm altiſſimè, potuit, inſertis. Te multò junior eram, cum nupſi, inquit, quàm nunc es, ſi hoc me medicamento Veneri aptiorem non reddidiſſet matertera, quàm per ætatem eram, patrem ſanè tuum vix paſſa eſſem, quem tamen abſque ſummo dolore tuli. Rem mirabilem! cognata, illicò inſana prurigo vulvam incendit, & tam ardens me invaſit Veneris libido, ut vix temperarim mihi quin maritum ultrò adirem, ipſa concubitum peterem.

T V L L.

Frequentior eſt hic uſus ſub hoc Cœlo cùm teneriores fruendæ dantur ſuis viris virgines.

O C T.

Quid plura? Tu me in lecto collocaſti, & ut loquuta eſt ultimum morienti virginitati vale dixiſti. Cùm ſe vidit ſolum Caviceus diligenter occluſit cubiculi fores, meas aperturus: omneſque nequis abditus lateret luſtravit angulos. T V L L.

Hic ludus teſtes odit, qui tamen

fine teftibus non agitur.

Magnis teftibus ita res agetur.

OCT.

Et verè aɗta eft. Audierat Caviceus cùm diceret mater, num mihi
vehementer timerem, refpondiffe
hunc marito meo injuriofum fore ti-
morem, & cùm fubjiceret, fi vellem
rogaturam Caviceum, me humaniùs
haberet, etiam repofuiffe omnem mihi dolorem voluptati futurum, è quo
illi voluptas nafceretur. Procurrit ad
me, & injectis collo brachiis pronus,
quales, inquit, agam tibi gratias, hera mea, pro tanto munere? vis abfque
conditione tradi mihi, nec fruftrà erit
tibi hæc confidentia, nihil ultrà acturum me recipio, cui non confenferis.
Sed, ut te novi, confenties fœlicitati
meæ. Sanè, inquam, nàm quï viribus
tuis amorique meo poffim pugnare?
Veftimenta iam depofuerat fervorum
ope, folaque femoralia linea fupere-
rant. Sine morà depofitis, abiectoque
etiàm indufio nudus profilit in lectum. Arctiffimo me ligat complexu
nudam, & fpiffimis bafiis præludit

proximo certamini. Mammas, uterum, crura, clunes, libidinofis proftituit manibus, omnia pererrat membra fervidus, & miratur.

T V L L.

Sed utiliffimam nuptiis partem prætericrat ?

O C T

Vltimam aggreffus eft eam. Ad fuavem, quam expirabat odorem, non hæc tua lætiffima fpecus exhalat mephytim, inquit, nec mirum, quæ tot bona continet, benè olere. Rofea tota es & Myrthea. Sed fcio, inquit mollire viam mihi in hoc gaudij tui meique campo, in animo habuit mater, & ego artem arte iuvabo. Hoc tuam modo diffifurus fum conto partem, mentulam oftendebat, rectam, craffam, longam. Vt faciliùs fi penetret in venam hanc, cùm impulero etiam unguento mulcebo quod paravi. Vnxit, & intentans delibutam, nunc domina, inquit compone te ad cupidineos hos infultus.

T V L L.

Ferant opem virginenfis Dea, fubigus Deus , Dea Prema , Deaque Pertunda, amica novis nuptiis numina.

OCT.

Vnus pro omnibus fuit Caviceus.

TVLL.

Hi ad genialem lectum Hymenæi conveniebant iussu indigetes. Cùm Paranymphi discessissent , novam nuptam ope sua, ad fortem & invictam patientiam comparabant. Aderat Virginensis marito solventi zonam nuptæ Herculeo obstrictam nodo; Subigus, cùm soluta zonâ in apertum corporis campum pugnaturus conscenderet ; Prema , cùm uxorem comprimeret, faciebat ea ne se subduceret;& Pertunda ut se pertundi & pilo transfigi pateretur, nec, cùm diffindi sentiret sibi tenerum corpus , pilum excuteret.

OCT.

Conatus facilè omnes meos elusisset robustus , & vegetus , quem quartus supra vigesimus annus ad hanc pugnam faciebat novum Herculem. Ipse me quo situ voluit , ad eam rem componit , non reluctantem manu resupi-

nam alterâ ftatuit , alterâ aperuit femina. Poft fe invergit in me , & intrà
divaricata crura pronum conjicit. Novum hoc me terruit pondus : animo,
ait, firma fis,& immota corpore , hera
mea : non commovebor, inquam, fed
amabo ; fermonem interrupit cruda
fævitia , nam , eodem temporis momento, addactam, fummâ vi , mentulam in vulvam impulerat, Hæc dehif-
cens fpontè fummum voraverat caput , toto poft fuo pondere irruit , &
obfiftentem loci compagem cœpit
folvere.

T V L L.

Scilicet : *Irritat virtutem animi,*
confringeret ut arcta natura primus por-
tarum clauftra fuperare et effit.

O C T

Difcerpebatur miferè infœlix vulva ; manum meam , interprete dolore , in auxilium rogabat mitti ; miffa-
que eft ab impatientia mea. Ampliùs
tenere vocem non potui , infixamque
vifceribus haftam è vulnere conata
fum trahere : at ofculatus me Caviceus flecti me non finam anima mea ,

inquit , averte manum illam tuam turbatricem, minimum tibi mihique laboris ad perfectum opus superest. Interim sustinebat impetum, manuque injecta , ne ultra proriperet se mentula, impediebam; sed illico, hei! hei! corculum ! ait, preme mihi hunc nervum quem tenes, liga arctis digitorum vinculis. Comprimo vehementer, & eodem temporis momento depluit ros fervidus in hortum meum ; nam media ommino mentulæ pars me implebat ; nec propterea subagitabat me , ut antea : ab omni se motu abstinebat , & semen profudit, ita in campum meum , ut ne gutta quidem , aut stilla ex viæ regiæ recta regione erravit ab hoc elanguere in manu, & in vulva salax cauda cœpit. Madida, spumosa, veternosa versa est in fugam.

T V L L.

Lucebant tunc cerei in cubiculo vestro ?

O C T.

Ac si dies nobis luceret , ita liquidò omnia patebant. Perfeci , Dea mea, inquit Caviceus, quo verò voluptatis me beasti cumulo? nunc autem tantisper quiescamus ambo alter in alterius amplexu.

TVLL.

Tibi autem, cognata, voluptatis nullus fuerat sensus?

OCT.

Audi rem ineptam: ubi exscendit Caviceus, me cœpit furiosæ libidinis æstus, ego eum amplecti, osculis petere, suspiriis excitare; ille mihi & suavia dare, & labia ima vellicare, & digitis in pube, & in cadurdis ludere. Subitò emitti sentio ex venis meis deliciosum profluvium, ac cum eo humore, quo me proluerat, è claustris uteri magno se impetu projecit.

TVLL.

Sic flumina quædam ex fonte suo, & originis capite ingenti ferri dicuntur rapiditate.

OCT.

Excepit verò hos rivos læva vola Caviceus; qui ad rem hanc inopinam, ego te citiùs, anima mea, ad libidinis perveneram metas. Ego velut fides rata obmutefcere præ pudore, fed manum dimoverat ex eo loco quem hæc Veneris fpuma inquinabat. Non opinabar te id ætatis, inquit, effe Veneri tam aptam. Aliæ in primis congreffibus puellæ ne minima quidem tanguntur oblectationis guttâ, tu pleno alveo in voluptate natas. Bene eft, mea voluptas, bene eft. Cùm hæc diceret, eò refert iterum lævam: papæ! inquit, profluvium Veneris id non eft, fed diluvium; quæ tibi vafa in utero latent, quæ tam copiofum potuerint imbrem continere? ego ad hæc, tuus eft hic humor, non meus. Effunditur quem intrò profudifti: quî egreffum negare potui è vafculo meo tam horribiliter diffiffo? quidquid verò id fit anima mea, inquit, gaudeo vehementer te his gaudiis effe ad fatietatem impletam, loquere liberè. Ita eft, inquam, quod intulifti dum pulfas, id omne malum egregiè gaudiis compenfafti. Iam hodie manè umbra me quædam attigerat incredibilis voluptatis, fed nihil matutina hæc illa Venus ad nocturnam hanc. Interea

hunc vifcum deterfi è corpore, ut potui, ad fuperinjectum linteum, nam
fudarium mater oblita erat pulvino
fubdere. Nunc verò, inquit Caviceus,
alacri efto animo. Volo te in omnes
tranfire voluptatis meæ guftus, &
quidquid libidini placuerit meæ,
etiam tibi placere. Petulantis aio effe
mulieris fub viro fubagitanti fubare,
& commoveri. Nolo te, inquit, motitare clunes, & mutuis motibus meis
refpondere. Imò nolo te crura tollere
nec ambo fimul, nec alterum alte-
rumve, cùm fuper fe confcendero.
Sed hæc funt quæ volo, primùm diva-
riceris & aperias quàm aptiffimè poteris femina. Vulvam oftentes mentulæ
figendam, & eo corporis fitu non
mutato ad finem ufque libidinem perduci meam patiaris. Sunt & alia de
quibus aliâ te nocte faciam certiorem.

T V L L.

Suus cuique maritus mulieri eft
legiflator: cuique marito fui funt mores, & cupidines, eòque mulier præ-
ftabiliori utitur fato quo mariti mores diligentiori ftudio in fuos transfu-

derit. Proba demum ea eſt mulier quæ libidinem ſuam in mariti libidine quæſierit. Perge.

O C T.

Intumeſcit mihi nervus, inquit, oſculumque dedit in latus recumbenti, papillas molli tactu preſſit, concham adhuc roſcidam tractavit, mox lævam manum meam mentulæ admovit. Rogavit caperem; cœpit. Dein me jubet componi ad congreſſum; obſequor. Conſcendit ſubitò, & mentulam applicat oſtio : nullâ morâ, ſubiit gurguſtiolum id meum rigidus hoſpes; ſed hauſtâ mediâ parte ad quinque pollices altos hæſit. Nunc, inquit, volo, Hera mea, numeres omnes concuſſiones meas. Vide ne pecces in numero. Cavebo, inquam, & morem geram. Tunc altiùs impreſſit mentulam : dum verò concuſſionum numerum duco, & in ea re figo cogitationem impetu fregit oſtium, & in adyta veneris irrupit ad coleos uſque fulminea mentula. Me acerrimus dolor coëgit ad ejulationem, injunctique muneris in hac perturbatione tulit oblivionem. Me necas, Cavici, me necas exclamo ; parce miferæ. Iam tibi res acta eſt , inquit, ecce me totum quàm longus, quàm craſſus ſum, voluptas mea voraſti. Abſiſte paululùm, inquam, recede, educ gladij cruenti partem : Imò altiùs abdam ſi poſſum, reponit & dicto citiùs iterum furioſè irruit, & ita pubem pubi conjunxit ut ſe in me penetrare velle totum videretur. Tollo tũc vocem, non ſentis? dicebam, pulſas uteri mei imum fundum ? Iam necas, abſcede totum gladium hunc tuum, noli immergere, corpus meum. Receſſit ut rogabam, & cùm mediam traxiſſet machæram ex vulnere, quid? dulcis uxor infit, anchorâ tetigi abyſſi fundum ? Mox ſenſim ſine ſenſu cœpit denuò immittere. Adverte, inquit, cùm primùm intrò pulſari te ſenties, liberè vocem mitte, abſcedam illico. Nam equidem libido eſt frui bonis tuis, ſed hæc me non tenet dementia ut cupiditatem meam velim in ſæviiam mutari. Inducit ad hæc altiùs mentulam, & cùm urgeret ſiſte, inquam, carum ſed dirum vulnus infixo mucrone infligis. Retraxit iterum : fugit, adjicio cum telo tuo ex hoc vulnere dolor omnis ; profundiùs, amabo, ne impellas. Pubi autem meæ, & vulvæ quatuor omnino pollices latos superextabat virile pilum. Novi nunc quantam mentulæ meæ partem impunè possis excipere. Modò tres pollices superemineat, nullus tibi nocere poterit impetus meus. Accommoda igitur mihi manum, & ut ipsa tibi mihique sit quædam cunni tui accessio. Nam, & nescis, totum venustæ, ut tu es puellæ corpus cunnus unus est. Facio „ut fieri cupiebat: insinuo in eam partem manum ; & stricto digito complexu arreptam mentulam comprimo. Novas sanè cócussiones integrat, ac post decimam resolutus est, meque levi movit titillatione dum seminis rivos meam effundit in paludem. Nihil praetereà; nam eieci, nihil.,

T·V L L.

Ingenuâ sanè & festivâ pascis aures meas·narratione. Quot vero in hac secunda coïtione numerasti concussus, quot tulifti ?   O C T.

Viginti fanè antequam turbaretur
numeri ratio; poft verò, ut audis, decem. Sed dum exclamo, dum excru-
cior, dum interfici me queror, alij
etiam plures, multò ut vehementiores ſe fuerunt. Ipfa de eorum numero
judica.

T V L L.

Agedum: Vt reliqua nocte lufifti ?
    O C T.

Toto projectus pectore pectori
meo hærebat, & incumbebat. Gaude-
bat adhuc exfugi fibi mentulam ; alli-
gatus adhuc brachiorum niveis, ut loqui folet vinculis me bafiis atterebat,
cùm proximum cubili noftro oftio-
lum aperiri audimus : & eodem momento ad fpondam lecti apparuit mater. Nam tu abieras, Cognata, hem
puto vos, inquit, in medio amplexu
expiraffe. Mittit fe ad latus meum
Caviceus, & offufa ego pudore, ignofce mater inquam. Hei mihi quam
crudeli & inquieto me homini dedi-
fti! Macte animo, nata, inquit, penfi
officiique tui eft quodcunque paffa

fueris. His tibi molestiis creantur dulcia nuptiarum. Tunc, .conversa ad Caviceum, virginem an uxorem perfectam habes tecum, fili ? Me generum habes, reponit, & ego uxorem; & osculum mihi dedit. Bene est, inquit mater, & similiter Caviceo osculum tulit. Nunc meum agnosco, inquit, qui in meâ virgine viriliter lusit. Mox utrique obtulit potionem quâ reficeremus vires, nec multò post abiit, extinctis qui ad interiorem lecti spondam lucebant cereis. Pòstquam abiit alligavit me novis amplexibus Caviceus, & aliquot post sermones, quibus me voluit rerum, quas à me aut evitari, aut servari cuperet, fieri certiorem, in longum dilapsi uterque somnum sumus. Iu primis dixit mirum in modum odio habere fœminei corporis in Venereis palæstris jactationes : Adjecit, & alia quæ non sunt hujus, puto, narrationis. Illucebat jam dies cùm suscitata à somno cœpi dormientis Cavicei corpus curiosis lustrare oculis. Fateor, Cognata, nihil exactius, nihil inter homines

pulchrius finxit natura rerum parens.
Iacebat supinus, pectus candidum,
plenum; brachia longa, rotunda; venter modicè assurgens ; femora crassa,
robusta ; tibiæ nec nimiùm graciles
rursus nimiùm magnæ; Cutis alba,
nitida, sine rugis , sine mendis. Statuam marmoream dixisses.

T V L L.

Fugit diligentem illam tuam curiositatem medius Cavicei nervus ?

O C T.

Etiam in quiete timendus , & mediâ in pace minax , quamvis attonito
similis. Dum contemplor, credidi novos in eum spiritus ex oculis meis
transiisse , & immissos esse. Quasi à
Dominâ suâ se videri sentiret commoveri cæpit,& caput attollere; somnum
Caviceo abrupit. Finxi ego altum soporem,& conversus ad me Caviceus,
dormis, Domina, inquit. Cur tu verò,
refero,solvis mihi tam placidam quietem? Putabam, reponit, cùm diem vidi jam vigilem esse quæ Sol meus es.
Osculum dat,papillas tractat, uterum,
& potiorem uteri partem , amatam

concham pehendit. Conscendit, fissu-
ræ meæ rigidum admovet contum.
Memor ero promissi, ait ne trepides.
Si altiùs impulero;quàm ferre poteris
mone.Tunc in sulcum impressit men***-
Iam, ad id viæ intervallum, quod doloris voluptatisque noverat esse mihi
confinium. In hoc ultimo hujus noctis labore me diù permoluit,ac innumeris inflammata concussibus ad libidinem, urentique correpta pruritu,
non potui continere me quin nates
aliquantulùm attollerem. Tunc quantò potuit impetu Machæram immersit ad usque capulum,nec,ut anteà dolebat. Tamen gemitum misi, &, ad-
veniente libidinis œstro, largo pro-
luit plagam, quam intulerat balsamo.
Ex me majorem hactenus se fassus est
non cepisse voluptatem. Sic ea nox
transacta fuit nobis : Et post brevem
collocutionem invasit gratissimus
somnus,qui nos ad altam diem tenuit.
Quid cætera referam quæ scis, quæ
novisti, & quorum etiam magna pars
fuisti ?   T V L L.

At verò ignavum habes cursorem
qui

qui unâ nocte folidâ ad tertium tantùm pervenerit milliare. Sed molles
fluxique omnes funt plerique quibus
appendit inguinum pondus natura
ultra communem hominum modum.
Etenim funt nuptiæ fexui noftro præ-
ftantiffimum bonum, nam eft infefta
omnis & ignominiofa Venus quam
Hymenæi lex non honeftat. At citrà
Venerem beata vita nulla eft. Sed fœ-
licitatis noftræ nobis fumus artifices
omnes nuptæ.

OCT.

Miror, cùm res fit tam dulcis Venus, non calere eo femper igne homines. Nam ad carpendos vitæ hos fructus promptiores multò fumus.

TVLL.

Scilicet ex tua falacitate Cavicei-
que frigiditate præjudicium capis.
Amas in tuo nido pippire Pafferem
catulli : ex materno fanguine fictam,
nihil mirum maternis incendij calori-
bus.

OCT.

Quod matris famam oneret nihil
audivi.

G

TVLL.

Aliquot annis ætate provectior suis ita infecerat nequitiis Lucretiam, Victoriam, & me, ut nobis nihil esset libidinosius. Novæ aut decem annos natæ eramus omnes. Sempronia verò mater tua jam duodecimum attigerat. Victoria quam deripebat id ætatulæ, puerum esse se fingebat, me verò alteram se; interdum Lucretiam Victoriamque appellabat, ac si amans Dominæ loqueretur amatoriis verbis sollicitabat ad amorem. Se uri querebatur, æstum suum osculis, amplexibusque temperaremus, rogabat. Nos verò, quas nullus tangebat Cupidinis sensus, ridebamus, sed osculabamur, sed amplectebamur. Mox manum sub vestem mittebat, & liberrimo tactu delibabat pudicitiam. Interdum humi jacere volebat resupinas, revolvebat vestes, & indusia nuda corpora prostituebat oculis suis: divaricari crura jubebat. Ipsa se similiter nudabat, pòst insiliebat in nos, & quasi vir esset subigebat. Tali matre ortam decet Veneri esse simillimam.

Eh ! eh ! eh ! Memini , audi.

O C T.

Credam quæ narras , si docueris quâ
tandem sit ratione factum , ut quæ ad
libidinem sit adeò proclivis , se tamen
ab omni turpitudine servarit purissimam.

T V L L.

Faciam. Sed audi puerilis amen-
tiæ licentiam. Tres quatuorve menses antequam nuberet patri tuo , contigit nos agere secum pomeridianis
horis. Pater materque aberant , & è
familiarium numero nutrix relicta
ejus erat custodiæ : sed in alia domûs
parte operam dabat domesticis rebus.
Semproniæ erat à pedibus delicatus ,
lætus Dionæus annorum puer plùs
minusve quatuordecim. Admisit puerum in puerilis lusûs societatem , &
post concussationes, confabulationes,
saltationes , & omnis generis nequitias cœpit sibilis & dicteriis jucun-
dùm petere. Id puero nomen. O puellam ! dicebat , nos autem pueri sumus , tu pupula. Videte, Sodales ,
ut modestè se habet , moriar , homi-

nem non esse, sed virginem puto. Virginemo perit virilis vestis. Sexum sanè vestemque dehonestat Ille, ut pueri solent, primùm pudore suffundi, postea sefugâ proripere. In fugitivum omnes involavimus. At cùm retraxissemus interiorem lecti spondam, nunc videamus quis quæve sit, inquit Sempronia. Manum prima intrà ejus femoralia infert.

O C T·

Nec reluctabatur jucundus. Ah! ah! ah!

T V L L.

Apage, dicebat, sanè virgo non sum, & mox sciam utrùm virgines sitis libidinosæ occurrit manui nervus quem extraxit è carcere. Vt sensit intrà manum succrescere, hem quid hoc est, inquit ad me conversa, tange etiam tu Tullia. Ego, ac victoria manus admouimus harum nequitiarum rudes. Sensimus tactu hoc nostro magis magisque turgescere? Repetit quoque tactus Sempronia; cùm primùm, ait, tractavi hanc rem, carneam inveni, nunc eburnea facta est. Dic Ioconde,

scis tuæ suppellectilis usum?nunquam
expertus sum, inquit, iuventutem
meam : Sed scio tamen. Doce igitur,
reponit Victoria. Docebo sanè omnes
vos, inquit, sed alteram post alteram,
& in eo loco ostendebat secretam lecti spondam.Volo autem semproniam
primam edoceri.Igitur manu Semproniam capit, & in eam ducit voluptatis
regionem. Asiaticis stratum erat tape-
tibus pavimentum : pulvinos binos in
humum projicit ; nunc sede Domina,
inquit,& momento pòst docebo usum
tui hujusque membri , mentulam
ostendebat, & nihil usquam hoc esse
usu dulcius fateberis.Illa se ultrò mittit in eum pulvinum, dehinc femoralia soluit Iocondus, & apertis coleis
genua flexit inter Semproniæ femora.

O C T.

Videbas tu ?
T V L L.

Videbam ut tu me: Volo tibi Domina, dicebat, pilum id figere in uterum. Hæc dicens alterâ manu evertit
in alterum pulvinum, quem accomo-
daverat sustinendo capiti, alterâ sem-

G iij

proniæ veſtem, & induſium quàm altiſſimè potuit replicat ad zonam. Mox
effudit ſe in eam. Et primo alterove
inſultu in ejus fiſſuram pilum impulit.
Tremere viſa mihi eſt ſempronia. Eh,
eh, inquit, dolet, Ioconde, ſed jucùn-
dè dolet. Vis abſcedam reſpondet, nolo verò, reponit illa. Cœpit Iocundus
agitare, & illa ſingulos ad concuſſus
repetebat, eh, eh, donec uterque titillatione novâ eſt veluti emotus mente.
Ah, ah, exclamat Iocondus, amplectе-
re me, Domina, micturio, & itidem
ego, reponit Sempronia, eh, eh, impelle, impelle vehementer ; deficio.
Frequentiores integrant concuſſiones, mutuo inſultuum ſubſultuum-ve
motu. Quàm aptè, dicebat Iocundus,
ſublevas nates, quàm ingenioſè moti-
tas ? Te verò, dicebat illa, ſentio verè
intrò meïere. O rem! ô rem! defêcit
in hæc verba, & paulò poſt adiecit,
delectabilem ? Sic utrique id opus
peractum eſt. Cum exſurrexiſſet ſempronia, venit in meos amplexus, ô
mirabilem luſum! Inquit, abeant deinceps pueriles noſtræ ineptiæ :

Iocondus doctus est ludere dulcem &
egregium ludum. Osculum dedit dicenti Iocundus, dedit & mihi Victo-
tiæque, ab ejus ludis similes delicias
sperantibus. Sed me sentio, quasi si in
me multo imbre deplueris, sub indusio meo madidam, inquit Sempronia.
Ad hæc, ejus sub vestem manum misit Iocundus. Cave, Domina, inquit,
ne indusium tibi tuum inficiatur hoc
humore, & abstersit ipse diligenter.
Etenim, si nutrix materve tua ani-
madverterent hoc Veneris tuo in indusio effluvium, conjicerent te vitia-
tam fuisse. Nec à verò aberraret conjectura, inquit Sempronia. Hem ! quid
audio ? Quid fecistis vos, quærebat victoria. Nihil omninò vidi nec æquè
fui curiosa ac tu Tullia. Quod solent
parentes vestri facere, quod facient
mariti, in quorum venietis amplexus,
ait Iocundus, quod faciam mox, mox
ego tibi, id fecimus. Nam eam volo
quæ vestrum iunior est, dum mihi
integræ ad irrumpendam Veneris arcem, sufficiunt vires. Minor in ætatis
provectioris puellâ difficultas, nec

cam improbus labor.

OCT.

Iam apud me non sum; in stuporem me conjicis, quem fando non explicem. O mater! ô quam te memorem mater?

TVLL.

Ætate mihi, Ioconde, cedit Victoria & habitudine corporis, respondeo; verum ingenio me longè & pulchritudine superat. Ambæ, inquit, lepidæ estis & formâ insignes, refert Iocondus, utrique bona mea commodabo. At vero neutri mammæ intumuêre, semproniæ tamen jam niveum pectus ornant, non implent. In Victoriæ sinum manum intulerat, mox in meum, & paulùm excrescentia invenerat mammarum vestigia, non mammarum orbes. Sanè si in eâ corporis summâ regione eos non invenis globos, in mediâ tamen invenies lacteam viam quæ te ducat ad Cœlum, inquit Sempronia, faceta & salsa puella. Ad eam conversus Iocondus, osculer, inquit; Domina, pretiosas illas tuas papillas, quæ me donarunt immortalita-

te. Basiis oneratas innumeris ostendit
mihi Victoriæque sororiantes, duras,
candidas, mox eam projecit in lectum resupinam, tractavitque uterum,
& Veneris fanum. Voluit & nos ipsæ
lustraremus oculis, digitisque; dehinc
me deturbavit in pulvinum, & nudati
corporis aspectu se ad satietatem implevit. Accede verò, Victoria, inquit,
permitte me bonis tuis frui. Negan-
tem adduxit Sempronia. Mittit sub
indusium manum, pudenda prehendit, labia diducit, digitum inserit. Lanugine nondùm obnuptus mihi erat
hic locus. En, inquit Sempronia, res-
pice liberiùs Tulliæ meæ dotes & simul vestem indusiumque altè revoluit; sed tot miraculis, ut es, genibus
stratus & suplicis in modum basium
inferto, subjicit. Vterum igitur, &
quid mentiar? Ipsam etiam libidinis
concham, osculo veneratus est. Intereà cœpit inter tot amoris incentiva arrigere, se nudam deflectit in Victoriam & in ulcus dehiscens trusit
impetu rigidum pilum. Sustulit vocem Victoria, apage, apage, dicebat

G v

non patiar, sed post quintam sextam-
ve impressionem telum omninò hausit, & Veneri hæc est pleno coïtu ini-
tiata.   O C T.

Non secesseras; tu & mater dum
de virginatur Victoria?

T V L L.

Cùm vidimus tam parvo conatu in
intima penetrasse Iocondum, prose-
cuti sumus plausibus procurrentem
admissis equis ad metas, & de victoria
in Victoria triumphantem. Profudit
maritalem rorem in puellæ sulcum,
quam nullus tamen perfectæ beavit
voluptatis gustus. Re patratâ sudario
extersit Victoriæ campum, quæ, se cum
erexisset in pedes, exit, inquit, è fissu-
râ meâ, nescio quis humor, quem sensi è tuo corpore in meum fluxisse. Sustulit dicenti indusium Iocondus, &
sudario leviter admoto iterum detersit,
album vidimus liquorem sanguine
mixtum. Tunc injectis brachiis alligavit pectori suo Victoriæ pectus.
Conquerentem dirè se habitam solá-
tus est. Sudarium postea explicuit
cruore & venereo sudore tinctum:

etiam te virginem fuiſſe fateretnr pella Iudæus, inquit. Nunquid & ego
fui, reponit Sempronia, ſerve ultra
ſervitutis nequitias nequam? Imò &
tu fuiſti, Domina, reſpondet Iocondus, ſed quia per ætatem eras, quàm
Victoria, paulò apertior, ideò tam
apertis virginitatis cæſæ notis meum
non decoraſti triumphum. Nam opi-
ma,quibus hæc contingunt, referre ſe
putant ſpolia,& eò beatiores quò dif-
ficiliùs & diutiùs anhelarint. Guſtum
voluptatis labor acuit.

OCT.

Miſeret me tui, quæ his deliciis intereà,quibus iam mater mea & Victoria ingurgitatæ ſint, tandiu abſtines.

TVLL.

Puer delicatus & tener, attritus
laſſitudine, deliqueſcebat, ſicut & libidine. Ego ad eum iam langues, iam
deficis Ioconde, num ſufficient tibi
vires ad amplexus meos? Abito
ego vidua ex his nuptiis? Riſit Sempronia. Non abibis ſanè, inquit: Ecce vadem me habes Ioconde; ſed gu-
ſtatione recreandus es, qui nos tuis

bonis ditas munificus. Perge ad nutricem, roga guftationem afferri mihi & fodalibus. Paret, ac paulò poft placentam faccharo conditam puer ingentem attulit, & in lagena optimum vinum. Ego prima puero non exiguam do partem placentæ : non edit fed voravit, vini cyathum etiam do bibere. Tibi edit, tibi bibit Iocondus, inquit Sempronia. Cura ipfius corpus qui mox in tuum non notas fundat delicias. Semproniæ, & ipfi etiam Victoriæ eadem Iocondi cura. Igitur refectus potu & cibo vires fibi dixit omninò effe reftitutas, quas in earum vulvis reliquerat. Illicò in amplexus meos & ofcula advolat : Projicit in pulvinos malè repugnantem, Sempronia ridente. Quid plura? fumma fe fatiavit intra femina mea voluptate.

O C T.
Igitur facilem habuit in te aditum.
T V L L.
An te fallit nos Italas laxiores effe plerafque omnes in tenerâ iuventute?

O C T.

Sanè me ac te iure exceperis.

T V L L I A.

Nugæ ? Nupfimus ambæ prodigio-
fis mentulis. Priapo ad Deos fublato ,
fi Lampfacena tellus duo tales præterea viros , ac funt Callias & Caviceus tuliffet , non defideraffent pru-
riginofæ nurus extinctum Priapum ,
cujus hic magnificus fermo.

Hæc eft commoditas in. noftra maxima
pene ,

Laxa quod effe mihi fœmina nulla poteft.
Strictæ vifæ fumus quibus nulla potuit videri laxa fœmina. Nam poftquam traditæ funt Sempronia & Victoria viris fuis, quanquam bene men-
tulatis & ætate , quàm eft Iocondus
multò provectioribus , à primo con-
greffu in ima vifcera telum condidere,
pleni coïtus abfoluta cepêre gaudia.
Ita eft , Cognata , hiant , hiant Veneris oftia antica deformem in modum
italis hifpanif-ve fœminis : putes non
hominibus tantùm , fed etiam mulis
natas. Verùm in nobis Iocondus jam
femiaperuerat maritis noftris ad hæc
gaudia viam.

O C T.

Hoc cogitabam; & ne difficilior esset ineuntibus aditum patefecisse.

T V L L.

Falleris: nam nec medij digiti mei longitudinem, nec pollicis crassitudinem pueri mentula superabat in ea aetate. Omnes verò maritis nupsimus egregiè mutoniatis, Victoriae tamen & Semproniae maritos, licet probè ad eam rem comparatos, fatendum est nec cum Callia posse, nec cum Caviceo comparari. Dicunt Medici naturae eos modum excedere, qui arrigunt ultra septem octo-ve transversos pollices: ea est mensura communior, si longitudinem quaeris, sed crassitudo magnitudini respondere debet. Aiunt vaginae voraginem & altitudinem ad os usque matricis extendi in coïtu per septem octo-ve pollices; ulterius absque aliqua mulieris incommoditate, aut etiam aerumna posse negant. Ita fiunt, si crassitudine nimia nervus intumescat, difficiles coïtus. Dum dilatatur ad lacerationem vagina, plus hostilitatis in

muliebria arcana infert dira mentula,
quàm pollicebatur amoris. Sed fanè
quò juniores, eò fumus aptiores cu-
jufque modi hominum peculiis.

OCT.

Putabam matre meâ mulierem
nunquam & nufquam vixiffe fanctio-
rem. Quâ tandem arte factum eft,
Cognata, ut nec pater meus, vir maximè fufpicax, nec fama, quæ omnia
per urbes, vel reconditiffima; rima-
tur, & vulgat, ac fi viderit, nihil unquam animadverterint, in ea quod
non probarint, non laudarint? nam
& eam efflictim deperit parens, &
omnes fummis laudibus ut pudicam;
& probam ut quæ maximè, cumulant.

TVLL.

Quæ pereunt mulieres, aut famæ,
quæ vita potior eft, jacturam patiuntur, eæ pleræque omnes, fuâ culpâ,
in eam incidunt calamitatem. Rectè
dictum eft, *effe modum in rebus effe cer-*
tos denique fines.

Non in rebus confiftit laus & vitu-
perium, fed in rerum ufu vafrum &
callidum ingenium pro prudenti ha-

betur, & prudentis est se quibusdam
veluti limitibus circumsepire. Ab his
nulla amoris libido, odij nulla impo-
tentia, quæ nos plerumque obcæcant,
animum cautæ & judciio præditæ ab-
ducant. Vis bene beatèque vivere,
Octavia, omnia putes tibi licere, &
nihil: id summum tibi sit præceptum,
in ea vitæ conditione, cui te nuptiarum lex addixit.

O C T

Vix ac ne vix quidem, id quid sibi
velit percipio: quomodo omnia mihi
licere & nulla arbitrer?

T V L L.

Quæ poteris commodè, absque
mariti tuorum-ve offensa, id tibi licere omne habeas persuasum; quod
certo absque periculo non poteris, id
omne vetitum ne dubites. Impræsen-
tiarũ imbuenda mihi es veræ solidæve
sapientiæ præceptis, quibus in posterum totius vitæ cursum regas. Debeo
illis omnes meas voluptates, & serva-
tam incolumem pudicitiæ famam,
dum ludo, dum adolescentiæ bonis
liberè fruor. Illis & tu debebis fœlici-

tatem tuam. Ad voluptatem uno ſpiritu omnes ducimur, uno curſu feri-
mur malæ & bonæ. Sed malas nulla
tangit honoris cura; bonæ exiſtimatio-
nis & gloriæ decus voluptati, ipſique
adeò vitæ anteponit. At bonis non unà
omnibus via ad gaudia euntibus. Im-
prudentes & inſipientes ferè pleraſ-
que omnes in medio curſu aut igno-
minioſa mors, aut ſpiſſiſſimæ dedecoris tenebræ intercepêre. Aliæ, quæ ſe
duci ſtudent ſapientiæ præceptis, co-
mitatur uſque ad fornices & cellas
laus, & interrupti luſæ multitudinis
plauſus. Igitur non mutandi fines,
quod abhorret à recto, ſed quærendo-
rum finium mutanda ratio & modus.

O C T.

Qui ſunt ij fines, quæ inveſtigan-
dorum ratio? libenter audiam rem
ſcilicet gratiſſimam quia utiliſſimam.

T V L L.

Paucis abſolvam. A perfectis cum
Calliâ nuptiis menſis vix interceſſe-
rat, cùm ex meis Calliæque moribus
jam bene perſpectis, has ego mihi tuli ipſa leges, quas ad hanc diem ſerva-

vi diligenter. Quos ex iis fructus capio, & tu, si servaveris, capies. Principiò adverti animam ad eas res omnes quæ suprà, quæ extrà, quæ intrà.
Supra me est religio quæ rerum politi-
carum primum obtinet locum, sed in
naturæ ordine nullum. Vidi quid re-
ligioni, cui subsum, quid mortalibus
reliquis, quid mihi deberem. Primùm decet omnino religiosas esse
mulieres nuptas, aut videri. Nam
quæ religiosa est & esse non videtur,
haud quaquam; præstat quæ utique
religiosa videtur, nec est. Summa
nuptæ fœlicitas ex mariti pendet judicio. Ea beata fortunataque est, quàn-
quam nullius pretij, quam æstimat
plurimi maritus, secus deflendæ sortis,
quam odit aut despicit maritus, naturæ donis virtutum dotibus cumula-
tam. Sed postquam ferventiores illi
amoris æstus in nostris amplexibus te-
puerunt, mariti quam opinionem con-
cipiant de nobis à virtutum numero
quæ lucent in nobis metiuntur. Amore suo dignas non judicant, quas
bonas non putant. Non ideo amant,

priufquam bonis noftris fruantur, quòd pulchræ, quòd lepidæ, quòd juvenes. Demum cum libero corporum noftrorum vifu, tactu, & ufu, libidines fuas expleverunt, nos amant fi æftimant, fi bonas credunt, fi virtutibus inftructas vident. Igitur Octavia, finge te ad eos mores, aut finge eos mores. Nulla` unquam dolebit oblivio, nulla res obliterabit quam ceperit de te in his nuptiarum tuarum primis diebus, opinionem Caviceus. In hac vitæ fcena, quam induifti perfonam, bellè tibi eft fuftinenda.

O C T.

Vis me larvatam incedere; fed deponitur facilius hæc animorum larva, quàm fumitur.

T V L L.

Confequitur id uxoriæ prudentiæ caput, hoc effatum: publicos ritus, communes ufus, nefas fit floccifacere. Palàm vive omnibus, clam & in tuto tibi. Objecto fanctitatis velo vitam tege. Civili vitæ multò utilior eft, qui malè facta probitatis fpecie honeftat, quàm cujus bene facta fub

umbra flagitij latent. Honeftatem indue, fed quam, cùm opus fuerit, non
ægrè exuas. Iurent, qui te viderint in
his officiis multam & totam, tuis
nihil effe moribus fanctius : Sciant
quos beatè volueris nihil effe amplexibus dulcius, moribus amœnius, confuetudine liberius. Semproniam æmu-
lare matrem tuam.

O C T.

Quæ doces aperta funt, quæ de
matre loqueris incerta & obfcura.

T V L L.

Æquè eft mihi nota ac tu. Ejus furores paffa fum, ut tu meos. Hæc infti-
tutionis conjugalis capita fcias ejus
ex moribus atque confiliis, effe deri-
vata. Inter mortales immortalium tibi loco fit maritus, dicebat mihi, cùm
nupfi. Cui cor fapit fœmina pro certo habeat effe, fe mariti voluptatibus
natam, reliquos homines omnes fuis.
Alterum marito debes, alterum tibi.
Quidquid exegerit vir tuus tuo ab fti-
pendio obfequere. Tibi turpe videatur nihil, quod illi dulce videbitur.
Omnes te muta, ut Proteus in figuras,

cùm jufferit. Cùm ludendi liberiùs tecum libido incefferit, omnia fint ho-
nefta tibi, quæ in ludum vocaverit.
Ejus ultrò fervi libenfque libidini, fer-
viant tuæ alij. Sic ego cum Callia, fic
cum Lampridio.

OCT.

Bene eft, jam quid tibi fit cum
Lampridio commercij intellligo.

TVLL.

Iuvat, & te fcire Veneris meæ re-
conditiores amœnitates, Calliæ ufum
corporis mei qualem cupit hilariter
præfto, imò unde nulla mihi creetur
voluptas. Lampridio verò eum qui
mihi commodiffimus eft & jucundiffi-
mus. Imperat alter, impero alteri:
alterius fum ego, meus eft alter: fruitur ufu corporis mei alter, ego alterius. Non ita aurum difcrepat à plom-
bo, ac Domina differt ab uxore. Longè minori diftat intervallo tellus à
Cœlo, quàm fœlicitas liberæ concu-
binæ à conditione mulieris nuptæ.
Demum fœlix ac beata eris cùm alteram alteri mifcueris.

O C T.

Ego verò quærerem amantem amens ? ipsa invitarem procum in amplexus meos, inducerem in lectum ? Avertat hanc à mente mea impudentiam Venus. Præterea non timerem mihi à justa mariti ira, si in eam caderem contumeliam infœlix ? profectò novi ejus animum, si me hujusmodi suspectam haberet licentiæ, nec homines, nec Dij ab ejus me manibus vivam eriperent.

T V L L.

Nolo pudorem tuum fatigare, communicabo tecum Herculis mei oscula, libidines, lumbos. Te in ejus amplexus conjiciam, & in equum tuum tollam cum ultro manibus meis.

O C T.

Te festivam ah, ah, ah, sufficient illi latera, scilicet ?

T V L L.

O nequam jam ab ingressu cellæ prostibulum ! Parem tibi inveniet par meus, si Veneri tuæ sit impar.

O C T.

Ioco dixi quod seriò capis. Sed

enim narra mihi , mea Læna , quâ tandem arte tam fidum charumque hospitem comparasti. An dono tibi datus est, an tutè in ejus ultrò venisti arbitrium & jus ? quibus excæcasti Calliam tuum carminibus , quæ te tuæ fraudes tot voluptatibus delibutam beant , & à tantis , quæ circumveniunt libidines nostras undique periculis , tutam tectamque habent ?

T VL L.

Quidni dixerim ? O scortulum merum & putum ! Miranda referam : paucos post dies quàm Sempronia mea , mater ●a , nupsisset , erat magna pompa invehenda in Lares Victorij. Id priùs sedulâ operâ petiit à matre sibi ut addiceretur Iocondus , qui sibi esset , à pedibus scilicet & à mentula. Nec ægrè exorari passus est Victorius.

O C T.

A sexto mense elapso duxit Iocondus uxorem , nec è nostris propterea tectis excessit , & sanè , cùm ea quæ interdum vidit ipsa , aut audivi , dum unà essent , & ætatem meam spernerent , curiosiùs relego , ex iis omnibus in tuam deducor sententiam. Ita est, Tullia, fruebatur matris meæ bonis Iocondus.

TVLL.

Loquere quid times.

OCT.

Quàm graviter opinione de se conceptâ abutebatur! Fallacem virtutis speciem! Vidi sæpe colloquentes, colludentes, cùm domo abeſſet pater. Vellicabat matrem meam Iocondus, nec jam à pedibus sed procuratorem gerens. Nec tamen mammas, quod viderim, aut illam corporis noſtri partem appetebat. Fort ingreſſus cubiculum, in quo mater & ego unà eramus: mater attalico opere telam lanâ pingebat: ego ut pueri ſolent cum catella, quam aure arreptam tollebam in aëra, ludebam. Ille matrem to vultu aggreditur, manu à sede ſublevat, & abducit volentem nolentem à conſpectu meo. Credebam exiiſſe è cubiculo, & gaudebam me mihi relictam, sed illico audio Iocum gemere & matris, ac ſi aliquid moleſtè pateretur, vocem. Ego arri-

go.

go aures metu perculſa , mox , & arrecta in pedes , advolo. Audiit mater, & antequam propior facta eſſem accurrit , intrà ulnas ridens ſuſcipit , oſculis premit , Iocondus verò evanuerat in auras. Quid tibi , aiò , dolebat mater , cùm te audivi ſuſpiria mittentem , nihil admodum , inquit , cùm regredior in cubiculum ictu in hunc lecti pedem incuſſo ferè talum fregi.

T V L L.

Sanè. Nihil autem percepiſti præterea ? Nihil de eorum conſuetudine ſubodorata es ?

O C T.

Multa , ſed quæ cadant tantùm in conjecturam , probationis loco eſſe non poſſint. Eâ uterque curâ effugiebat oculos meos , ut certi nihil unquam aſſecuta ſim. Quod unum probè intellexi , ſedulò curavit mater , ut de ſe optimè ſentirem , & probiſſimam mulierum eſſe noſtratium mihi perſuaderem.

T V L L.

Scio : & ſe ut optimam & ſanctiſſimam tibi commendarem , multis &

H

enixis à me precibus obteſtata eſt. Sed
quæ de ejus arcanis palàm aperio tibi,
non minùs reliquis omnibus condita
oblivione ſilebunt.

O C T.

Parricida eſſem ſi matris meæ, cui
tam chara hactenus fui, famæ non
parcerem, quæ vitam pretio ſuperat.
At vide quo me dolo ludi voluit. Tres
omnino dies, antequam Caviceo de-
dita ſum, hoc me ſermone aggreſſa
eſt: Nudiuſtertius nata, Caviceo nubes; Hoc tantùm intervallo à ſpurci-
tiis & ſordibus diſtas hactenus pura &
ſancta, quia virgo. Cùm virginitatem
depoſueris, virtutes te multæ, ut
conſpurcatam tabe, fugient, aliquâ
ni operâ forti & præclara, quæ earum
deceat ſeveram gravitatem continue-
ris à fuga. Nihil eſt cœleſtius Virgine
puellâ, nihil vilius conſcceleratâ puellâ. Quid vis me facere mater, repono.
Liceat igitur virginitatem meam per
omne vitæ ævum ſervare intactam,
reconde me in Veſtalium choros. Abſit, inquit, nec res noſtræ, nec amor
in te meus patietur unquam te vivam

consepeliri. Sed obsequere consilio meo. Statue voto concepto te omnem libidinis curam & affectum odio habituram & horrori : Amove mentem tuam, ut & ego amovi semper, ab his spurcitiis, & amittendam pudicitiam sacrificio venerare, amissam sacrificio defle. Volo, inquam, sed ad quod hortaris me sacrificium, mater? Volo & obsecro, ait, Octavia mea, & dicens osculata est, volo te ipsam in id vocari sacrificium, manumque tuam & meam, his sacris operari utramque. Sed opus est constanti & forti animo. Non deerit inquam animus. Tunc jurejurando adegit sibi ut pollicerer omne id passuram, quod consilij sui esset. Cras manè, inquit, quandoquidem tam proba, tam bona, tam casta es, nata, quàm venusta, quàm ingeniosa, quàm nitens, postquam in templo spoponderis Superis, quod pollicita es mihi, rem exequemur tibi gloriosam, honestam, & longè utilissimam.

TVLL.

Nihil novi loqueris ; rem omnem

omnem enarravit, ut gesta est, credulitatem quidem irridens tuam, fortitudinem vehementer collaudans.

OCT.

Igitur ab hoc me abstineo sermone: quæ scis, ampliùs scire non potes.

TVLL.

Imò volo pergas si me amas. Rem per summa capita perstrinxit Sempronia, non ita, ut tu, diligenter per singula executa fando est

OCT.

Primò mane jubet è lecto surgere, pòst, indutis, quæ adpararat, pretiosissimis vestimentis, ducit ad Theodorum, ex eorum sectâ, quæ vultu & horridâ barbâ, passâque canitie magnam vulgò videntursibi præferre vitæ sanctitatem. Vt sacris adfuimus, accedit ad me ille; habes, inquit, filiola, matrem, quæ tibi omnia bona & sana precatur. Nubes intrà triduum, purgandus tibi ab omni labe animus, ut te parem & idoneam huic cœlesti dono præstes: nam pueros edes in lucem, qui si bona es, sedes, è quibus infernæ mentes deturbatæ sunt, obtinebunt; earum autem, si mala es, numero accedent. Quæ tibi erit optio? Ego rubore offusa tacebam. Loquere, loquere, inquit, Volo, respondeo, & bonam esse me, & illos bonos. Accede igitur. Quid plura? Provoluta ejus genibus, effero omnia, quæ vel minimo mihi vitij contagio infecta videbantur. Cùm audiit me jam libidinosâ pollutam esse licentiâ, parùm affuit quin stomacharetur. Tamen monitam abstinerem ab his rebus jubet bono esse animo, & omnino parere matri quæcunque exigeret à patientia mea. Tunc matrem advocat, & eductum è dextra vestimenti manicâ fasciculum cordularum, quem non explicuit, matri porrigit. Non parces Virginis tuæ cuti, inquit, nec tu tuæ, quæ siis ipsa exemplo. Si contrà feceris, pœnas dabis. Sub hæc exiimus ambæ.

T V L L.

Hi homines sic illudunt facilitati nostræ, sic regnant.

O C T.

Veriùs dixeris : sic nos virorum il-

ludimus credulitati , sic regnamus.
Vbi ingressae sumus interius domûs
nostrae penetrale , è quo scis prospe-
ctum in hortos dari , occludit fores
mater , & mihi fasciculum subridens
tradit explicandum. Explico , video
flagri esse genus è cordulis quinque
compactum, quem minutissiimi, ijque
frequentissimi distinguebant nodi.
Hoc te nunc pietatis choragio oportet
adornari & elui, nata , sed volo tibi
praelucere exemplo , inquit. Iussae sumus , quantis viribus poterimus , inflictis proscindi flagris. Obsequar ego,
& obsequêris tu , ut te novi. Obsequar , inquam. Non adeò firma es ,
addit , ut possis ipsa à te ferre quae
me pati videris:adhibebo tibi operam.
Dum carmen summissâ voce querulâ-
que accinam, laetari animum meûm
intrà pectus vehementer ne dubites.

T V L L.

. Nunquid tibi metu tenellum corpus contremiscebat ?

O C T.

Me haudquaquam putabam adeò
fortem, & ad poenas luendas alacrem,

ut visa sum mihi & matri. Et verè ia-
ctant nihil constantius & fortius esse
muliere, si obstinato velit animo ad
dolores obdurari. Quid terimus tempus, nata, inquit mater, impresso
osculo. Solve stolam mihi celeriùs,
ut denudentur infames corporis partes omni supplicio dignæ. Solvi ut
jusserat : Ipsa ad medium corporis
truncum indusium revolvit interius,
& supra lumbos. Tunc se mittit in genua, & hac Ianienæ suppellectile
sumpta in manus, adverte, filia, inquit, & ferendi doloris cape exemplum ex me. Sub hæc; digiti impulsu
leniter sonuere fores. Novi quis hic
sit, inquit mater, adest Theodorus
sanctissimus Mystes, utrique futurus
Adjuva, & promisit sanè se venturum
si copiam haberet. Iterum digito ferit ostium ; ille ipse est, inquit mater,
adest Theodorus, aperi, nata. Quid
mater, vis te ab eo nudam conspici ?
inquam. Non scis, reponit, mihi esse
notissimum. Illi acceptum fero, quicquid in me est non pœnitendi decoris.
Demisit tamen indusium dum aperio.

Ingreſſus ille renidenti vultu cœpit utramque laudare, & potiſſimùm matrem mihi exemplo præeſſet, ſe meque digno hortari. Multa adjecit quæ me eo furore accenderunt, ut peterem ejus me manibus ſanctiſſimis cœdi. Nam multo ſermone, eoque accurato, probavit omnem, extra flagitium, pudorem, flagitium eſſe; eas demum pudere meritò, quæ nudas ſe hominum oculis, voluptatis & libidinis cauſa, objiciunt, non quæ pietatis & caſtigationis. Alterum turpe, alterum honeſtum; alterum mortalibus quidem, alterum immortalibus placere, tum ejus generis ærumnas magnæ eſſe utilitatis. Nam illis omnino, velut mirabili quodam lavacro, eluuntur quas contraxerint & admiſerint in ſe fæminæ, ſordes, ſi quantùm nefarij gaudij ex ſuo corpore inhoneſtæ ceperint, tantùm ſimiliter cruciatus in ſenſus ſuos intulerint. Pleraque ſic aboleri ſecretis his ſuppliciis, quæ profiteri aut myſtæ aperire ſceleratus pudor vetat.

T V L L.

O commoda documenta, si quæ libidinosa est & pudens : Ego sanè hæc tua, Theodore, præcepta nihil moror. Perge.

O C T.

Denique post hos sermones flagrum ipse sumit, provolvit se ad ejus genua mater, itidem & ego. Iubet ponès matrem paulùm secederem, oculos in eam defigerem, singulosqne ictus, quò caderent, tuendo sequerer. Ad matris latus lævum astabat, & cùm dixisset illa indulgeret sibi sanctam operam, & quasi carmen occineret, magnâ vi in ejus nates apertas irruêre acerrimi ictus. Contremiscere his inflictis mihi visa est, consequuti sunt leves aliquot, at hos graviores. Demum ita miseram proscidit, ut vibicibus ictuum exaratæ nates, quæ priùs candidissimæ erant, viderentur lanienam execrari.

T V L L.

Nihil verò querebatur?

O C T.

Nequidem hiscere ausa est, semel

elapso gemitu , ah pater , inquit.
Irasci autem ille ad eam vocem , non
abibis inulta , ait , è manibus meis.
Inbet pronam demisso capite & pectore corpus in humum flectere. Obse-
quitur sic nates exporrectæ flagro oc-
currebant : ac demum per dodrantem
integrum ullâ absque intermissione
cœsa est. Nunc satis gaudij animo tuo
injectum surge , ait Theodorus. Sur-
rexit & dejecto ad pedes indusio , sto-
lâque indutâ ridens, me amplexu suo
petiit. Nunc tuæ sunt partes , nata ,
putas animum sufficere tibi ad hunc
Ludum? inquit, nam ludus non labor.
Ita suppetant mihi , ut animi sic corporis vires , repono. Quid me facto
opus est? Accommoda tuam puellam ,
inquit, Theodorus, huic pietati. Spero futuram te fortiorem. Ego interea
conniventibus oculis terram specta-
bam; Meam equidem spem non falles,
dicebat , loquere. Conabor , refero ,
opinioni de me tuæ respondere : Interea defluxerat ad pedes vestis, indusiumque mater revocabat ad lumbos.
Vt me nudam sensi , summus vultum

meum pudor rubore omni suo offudit.
Nihil opus est tibi genua flectere, filia, inquit, persiste recta, ut es, &
immota. Pòst adducit ad Theodorum:
Vis beari, inquit ille, vis ad cœlestem
per dumeta pervenire volupta-
tem ? Nec animus deest, respondec.
Pòst cœpit leviffimis sensus meos
ictibus irritare non vexare. Poteris,
filiola, duriuscula pati ? interrogat.
Poterit, inquit mater, potero, repono & ego. Tunc à lumbis ad ima crura me tota cordularum cruda momenta percurrerunt. Satis, satis, dicebam, mei te mater misereat. Macte
animo, inquit, vis ipsa tu peragere id
officij quod superest; nam medium
hactenus est confectum. Bene est, inquit, Theodorus, videamus, ut sibi
adulabitur. Habe tibi flagrum, filiola, ipsa diverbera imam hanc, quæ
sedet in corpore tuo, libidinis aream.
Admotâ mater manu manui meæ do-
cet ut hac, illacque vi impellendum
sit in eam partem huic contumeliæ
apertam & objectam. Adduco ictum
magnâ vi unum atque alterum ; pòst

H vj

elanguere cœpit dextera. Nequeo ipsa ego, mater, saevire in me, dicebam, abs te omnia feram. Moram hac ignaviâ meâ Theodoro feceram. Cedo illi flagrum, tunc feralem illam repetit cantilenam suam, & intermissa verbera mater. Ego lachrymas fundere & ingemiscere : pòst ad quemlibet ictum nates motitare, mox fugere, ita ut omne cubiculi spatium pererrarem. Quid hoc est, inquit Theodorus, ô segnem te & væcordem! Nam mater flagrum abjecerat in lectum. Num vis matre tam forti, nata, fortiùs agere? Volo inquam, sed cohibete fugam, profectò ego vocem & gemitus cohibebo. Obsequere igitur, nata, inquit mater, obsequar uti volueris, repono. Tæniolâ utramque mihi ad pugnum manum vincit sericeâ: nam manibus repugnabam, pronam pòst projicit in lectum. Vide dum vapulas, ne commovearis, inquit, si feceris impuram te & infamem puellas inter impuras & flagitiosas judicabo. Non commovebor, respondeo. Lacerate ut volueritis miseram cutem.

Accede Theodore, honesta virginem meam hoc tuo benficio, mater ad Theodorum. Dum conjectas in vincula manus manibus premit mater & osculis fovet, laniat, scindit verberibus Theodorus. Macte, macte, dicebat mater: majori te miraberis voluptate perfusam, quò duriori te subjeceris castigationi. Subitò Theodorus, bene est, abundè est virgineo cruore, ecce pudicitiæ libatum & litatum, aliquot pòst ictus ingerit. Dehinc ad matrem flagrum projicit sanguineo imbutum rore.

T V L L.

Notatum voluisti dicere.

O C T.

Vtcunque de flagro se res habuerit, certè de cute mea malè actum. Sub hæc, mater, ô nata, quibus te laudibus veham in Cœlum Heroïdum unam, quæ talia tam generosé perpessa es? Demum laudatâ utrâque, & à me extorta voti religione ad novas post fœdatam mihi virginitatem ærumnas, exiit è tectis Theodorus. Me, cùm abiit, arctissimis brachio-

rum vinculis junxit pectori suo mater:
Volo nunc eas cubitum, filia inquit,
finge tibi caput dolere quod sanum
est, ut tenellos artus recrees, corpusque reficias, quod hæc, quam heroïco
superasti conatu, tam dirè vexavit laniena. In lectum collocat, fovet vires
delicatissimis cibis. Ego sanè, dicebat,
huic rei assuevi, nihilque mihi ex hac
re, quod me incommodo afficiat,
creatur damni. Frigidâ verò rosaceo
unguento delibutâ nates lavit, duobus in locis vulneratas & læsas ad vivum. Obdormi nunc post duas horas
revertar?

T V L L.

Scis quò ierit? quid fecerit dum
dormis

O C T.

Non per Venerem! Nec tamen somnum vidi nisi post horam, nam incen-
sæ mihi nates pruriebant, sed titillatio quædam leniebat dolorem.

T V L L.

O si tunc junxisset Caviceum tibi
sors bona! Nam & mater tua Iocondum, cui cœlibes noctes aliquot jusse-

rat, accerſitum miſit. Nec diu præſtolata eſt. Extemplò, qui ſe ad complexum heræ acciri noverat, advolavit. Eo in cubiculo cæco quod contiguum illi eſt, in quo jacebas, invenit reſidem. Iacebat & ipſa in lectulo, illico baſiis, tactibus, vellicationibus excitat mentulam ad pugnam.
Momento expergèfit illa : è concha
exilit ſua, in concham Semproniæ in
ſilit.   O C T.

Quî ſcis? quis te hæc in arcana
alienæ voluptatis vocavit?

T V L L.

Ipſa me poſtridie ejus diei convênit, ac rem omnem enarravit. Ter intrà horam immiſsâ fortiter haſtâ perfodit jacétem Iocondus, ter pleno ipſe
tubo pluit in ejus alveum. Ipſa verò
ſepties è libidinoſi lumbi anfractibus
humidas ſtillavit delicias. Abs te ne
ſubantis vox exaudita ſit timuit, dum
frequens in ipſo Veneris deliquio re
petit, morior, morior, urge, urge,
cor liqueſcit, cor liqueſcit.

          O C T.

At verum ſanè iſtud eſt. Audire ete

nim mihi vifa fum nefcio quid in proximo murmuris. Sed in mentem non venit quid id effet, quærere. Præterea à fex tantùm menfibus duxit uxorem Iocondus, puellam formofam, teneram, procacem, avi mei è concubinâ naturalem natam fedecim annorum.

TVLL.

Adde probam, timidam, obfequentem & cui omnem infregit ad gaudia audaciam materna labes·

O C T.

Audivi nimirum parentem meam improperantem natales; iter matris, dicebat, impuro creta fanguine facile fequitur nata. Refpondebat illa lachrymis & fletuum eloquenti fermone. ### TVLL.

Erat infelix Iulia apud Veftales veftras, quibus Therefia præeft, amita tua, quum Iocondus, qui jam per quindecim annos Sempronianum fundum ligone excoluerat fuo, mercedem laborum petere cœpit, & precibus querelas mifcere. Tuus fum fanè, ejus hi erant fermones, fed hactenus

Domina, quid muneris accepi à te,
quo honeſtè poſſim eſſe tuus & credi?
Quæ te conſtituendæ fortunæ meæ tetigit cura? Pauper, nullus de locupleti
Domina queror. Te ſi rapiant mihi
fata, ſed ima priùs dehiſcat mihi terra, quid de me quem efflictim dicis te
amare, miſero fiet? Abeant ineptæ illæ cogitationes, inconſulti timores
ex animo tuo, reponit Sempronia.
Pulchram profectò puellam decretum
mihi dudum eſt connubio tibi jungere; conſtitutum & ampliſſimam do-
tem de mea pecunia dare. Sunt penès
me quæ neſcit maritus ſex millia
nummorum aureorum : hæc habes
jam ſi vis innumerato. Iube me in crucem agi, inquit Iocondus, ſi unquam tuorum immemor fuerim be-
neficiorum. Omnem conditionem,
quam volueris, accipiam libens. Noſti Iuliam, adjicit Sempronia, quam
educandam ſuſcepit Thereſia, hanc
tibi conjugem addico. Non ita pura
pupilla tibi eſt ac puella tam elegans.
Ah Domina, refert Iocondus, quas
tibi non haberem gratias ob tam cœ-

lefte donum ! Quid plura?Leges dictæ
funt ; Iulia Iocondo nuptui data.

OCT.

Iam aliquot ab annis procuratorem
agebat in domo è Iocondo Gonfalius.
Illi urbanarum rufticarumque rerum
poteftas fumma. Ejus fedula & fidelis
cura femper parenti meo laudata.
Non miror, cui tám multa noftra debet domus Iuliam effe conceffam mercedem præteritæ fervitutis, pretium
futuræ. Quæ verò indictæ funt leges?

T. V L L.

Hæc millia fex nummorum qua-
tuor intrà annos folvenda iri : Interea
apud Guelifium Mercatorem depofi-
ta : Tunc demum Gonfalio nume-
ratos, fi fteterit promiffis, de quibus
Chirographo convênit, fed fructus
per id tempus percepturum. Conditionum fumma hæc fuere capita, primùm acturum femper cum uxore fua
Iulia ut agi Sempronia voluerit, nec
uxoris loco habituram fi voluerit haberi; quæcunque aut verbo aut fcripto
fignificaverit, impigrè & alacriterda-
turum effectui ; res Domini & Domi-

ne, vt eis erit commodiſſimum, cura-
turum; iiſdem ſub tectis habitaturum,
in eâ domus ampliſſima parte quæ in-
colenda aſſignaretur.

O C T·

Nupta, nec nupta eſt Iulia, maritus nec maritus Iocondus.

T V LL.

Verè : nam'pactis inter eos nuptiis,
primâ nocte quâ unà cubuerunt noluit Sempronia cum Iuliâ Iocondum
ultrà duas fututiones jure mariti uti:
adacto ad jusjurandum, ut mentiendi
poteſtatem adimeret. Dum loquitur,
dum adulatur, dum mira pollicetur,eo
& Iocondum incendit æſtu,ut impigrè
ſubagitaretur ab eo tribus continuis
fututionibus. Pòſt exanguem dimiſit
ad Iuliam, iterum extorto juramento,
ſe duo curricula in ejus ſtadio non ex-
ceſſurum ; & ſanè ea nocte tantùm devirginata eſt. Poſterâ die ſciſcitatur
curioſè ut ſe res haberent à nova nupta, an verè nupta ſit, & facta in mariti amplexibus mulier. Erubeſcens
illa conniventibus oculis pudorem
teſtabatur, & ſilebat ; pòſt faſſa eſt ſe

virum effe bis expertam. Sequenti
nocte bis iterum comprimi voluit, &
ineunte luce cingulo pudicitiæ, illi
lumbi ligati funt, & oftium Veneris
pendente à cingulo cataractâ obductum, nec nifi poft octo dies copia
fruendæ data. Rem miram! Ab ea nocte hunc ad ufque diem, quinto tantùm fupra decimum coïtu virum fenfit, & fe effe nuptam.

O C T·

Audivi de cingulo pudicitiæ, cum
Iuliâ ante hos dies nefcio quid fermonis effe matri meæ. Quæ verò hujus
Cinguli ratio effe poffit, quæ pudicas
reddat, me latet.

T V L L.

Difces: poftridie, cùm furgeret Iulia,
acceffit Iocondus; Zonam illam, teftibus amotis, explicat : Illa ridens,
quid hoc fibi vult, inquit, in quo aurum lucere video, quod affers? Hoc te
nunc cingi juvat, ait ille, pudicitiæ
cingulo, & muniri adversùs mater-
nam labem. Cingulum pudicitiæ, vocant; hoc ante te plures annos Sempronia geffit, Hera mea, & tu geres;

ita egregiam sibi adepta est famam
quam etiam spero te tibi comparatu-
ram. Cataracta aurea quatuor pendet
catenulis chalybeis , villoso sericeo
panno indutis , quæ cum cingulo eadem arte committuntur ejusdem me-
talli. Duæ ab altero latere , duæ itidem ab altero , cataractam à tergo
& à fronte , sustinent , in eamim-
missæ. Retro supra lumbos cingulum connectitur serâ , cui tenuissima
est clavis accommodata. Cataracta
alta sex digitos plùs minùs , lata tres ,
sic à perynæo pertingit ad summæ ex-
terioris rimæ oram, & id spatium omne quod intercedit , utrumque inter
femur tegit , infimumque uterum.
Tribus radiis distincta apertis exitum
lotio præbet, aditum vel summis digitis negat. Sic velut thorace adversùs
extraneas mentulas illa pars munitur ,
cujus usum cùm vult , facilem habet
cui Hymenæi lege adjudicatus est.

O C T.

Quid secum nova nupta ?

T V L L.

Quod ipsa tecum post aliquot dies,

nam & tibi fingitur id fuppellectilis genus.

OCT.

Nesciebam quid meditaretur Caviceus cùm diceret de cingulo pudicitiæ effe virtuti honeftarum mulierum longè utiliffimum amicum, & rogaret num induere id vellem, ac mater id confilij daret.

TVLL.

Quid me opus facto eft? inquit Iulia, cùm dejiceret lecti operimenta vir ejus. Immitte, ait, pedem alterum intrà catenulas has duas, alterum intrà has. Immiffo utroque cingulum ad fuperiora retraxit, cataractam rimæ opponit, cingulo pectus imum paulò fupra lumbos devincit, feram immifsâ clavi occludit: nunc in tuto eft tibi pudicitia, ait, bene eft, an ægrè feres? Non equidem, inquit. Mox furgere nudam jubet, è lecto demittere fe, ambulare: ut juffa erat furgit, exilit è lecto, progreditur aliquot paffus, ait fe non ita commodè ut prius ambulare divaricatis cruribus fibi ob cataractæ amplitudinem.

Assuefies, ait ille ; molestum nihil nimium id sit quod novi pateris. Mox jubet pronam humi demisso corpore procumbere. Procumbentis dorsum, clunes miratur, nam ad amussim dicitur natura ejus corpus expoliisse, & effinxisse : Tentat utrum digitum, quid-ve simile in ejus rimam induci possit, illato digito negari sentit ingressum. Tuta sunt omnia, inquit. Repentè ad Semproniam se proripit ; nunc Domina, ait, accipe duas claves sed priùs istam, mentulam ostendit, nam rumpor. In bonam accipiam partem, refert Sempronia. Ipsa revolvit vestem, & indusium, resupinamque sternit se in proximum lectulum. Impellit ille veretrum, & admissis equis feruntur impetu ambo ad summam quam cepêre voluptatem. Re patratâ jam, clavem reddo tibi tuam seræ meæ tam aptâ, cedo alteram. Ait Sempronia. Ecce habes, reponit Iocondus, sume. Nunc accipe, adjicit Sempronia, quæ sit animi mei sententia, volo cum Iulia rem tantùm habeas liberorum creandorum causâ, omnes verò voluptates tuas mecum expleas; volo cum ea, verè te maritum esse, mecum, procum & amantem. Ideo tibi hanc tantùm clavem reddam quindecimâ quâque nocte, cùm prius tamen hortum meum rore demulseris tuo semel atque iterum: Nolo enim Iuliam nosse quid in his rebus possis, quàm sint tibi firma latera, robusti artus. Volo autem eam esse in opinione, sic maritos omnes se cum uxoribus habere. Orabo Teresiam, amitam meam, ejus interea ignes sermonibus & castigationibus identidem aut sopiat, aut exringuat. Si ut hactenus fecisti, me amabis, mihi obsequêris si, mea voluptas una, & fidelis, te mecum esse non piguerit, habebis patronam ultra vota tua beneficam, sin minùs, hostem infestam. scis aut amare, aut odisse mulieres, nihil esse tertium. Accipio legem, inquit, quis me beatior esse possit inter Mortales, quem voluptatibus cumulat pulcherrima mulierum, ut optima, quem liberis donabit verè meis, lepidissima conjux. Eam verò tibi mancipio do, & dedo,

dedo nec si volueris, cum ea cubabo, ne scilicet contactu meo vegeta, florens, valetudine pollens ad libidinem inflammetur. Absit hæc à lecto geniali vestro injuria, reponit Sempronia, cùm senseris ardore fac sciam, Teresia, quæ omnino pendet à nutu meo, ope restinguentur, incendia. Ad Venerem meam, hac sit tibi volo incentivum ut modo fuit ita invidet uxori maritum, Iocondumque vult proprium habere, stabili velut connubio, junctam.

O C T.

Invidit etiam tibi puto.

T V L L.

Invidit; &, quominus quererer me ab ea lusam, Lampridium sustituit Iocondo. Ex Anachoretarum numero fuit Lampridius, qui omnem etiam hominum aspectum fugiunt, sed cùm se nullis ad hæc vinculis innodasse, accepto commeatu, transfuga patriam repetiit, Penatesque. Illi ingentium bonorum cumulus: sed inter cives ob mutatam vitæ conditionem læsa fama. Igitur licet, bono,

I

nobili, diviti, & adolescenti. Frustra illi nuptiæ tentatæ cum Lucidia primùm, & postea cum Livia nobilibus puellis. Hac affectus injuriâ, quæ maximè pepugit animum, abjecit omnem conjugij spem & votum affinitate conjunctum & amicitiâ hospitio acceperat, qui solùm ferè exilij causâ verterat, pater tuus. Cùm ædes vestras frequento, cum eo mihi verba plura, ac sensim sine sensu in id adductus est, ut ingenio meo faveret, fortunatum diceret Calliam; se verò si talem sors bona aut amica daret, Superis suas non invisurum fœlicitates. Sempronia, ut nascenti amori, gratiâ, & suavi sermone, atque illecebris obsteticarer; suadet. Nam, si Lampridium, dicebat, tuo amore incenderis, nulla res eum unquam abs te avellet, sola mors eripiet tibi. Novi hominis constantiam, & animum: odio verò affines omnes, & consanguineos prosequitur: certo certius ejus in tuam domum fortunam omnem derivabis. Quid plura? quæ se scit mulier amari, vix ac ne vix quidem illum non ama-

bit à quo amatur. Amabam Lampri_
dium , & paulò pòft in has conveni
mus conditiones, navante ad hoc fe-
dulam Sempronia operam ; fe daturum , Calliæ omnium bonorum fuo-
rum partem publico inftrumento , ac
conftitutum iri , fi abfque teftamento
moriatur eundem dici fibi heredem :
Me verò chirographo meâ manu fcripto omnem illi in me poteftatem da-
turam, ne tamen quicquam promiffu-
ram ante tranfactionem hanc cum
Callia pactam , quod paulò pòft con-
fentientibus quorum intererat , &
plaudente Sempronia fcripto manda-
tum. Eâdem die, antequam Laribus
veftris valediceret, conveni Semproniam , ornatu cultuque eo nitens qui
formæ meæ novas Veneres adderet.
Affuit Lampridius, qui meis mox genibus advolutus ; Te Deam veneror :
inquit, certè mihi femper Dea eris,
patere mortalem divinâ tuâ frui pulchritudine , meis fteti promiffis , fta
& tuis. Stabo reponit Sempronia, vi-
vite fœlices ambo qui alter alteri fatis
ampla eritis fœlicitas , veftra fi bonæ

noritis : Interim agite res veſtras ; di-
sens exiit , occluditque fores.

OCT.

Quid tunc Lampridius ?

TVLL.

Surgit in pedes , oſculatur , mammas tractat , & ipugnantem ut quæ
vinci vellet, projicit in lectum , revolvit veſtem & induſium , & dexteram
demittit intrà femina. Linque , linque , apage , apage , dicebam , perdis
me , auſim poſtea tollere oculos,
Cœlum ſuſpicere ? Quid me deho-
neſtas ? Ille oculis vocem præclude-
bat : Mox vi impellit haſtam ; vorat
eam uno ſuccuſſu adactam pruriens
vulva, & quò penetrat intus momento , pluvio ſemine multo me ſentio irrigari : copioſiori nunquam imbre de-
pluerat in hortum meum benefica Venus. Emorior etiam præ gaudio ,
Octavia mea , cùm memini e us hc-
ræ , quæ vitæ meæ dies omnes longè
bonis ſuis ſuperavit. Nec præterea de-
fecit, novos concuſſus integrat : dila-
bor iterum atque iterum in effluvium.
Tandem ejecit in ſulcum tam firmo

ligone tandiu profciffum libidinofæ
excretum è lumbis rivum.

OCT.

Habes profectò Herculem, ut dicere foles, non quales funt reliqui homines.

TVLL.

Poft fecundam ejaculationem eof-
dem concuffus repetit. Scilicet, ingenuè fateor, fututiones fututionibus
continuat. Semel, ut jam audiifti à me,
duas in me Callias iteraverat uno cur-
fu, hic tres, quò peruveniffe paucos
præterea puto Veneri caros. Eodem
momento me cepit acerrimus pruritus: effufi funt omnes mihi fenfus in
Venerem; Nefcio quid fervaveram
huc ufque pudoris, obftinato animo:
hoc momento me mei etiam cepit
obliuio. Ex humili lecti fponda pen-
debant mihi pedes, & me vehemens
inceffit fuccutiendi equitantis furor:
innitor pedibus, uterum tollo, &
lumbos quàm altiffimè poffum: obviam eo ruenti. Tunc fuavium dat;
manum fub nates mittit: nunc me
gratum effe tibi fentio, Domina, in-

quit, agedum, quid agam, repono, infanio. Eodem momento connivent oculi patrantes, anima me reciprocando deficit, rabidâ titillatione fentio largum liquefcere in humorem. Advertit Lampridius, pulfat, impellit, agitat: mox & ipfe fervido me ferit feminis ictu. Sic alter in alterius amplexu deficimus.

O C T.

Moves me ad libidinèm: Veftam hac tuâ fabula falaciorem redderes. quàm fint pafferes, Veneri facri.

T V L L.

Recedens Lampridius fuavium tulit refupinæ: pugnam, inquit, pòft paulò iterabimus: quale demum ferres judicium de me, fi cùm tam præftanti, ut tu es, pari, ignavum me præftarem pugilem. Ego verò, ut exurgere è lecto volui, percepi me deficere laffitudine; nam illius ope, ut erigerer in pedes, opus habui, nec facere potui, quicquid conata fim, quin dilaberer in lecti fpondam. Hei mihi, exclamo, vires omnes infregifti mihi impotenti hac vefaniâ tuâ, Lampri-

di ; quid faciam ? haud quaquam me
potero ferre in domum. Recrea corpus quiete , Diva mea, inquit ille, &
fi potes modico fomno ; ego fanè alacer , & lætus fum, quidni fim, qui in
te , cœleftis pulehritudinis fœmina,
explevi libidinem meam, quæ Venere potior es ? Interim abeo, quiefce.
Cùm hæc loqueretur, advenit Sempronia ridens , & cantillans nefcio
quid liberi , & pinguis. Vt fœdus inter vos feriiftis , inquit , ut veftris vos
bonis ingurgitaftis , ut fe res habent ?
Ego verò, inquam , perij , expreffis la-
chrymulis aliquot invitè manantibus.
Quid fles , Domina , ait lampridius,
tuus fum, ulcifcere ut volueris petulantem , qui tuis fe deliciis immerfit.
Apage , reponit ; ut fatisfecit voluptati tuæ ? ut gratam invenifti, & aptam
libidini ? Nemo , inquit , unquam fuit
homo me beatior : omnes quas mente
concipi, quævis opinione excogitari
poffunt , in ea inveni voluptates. Tu
verò , Tullia , loquere , ait Sempronia ad me, ut tuis fenfibus fatisfactam?
ut placuit tibi Lampridius ? placuit

sanè, respondeo, ut praeterea nihil optari melius aut dulcius queat : sed, me miseram ? rupit artus meos lassitudine, vix tres passus ambulare possim, ita fatiscunt mihi lumbi. Te miseram! Ah, ha, reponit Sempronia ; sed abi Lampridi. Abeo, ait, si veniam indulserit Tullia mihi, si amare me professa te teste fuerit. Et do veniam, inquam, & te perditè amo, qui me honore summo pudicitiae quo superbiebam hanc me deturbasti turpitudinem, quae me pudore obruit. Dehinc osculatus me, excessit : excedentem verò insequuta est Sempronia ! paucis te volo, inquit, siste gradum, nec quae tu aut ego dixerimus ad Tulliae aures ire poterunt. Dic liberè, reperisti in ea quas sperabas delectationes ? majores multò, inquit, quàm pollicitus eram mihi, forma Tulliae divina, divinum eloquium, divina dona, quas tibi reddam gratias pro tanto munere, quo vehor in coelum : sed, amabo, obtine ut, antequam exeat, dies satiari me permittat suo concubitu. Nec te satiari juvat, re-

fert Sempronia, nec ejus è re est ut te
ejus aut illam tui ulla unquam capiat
satietas. Ineptè loquutus sum, ait,
sed intelligis quæ mea debuerit esse
oratio? Servabo hanc tibi in hoc cubiculo ad crepusculum usque, inquit
Sempronia, nam cænabit nobiscum
vir ejus : cras translato in eorum domum hospitio, liberiùs ages cum ea,
quod faustum fœlixque utrique sit :
abi & cura corpus, curabo, inquit,
& abiit. Reversa ad me Sempronia refert quid sibi cum Lampridio fuisset
sermonis, quid mihi cum eo rei fuisset, rogat itidem, refero, me gravis-
simâ queror premi defatigatione : re-
ficiam extemplo vires tibi, inquit,
hoc labore exhaustas, recreabuntur
lautâ gustatione, & leni quiete, sine
irrepat tibi somnus, dum ad Calliam,
qui me ad se vocat, eo, &, ut opinor, ad conflictum : tibi dolere caput dicam.

O C T.

Calliam fortè vocabat, qui Iocondus erat.

I v

TVLL.

Rure agebat hac die Iocondus ad villicos missus: Vix videram somnum, cùm ad fores nescio quid audio strepitus, reclusis, video lautissimam afferri gustationem. Surge, inquit Sempronia, cibo hic tibi repellendus capitis dolor. Agedum. Edi, bibi hilariter, ac illico restitutæ mihi vires. Desilio de lecto, complector Semproniam meam, mihi sortem gratulor, post duas omnino horas, ecce Lampridium qui humanissimam impertit nobis salutem; aderant enim è Domesticis quidam. At enim ubi recessere servi, effusus est in meas laudes & gratiarum actiones; sed abrupit sermonem Sempronia, jam is est, inquit, excogitandus nobis modus & ratio bene & securè viuendi; cavete ne ledantur Calliæ oculi; quæ pestis in utriusque immineret caput, si quid subodoraretur de rebus vestris? nihil prorsus ab eo timeo, inquit Lampridius, nec Dominæ meæ, ut sit hominum perspicacissimus, si quidem velit illa ex præscripto meo vivere. Volo maximè, aio, tuo regi arbitrio : ab hoc tempore habebis addictissimam Tulliæ animam. Principiò, inquit, novi Calliæ ingenium, nec bonus est nec malus, sed qui aut bonus aut malus fingi facilè queat. Post paucos dies, pollicerer tibi Domina futurum mihi & amicissimum & familiarissimum. Expiscabor etiam intimas mentis cogitationes : cætera committe industriæ meæ. In id maximè incumbe, tuis ut ne ex oculis, ore, gestu quicquam percipiat quod amorem mutuum nostrum aut testificetur aut significet. Ego variorum, & imo duriorum, ego in te consiliorum author, cùm è re tua meaque videro, quæ tibi saluti sint, aut sospitent amores nostros. Quam egeris in hac fabula personam, ex illa vitæ nostræ salus, & fœlicitas omnis pendebit. Nihil, respondeo, mihi, à me tibique timeas. prudentissimam, & obsequentissimam habebis, obsequentissimam ? inquit. Nunc sciero : peto osculum, dabo inquam ; peto suavium non osculum, ait, dabo, aio ; peto complexum, in-

I vj

quit, dabo complexum, inquam; peto plenum gaudium, tacebam ego. Obmutescis, Domina ? ait, negas mihi hanc beatitudinem? utere ure tuo, inepte, reponit Sempronia, vis ipsa te suum tollat in equum ? huic insiltam ostij limini, nam qui sciunt, hic te esse, domestici, ut mali sunt & protervi, mirarentur solum cum Tullia esse relictum. Vrgebat interea paterer in amplexu meo liberari se amoris aestu, & ubi paulò secretiùs abesse à Semproniae conspectu vidit, quid vereris, inquit, excubias agit Sempronia, ut igitur in lectum, & collocatam commodo corporis situ petit, meam mentulae manum admovet, copiam rogat. Quid verò tu, dicebam, ad hanc me cogis foeditatem? & retraxi manum, conscendit in me stratam, & detectis inguinibus, expectantem teli mucronem in parma mea, non alba, non ingloria. Demittit femoralia mox procumbit in pectus meum; utero nudo uterum pressit, & telum infixit. Nunc ostendes me abs te amari, inquit: dubitas ? refero qui

proſtitutam me habes omni libidini
tuæ te amari? fungere igitur genero-
se & fortiter partibus tuis, fungar, repeto. Tunc vehementiſſimè cœpit
concutere; ego ſuccutere, nates tollere criſpantes, motitare flexibiliter
lumbos, primus titillationem præſen-
tit advenientis gaudij, at omni niſu
& agitatione pervicaci exorienti favi
libidini, pòſt, intrò ſenſit in lumbis
aperiri mihi Veneris fontem: ah, ah,
inquam, quid me vexas? age, age,
deficio. Hoc exiit temporis puncto
ex me in me Venerei roris dulce
cocunti donum. Agite, agite, ſub hæc
Sempronia; ecce audio venientem
Calliam ad nos. Dejicio equitantem
re nondum benè patratâ, nam cùm
exiit è concha mentula uterum fervidis polluit guttis ſtillans, momento
pòſt, nihil eſt, nihil eſt, inquit Sempronia, neſcio quæ meis vox auribus
illuſit, dicto citiùs in me reſilit Lampridius, adigit iterum haſtam novum
prælium, me necas, dicebam, ſecede
paulùm, me in animæ ducis deli-
quium, vocabo Semproniam, inte-

rim ille imperterritus rapidis subagitabat concussibus ; novos excitat æstus in me , stillat abundans mihi ex abdito intrà lumbos Veneris fonte virus : demulcet iterum me pruriginoso semine , & ni progressa ad nos Sempronia diremisset , pugnam ad tertium processisset effluvium , inexhausta illi libido , satis est ludorum , inquit , timeo non hominum , sed fortunæ insidias; exscendimus uterque è lecto , & magnâ cavit curâ Sempronia , ne quid in vestium attritu , capillorum confusione , corporis ornatu exprobraret mihi meam licentiam , tam velox tibi sit veredum Lampridi , inquit Sempronia , quàm bonus & egregius cursor es , habeo , inquit , non cursor sed servus , & ex animo servus , quæ me ad summum vexit voluptatis cumulum , patronam non veredum , igitur nuptiæ primùm nobis factæ sunt apud Semproniam , & sub ejus oculis , quæ amores nostros nascentes velut sinu suo fovit , acceptum illi refero Lampridium meum , qui & tuus erit , juvenem, comem, urbanum, vegetum, fortem, quem nec Hercules in hoc certamine viribus, & lateribus superet, illi cedat Æneas pectore & armis, nam amplum illi & firmum pectus, & bene comparasti ad laborem armi, quorum victoria sumus & triumphus.

O C T.

Perge dicere, amabo mea Tullia, de his rebus vestris quarum me mirificè delectat narratio saltem præcipua deliba capita, & qualis in te fuerit primis diebus, eloquere.

T V L L.

Rides inepta, illi summa dies non dissimilis primæ, æquè calet, æquè ardet, æquè in amorem meum furit, cænavimus illâ primâ die ambo, cum parentibus tuis vestris sub tectis, cænavit & Callias, quos inter se severint sermones abs re dixerim, revertimur domum, multa de Lampridio loquitur Callias, multam inesse humanitatem, ad ejus se intimam proclivi ferri viâ amicitiam, honestum, & moderatum, & multi ingenij adolescentem videri. Bacchum sequitur Venus; dum videt vestem me deponere, &

eductos intumescere mammarum globos, nam multa nox quietem indicebat, antequam me mitterem in lectum, manu captam inducit in musæolum illud geniali nostro lecto proximum, hic erit locus, inquit, & Veneri sacer & Musis, tollit altera manu stolam & indusium, altera mentulam lorgam, gravem, & si unquam aliàs rigidam, & contentam admovet cryptæ meæ, protende adversùs me lumbos, Tullia mea, inquit, projicio. Tunc impetu facto trudit in vulvam, occupat totam loci capacitatem, agitat ille delicias suas frequenti motu, & irritat ad novos pruritus; incito similiter lumbos, crebro & frequenti succussu, utramque mihi clunem utraque manu comprehendit, deducit, reducit magnà vi ad se, primam me urunt ignei advenientis Veneris stimuli, semen mitto, consequitur rabiem meam Callias, jam diffluunt mihi venæ, age, age, moritationes integro excitatiores ad ultimos usque seminis spiritus, mihi vulva ad plenam voluptatem egregiè maritali exhausto tubo operata est, comprimendo & exugendo caram mentulam. Nunc volo re patratà, inquit Callias, mecum de nostris imposterum rebus alacriter convenias, Domina, nam Domina semper eris mihi, volo equidem respondeo, quidquid volueris me velle, quod nolle jusseris id ubique nolo, scelus sit mihi & flagitium non eadem per omne vitæ tempus sentire semper ac tu senties, quid cupis, Domine, præstari tibi à servitute meâ. Equidem inquit, persuasum mihi est te esse honestissimam, & pudicissimam, quamquam vulgò dicunt non admodum castas esse quæ sunt literatæ, timeo tamen virtuti tuæ, nisi tu illi, nisi ego opi fuerimus; quæ res, quæ mea culpa hanc injecit cogitationem in animum tuum, animæ mi, inquam, quæ de me tua est opinio, nec tamen deprecari velim quidquid ceperis concilij; volo inquit, induere tibi cingulum pudicitiæ, si pudica es, non detrectabis; sin minùs videris ipsa num meritò movear ad id quod meditor. Quod volueris, refero, induam, & qualecunque fit læta feram, quæ tibi fum nata, tibi etiam uni ex animo fœmina ero & præclufa omnibus reliquis quos aut fperno, aut odi; nec alloquar Lampridium, imò nec refpiciam; non faxis, inquit, imò volo te cum eo familiariter fed honeftè agere, nec ille, nec ego habeamus de te conquerendi caufam, ille fi duriùs eum habeas, ego fi liberiùs, fed veniet à pudicitiæ cingulo liberioris cum eo confuetudinis tibi ufus, cum Lampridio mihi omnis fecuritas. Tunc vittâ fericeâ quâ fuprà lumbos involvit corpus meum dimetitur ad craffitudinem corporis quæ futura fit cinguli amplitudo, dein ab inguinibus meis ad lumbos, id etiam aliâ vittâ definit fpatium, hoc factó, in hoc etiam curabo, ait, palàm fieri tibi quanti te æftimem, erunt catenulæ quæ villofo panno ferico involventur aureæ, erit cataracta aurea, craticula aurea, lapillis pretiofis exteriùs diftincta, & Faber aurarius hujus noftræ urbis præftantiffimus, mihique multis obligatus beneficiis in id in-

cumbet ut præcellens fit artis fuæ fpe-
cimen, etiam honeftabo te, dum vi-
debor facere injuriam quæro, quanto
tempore perfici id cingulum poffit;
refpondet, intra quindecim dies abfo-
lutum iri, interea petere ne irretiti
Lampridium ullo mecum feram commercio fermonis, poftea ut animo in-
federit me cum eo goffuram. Ivimus
cubitum, ac eâ nocte ter iniit me ter
plenos libidinis gurgites evomuit in
cymbam meam, magnâ cum utriuf-
que voluptate.

O C T.

Te Veneri charam, cujus hortum
intrà tantillum temporis, irroravit
novem continuis coïtibus Venus, &
potuifti ad hæc curricula impigrè de-
fultori infervire.

T V L L.

Potui fanè, & etiam incitato cur-
fu ad poftremum coïtum, cùm Cupidineus imber è ftillicidio decidere
maritali negare velle videretur, ita
commovi, agitavi, fuccuffi, ut vel
invitus magnâ ftillarit copiâ, me convenit fequenti luce Sempronia, refero

omnia hæc Lampridio ille qui paulò pòft advenit *noftris novus incola terris.*

O C T.

Nihil autem rei tecum habuit illâ die?

T V L L.

Nec nifi poft decimum diem , per id tempus cum eo mihi familiaris fermo , cùm videremus defixos ᴄ alliæ in nos effe oculos ; & ejus juffu etiam fervorum , *lingua mali pars peffima fervi* , nofti hujus generis vecordiam , & malignitatem. Ofculare verò tu me , nam in tuo vultu nefcio quid video lineamentorum nobilis Galli, qui in me Romæ anno proximè præterito explofit militariter catapultam fuam , fpectante , & procurante Lampridio , nam tres adjuvæ qui eum comitati fuerunt & in me fodienda defudarunt etfi firmi , & robufti , haudquaquam me tam egregiè oblectarunt.

O C T.

Quid portenti audio , quatuor tu homines peregifti , tam tenera , tam venufta, tibi fub hoc curforum numero lumbi non difrupti.

TVLL.

Scies alias; sed vis orationis me sursum tenere quam institui.

OCT.

Volo, & rogo.

TVLL.

Postridie cùm ingressus est domum nostram Lampridius, dixit se velle ire Callias in prædium nostrum ancoritanum rusticatum, nosti amœnitates, magnificentiam villæ. Cùm diceret inter cœnam, respondit Lampridius se comitaturum libenter, si commodum illi foret, aperto enim, inquit, aëris æquore plurimùm delector; At tecum fuero, reponit Lampridius, nihil mihi rure poterit esse dulcius, septem continuos dies simul convixere, & ita Calliam cœpit Lampridij consuetudo, ut protinus omnes illi aperuerit animi sensus, & cogitationum arcana; Laudavit ingenium meum Callias, mores, urbanitatem, dixit præcipuè me castitatis laude inter omnes mulieres lucere; sed non ita facilis est, ait Lampridius, ut etiam si nolit canè vivere, quod futu-

rum non spero , id tamen non egeri,
ut pollui non possit , confitendum sa-
né sua de pudicitia uxori, dein ancillis,
sed potissimùm seræ ; decipere potest,
uxor , corrumpi servi , nec corrumpis
nec decipi sera , in tua sum quidem
sententia, inquit Callias , ut fabrica-
tur Stephanus Aurifex craticulam quæ
arci Tulliæ meæ extimum sit velut
propugnaculum ; Sapienter huic tu
rei curas tuas , reponit Lampridius ,
adjecisti , nam verum ut fatear , æter-
no volo tecum, & præopto jungi amicitiæ nexu , at ut sumus omnes suspi-
caces timebam ne si cum uxore tua
agerem liberiùs , quod vix aliter fieri
potest, id te in suspicionem abduceret,
quæ tibi molesta mihi infesta esset ,
cùm verò serà occluseris , nihil admodum erit , quod timeas , quod suspice-
ris . interim liceat per te mihi cras urbem repetere postridie reversuro, nam
ex Venetiis datæ ad me literæ crastinâ
die afferentur à Tabellione , eæ ad ne-
gotium magni momenti quod mihi
explicent , magnoperè conducant ,
ego verò cùm res meas curo , tuas ago.

Sic poſt decimam diem venit rogatus
à Callia ut Stephanum urgeret datâ
ad eum, & ad me epiſtolâ, nam ut
ſcias, inquit, me mihi perſuaſiſſe,. te
me eſſe alteram rem ſecretiſſimam tibi commendo, nolit uxor ab ullo
mortalium ſciri de ejus me moribus
dubitare, qui mihi liquido debent eſſe perſpecti. Vt ingreſſus eſt meum
cubiculum, invenit me cinctam ſoda-
lium mearum coronâ, & in his lucebat formâ & decore Sempronia, ſalu-
tat omnes humaniſſimè, & redditis
Calliæ literis, catenulas aureas, opuſ-
que totam, intrà tres quatuor-ve dies
abſolutum iri dixit, reverſus Lampridius, me cum Sempronia nactus ſolam, bene eſt Domina, inquit, intrà
paucos dies, vinculum fingitur tibi &
aurea porta pretioſis diſtincta capillis,
horto tuo quam pudicitia tua ipſa ſu-
perbiat obduci ſuæ, ita lucet, ita diti
fulget pretio, rem dehinc objicit nobis oculos diligenti picturâ; ſed, inquit, clavis non cuſa eſt & cujus figuram, dum Fabrum variis ludo ſermo-
nibus feræ huic felici providentia im-

preſſi ; Cæterùm, ut optaſti Sempronia felicem ambo ducemus vitæ cur-
ſum ; pòſt enarrat quâ arte, quovis
pacto in intimam ſe Calliæ amicitiam
inſinuarit, ita ut nihil jam eorum animis poſſit eſſe conjunctius. Te fortunatum, inquit, Sempronia, hac duplici conjunctione quà nihil eſt in vita beatius, animorum cum Callia,
corporum cum Tullia ; felix amicus,
felix amans, utriuſque plenâ auctus
es poſſeſſione quæ poſſideri poteſt abſque ſollicitudine ; quæ tibi verò dulcior videtur eſſe conjunctio dubitas,
ait, reſpondet ipſa Tullia, vana ſim,
& inepta, repono, ſi quidquid meum
putem verè dulce, & in me veræ voluptatis guſtum invenire Lampridium
poſſe; inveni, ſubjicit, & mens ſit
mihi ſaxea, cor aheneum, ſi extra
amplexus tuos majores voluptatum
fructus à Venere capere me poſſe arbitrer, abrumpamus, inquit Sempronia, urbanitatis veſtræ hos ſales, cœ-
na nos expectat, ego verò cubabo tecum, Tullia, nam abeſt maricus
meus, quid me igitur, ait, Lampridius,

dius, factum vultis; nolo autem, reponit Sempronia, venate animos tuos, omnia bene se habebunt.

O C T·

Et cubavit tecum Sempronia, Lampridius inter utramque, utrique forte insudavit.

T V L L.

Nequaquam, nam cùm summa nox somnum suasit post cœnam, deductus est in cubiculum suum Lampridius, sed ipsa sibi induerat vinculum pudicitiæ Sempronia, clavimque abstulerat secum Victorius dum Veronam petit dicæ causâ, socio ad iter adjuncto sibi Iocondo : prima vigilia, ut constitutum inter nos, venit Lampridius, & in lectum se conjicit ab inferiori sponda, hac parte jacebam : Quid tibi vis? quis est? inquam, Tuus sum, Domina, osculum infert, & momento temporis conscendit in me nudam, nunc demum, aiebat, fruar omni pulchritudine tuâ, liberè & libidinosè, vulvam manu investigat, & confestim telo obduro suo configit æstu incensam, primo ab ejus conta-

&u quem Veneri Mars afflat fubigus.
Denique ut uno verbo ejus compre-
hendam noctis libidines , & bona , ad
duodecimum cursum veredum meum
egit uno ferè spiritu.

OCT.

O Venus, quid audio , vix unâ Caviceus nocte tertium peregit concubitum,

TVLL.

Septimum semel atque iterum con-
fecit Callias cursum equitante in veredo meo , octo novemque cum Sempronia Iocondus , sed nihil admodum
est quòd mirere de Lampridio ,
inexhaustus illi latet in lumbis Veneris fons, nocte tu proximè sequenti fateberis.

OCT.

Dormiebat interea mater mea , &
particeps luforum , & jocorum facta
est. ### TVLL.

Ante actâ nocte optimè dedolata
fuerat, sex fututionum prurienti impetu eam Victorius illâ nocte pulsaverat,
ter verò pomeridianis horis ipsam Iocondus impleverat bonis suis.

O C T.

At verò quid interea factum de infelice Iulia.

T V L L.

Dicam cùm sciero quid de felici Octavia factum sit post ereptam virginitatem. Nam timeo tibi à Theodoro.

O C T.

Rectè memoras, ah, ah, ah.

T V L L.

Rides, evanuerunt promissa, & oppressæ uirginitati nullus honos, ut loquebaris.

O C T.

Non abierunt quidem in auras, sed incentivum factus est dolor pruriginosæ libidini, & accessio non pœnitendæ dulcississimæ voluptatis.

T V L L.

Vt voluptatis confinium est dolor, ita & doloris voluptas.

O C T.

Post tertium diem cùm mecum cubaret Caviceus, admonuit de proposito, & sponsione in manibns Theodori facta, mater; debes exequias virginitati tuæ, inquit, parentandum

illi eſt, quæ tam laudabilis, & com-
mendanda ad hanc uſque ætatem tibi
comes fuit. Memini mater, repono,
& hoc cui me obligavi ſolvam, nomen cùm volueris. Quid plura? cón-
venimus Theodorum, qui jubet pomeridianis horis cùm primùm Sol in-
clinaverit ad occaſum reverti, obſe-
quimur, inducit me in ſacellum interius ædis, & occluſis foribus, peſſulo
obdito, nihil eſt, inquit, quod timeas
filia ab aliorum oculis tibi, nam antiſtes præſum huic loco, ſecurè age-
mus omnia; tunc ſermonem inſtituit
ad firmandum & obdurandum animum, obſtipo capite dum loquebatur, & defixis in humum oculis, eo
me ita ſermone ad dura omnia com-
paravit, ut ſi mori me juſſiſſet alacri
animo lethum oppetiſſem, vide, Tullia mea, quâ mens mihi arte faſcinata
eſt, poſtquam me probè ad omnia
quæ vellet vidit comparatam; etiam
tibi, inquit, præibit mater exemplo,
in hoc ſeveræ ſanctatis ſtudio; nihil
admodum opus eſt, inquam, ſed quæ
neci virginitatis meæ tam excellenti

ultro confenfi, in me converte iram
tuam, vir fancte; non patiar, inquit
mater, te folam pati has ærumnas:
nam etiam ego huic occifioni confenfi.   TVLL.

Egregiam verò pugnam.
              OCT.

Bene eft, inquit Theodorus, cui
autem generofius vigeat pectus mox
experiar, præfto fis Sempronia, commoda mihi tuam opem, nata; inquit
mater, ut citiùs hoc defungar virtutis officio, folvo illi fubteriorem veftem, cycladem, & ftolam, tollit ipfa
indufium ad fummos lumbos, & genibus ante aram flexis : noli parcere
impuræ cuti, vir fancte, inquit, libidinis meæ campum luftra verberibus,
Cedo igitur illam pietatis fuppellecti-
lem, refert Theodorus; At verò ex
affuto Cycladi facculo abdita fum, ait
illa, educere igitur dum veftigat,
dum in latus demittit corpus & vergit
in larvam, curiofiffimis omnem imam
corporis ftructuram luminibus fum
contemplata; illi candidiffimæ nates,
in tumorem Veneri commodiffimum

              K iij

elatæ, erura craffa, polita, nihil ac-
curatius effinxiffe natura videtur, nihil pulchrius.

TVLL.

De ejus parte nihil dicis.

OCT.

Pone, ftabam ita, videndæ vix copiâ fuit, vidi tamen accepto in manibus flagro, alacrem jubet effe Doro-
theus, tunc obmurmurans concepta
nefcio quæ verba, ac fi næniam præ-
tineret, verberibus onerat, lumbos,
nates & crura averfa, parvas verò indulgens inducias, flecte corpus, &
demitte quàm humillimè poteris, ait,
ut etiam quo loco pollui te, nuptiarum lex patitur, caftigationem exci-
pias quam mereris, recurvati lumbi
exprompfere altiùs clunes, & inter
fœmineum prodidere, conjeci in eam
rem oculos; pilis obfitus locus fubni-
gris, crifpis, non admodum longis,
rima aperta, longa, rubicunda, huic
decidit momento grandinofa flagella-
tio in flagriorem cunnum, hei, hei,
hei, deficio, fifte tantifper, inquit,
acriùs feris quàm ferre poffim, infa-

nis Sempronia, reponit Theodorus, sub has verberationem durissimam integrat, in lachrymas illa effusa est, & gemitus immoto tamen situ corporis; erige nunc verò pectns, ait Theodorus, obtemperat, & illico evoluto supra umbilicum indusio detegit ventrem, adversa crura, antiquamque corporis faciem, mirabar ego attonita, cùm mutato loco transit ad dexterum miseræ latus Lanis beatus ille.

T V L L.

Imò laniandus carnifex; quid præterea quærebat in quod acuerat efferam illam crudelitatem.

O C T.

Audi, & eam partem tuetur ille limis oculis, at cùm apertam, & paratam vidit, nec mora, coepit flagris cædere acerrimè, tres quatuor ve pollices infra umbilicum primis verberum momentis, altiùs crapula, inquit illa, gemitu edito, direxit ad hæc ictuum tempestatem subtus alvum ad foemina, & inter foemineum, ita ut hoc cruciatu miserè angi testaretur, lachrymæ manantur ubertim ex oculis.

K iiij

demum rediit poſt eam hyemem ſere-
na miſeræ tempeſtas, hic deſiit verberum imber, humum oſculatur, & ve-
ſtibus adornatis, ad me reſpicit, nunc
nata, inquit, tuæ partes agentur,
tranſi in hæc quæ deſero fortitudinis
caſtra, ſolvit mihi veſtem quæ cùm
defluxiſſet ad pedes, induſium altiſſimè, mihi circumquaque revolvit,
ita ut nuda oculis Theodori, & lanie-
næ, antica, poſticaque corporis membra, objiceret, habebis te, inquit,
fortiter nata, quæ ſuccedant momen-
taneis his ærumnis, & interiori in
pectore enaſcuntur gaudia ipſa ſenties,
nec ego fando exequar, nunc mitte
te in genua, quàm vellem, inquam,
hoc officio, ipſa fungerere, in eluen-
da me, mater, quæ mihi inflixeris
verbera, feram ſanè ut tu tuliſti conſtanter, & fortiter; id quidem fieri
non poteſt, reponit, Theodori juris
es ut ſum ego, ſed vis vinciri tibi manus; Volo, inquam, & ut volebam
devinctæ mihi ſunt, eo modo ut earum ope non uterer etiamſi eniterer-

T V L L.

Pascebantur interea flore pulchritudinis tuæ, Theodori oculi.

O C T.

Imò admoto ad aures ore, insusurravit, agere, & pati fortia generosi animi esse.

T V L L.

Sic agere & pati fortia, dixit Livius Romanum est.

O C T.

Volo experiri utrum matrem fortitudine superes, Theodorus ad me, si obmutueris palmam post expansa vola alteram alteráque mihi clunem fovet, strictis dehinc duorum digitorum vnguibus sumam cutem tanquam forcipe apprehendit, & vehementer vulsit, tamen obmutui retentâ animâ & extincto imo in pectore gemitu, dehinc è lanugine pubis, tres quatuorve pilos postquam pubem totam ad Pyrenæum usque manu obtexisset ardenti & fervidâ summis itidem unguibus arripuit, & simul momento avulsit, nec propterea me tangi testata sum doloris sensu.

K v

TVLL.

Fortis es, Octavia. Quid Cato ad te?
Eodem autem supplicij genere appetita est mater tua ?

OCT.

Evolve vestes, Sempronia, ad eam
Theodorus , revela excetram illam
tuam , inquit : dicto citiùs nudas admovet clunes. Ille adfigit ungues; in-
tremuit, & femur alterum tulit in altum dolore, victa , nihil tamen locuta est.

TVLL.

Hæc prima fabulæ pars; altera est
quam expecto de barbato cincinnato.

OCT

Replicat vestem & indusium quâ
pars bona latet; objicit uterum pul-
crum, politum, niveum Theodoro;
Venereum campnm lanâ vestitum , ut
dicebam, spissa, crispa, venefica aperit ; Ille aliquot intercipit pilos , unà
omnes vellicat, post vi impressâ di-
vellit.

TVLL.

O rem ridiculam , & ludo pugnantem non inficito.

O C T.

Infrendere illa præ dolore, nec ideo
verbum, aut gemitum emisit.

T V L L.

Expedi tandem hanc narrationem.

O C T.

Vapulavi, flagro proscissa sum, nec
elapsum mihi ex ore verbum, aut è
pectore gemitus, qui ignaviam exprobraret ; pòst Penates repetimus. Ah,
ah, ah, jam attingebam ostij limina,
cùm mater ad me, ut te habes nata ?
Doleo mater, respondeo ; momento
faxo, inquit, dolorem excipiat voluptas deliciis affluens ; mihi quidem
mihi sentio nates & femora veluti for-
micis pererrari, num tibi idem quasi
æstuantis impetiginis ardor ; planè ita
est, inquam, subsultant mihi sub cute
innumeri obtusæ cujusdam ægritudi-
nis pruritus, potiùs quàm acumina, &
incendi me sentio. Vertentur hæc omnia, reponit, qualiacūque tandem sint,
in gaudij in exhausti fontem, & me
induxit in cubiculum meum ; Projice
te in lectum, inquit, finge animi ægritudinem quam non habes, mox mitto

K vj

ad te Caviceum tuum , sed volo ludi
hujus qui vos committet, postea abs te
reddi rationem: paulò postquam abiit,
venit ad me Caviceus , projectam in
lecto amplectitur , suaviis mulcet , tactu irritat ad gaudium ; audio, inquit,
tibi malè esse , & pessimè est, repono;
nam audio te mihi subirasci ; Quid
verò erroris aut delicti admissi in me.
Pura es sanè ab omni in me delicto ,
corculum , inquit , me gaudiis hactenus cumulasti summis , summam tuis
in amplexibus inveni felicitatem , si
de te conqueror nihili sim, in qua scilicet omnes delicias , omnes amorum
cupiditates nacta est mea mentula.
Hæc fatus educit è medio femore
mentulam , manum adhibere rogat
turgescenti , & momento pòst adsilit
in lectum , & demissis femoralibus ,
detectoque ad zonam usque mihi ute-
rus, provolvit se in me , inflixit protinus hastam , ac illico ad primum con-
cussum , profluit mihi largus & abundans è lumbis Veneris imber ; moriar,
mea Tullia , si unquam ea sit visa res
sensibus meis gratior. Vno verbo om-

nia : hac coïtione, ter mihi litatum eſt Veneri , continua titillatione , aperto mihi ad opus gaudij ſummi gurgite : cùm verò Caviceus ad metam pervenit libidinem in me meam aquâ ſuâ pluviâ non reſtinxit, incendit novam, & cùm exſcendiſſet uri me patrantes ocelli docuere. Manum admovit horto meo , hoc tactu ſoluta ſum inani Veneris imagine.

TVLL.

Rem mirificè narras , nihil tamen novi in his rebus ; nam verberibus incuſſis eliciuntur ex omni corporis parte quæ conducere ſolet ad Venerem , infinitæ ſpirituum alacriorum , vegetiorum,& igniculis fervidiorum compactis velut cohortes , quæ dehinc in locos noſtros , in vulvam , in ſpermaticæ vaſa , quòd conſentanea ſint , ſpontè advolant. Hinc pruritus , & inflammatæ Veneris libido ; En quod tibi pro miraculo queat eſſe : Dux noſtra Leonora tam celebri ſtemmate clara, tantâ fulgens pulchritudine, tot animi corporiſque dotibus præcellens, verberibus debet fœcunditatem. Dux maritus deperibat puellam, nullam tamen ex ea procreabat fobolem, quòd ægerrimè ferebat. Tentata quæ ars aut induſtria oſtentant omnia, nullus experimentis locus negatus, luſa ars & induſtria profuit nihil. Tandem ex Arabis reſponſo, cæſa ut tu es virgis Leonora parentis ſuæ manu. Ad hanc diem nullam ex Venere ceperat voluptatem. Hoc verò temporis momento, cùm primùm ad eam exploſit Dux catapultam vehementiſſimè mota eſt. Laceſſiti iterum verberibus lumbi, clunes & femora ad Venerem incenſi, poſt aliquot dies, tunc parùm abfuit, quin ſub marito ſubagitante deficeret, præ voluptate in effluvium mirabile ſoluta eſt. Tandem parvo temporis interjecto ſpatio perpeſſa idem incentivi genus, magna cum voluptate maritum excepit, & rigidæ caudæ ſalaces ictus. Imprægnata eſt uteroque gerit. Sed & audio eſſe noſtros inter homines Alphonſum Marchionem quem verbera excitant ad pugnam, alioquin imbellem & ignavum. Virgis cædi ſibi nates jubet,

vapulat egregiè, proſtat interim illi
vxor reſupina in lecto ; dum vapulat
arrigit , & quò acriores ictus, eò ten-
tigo yehementior, cùm parata ſibi videt arma, aggreditur jacentem, & ra-
pidiſſimos ſciens in ſubſtractam motus, perfundit in ſubantem cœleſtia
Veneris dona , & omnes quæ ex Venere capi poſſunt capit voluptates.

O C T.

Sed verò ſi experta ipſa eſſes ; quam
non putem fore tibi admirationem ?

T V L L.

Non experta quidem ſum ; ſed experiar & etiam ſequenti nocte proximâ : Nam volo te frui Lampridij mei
amplexibus, qui jam per octo dies rure detentus cum Callia, ferias à Venere agit ; ſed dedit ad me literas quibus ſe craſtinâ die monet adfuturum ,
Calliam velle ad ſe eam ego quem negotiam neſcio quæ illic habent à quibus ſe nondum expedire poſſit.

O C T.

Videbimus. Sed oblita es de Iuliæ
nuptiis, cùm devirginata eſt referre,
quæ à matre accepiſti.

TVLL.

Hæc sanè sunt; scis nuptias velut clandestinas fuisse, aberat pater tuus, acciti ex affinibus nulli, intrò res acta est ut in fabulis Veterum legitur, nullis inspectantibus; Noram antequam Sempronia novam duceret nuptam ad genialem thorum, taurum passuram, implevit mollem animum malignis conciliis. Quæ dixerit, quæ jusserit dici, fieri-ve, quæ utique & dixit, & fecit inepta, intelliges. Ascenderat in cubiculum Iuliæ Iocondus, nam illic res patranda erat, & exhaustis à Sempronia viribus arma interrogabat virilia an satis esset ad pugnam animi? Advenit domum Sempronia, & Iuliam nexui tradidit. Enimverò, inquit, volo vestibus nudari à me Iuliam, Ioconde, tibi. Denudat suis manibus puellam relicto indusio, vix tuentem pudorem ab oculis Iocondi. Mox abiit Sempronia; vos vobis relinquo, inquit, agite res vestras, in proximum secessit cubiculum è quo in id prospectus patens datur; nam ostium hiscebat ut & Iuliæ.

Illico advolvitur genibus Iocondi Iulia, id scilicet edocta, facilis tibi ero, inquit, & omnibus tuis voluptatibus obsequens dum vixero, si secus contigerit, plecte sontem ; Osculatur ille, & erigit puellam ; Exue autem indusium, inquit, corculum ; sed cùm vidit ad hæc vultum ruborte suffundi, ipse erubescentem & pavidam exspoliat. Vbi defluxit ad pedes indusium, evertit in lecti latus resupinam, mammas parvas, duras, orbiculatas, candidas, sorotiantes manibus terit, & osculis premit, pòst pectus, ventrem, crura oculis legit, ac demum cogitationem, & obtutum in Veneris hortulum defigit. At sibi eam partem tractari, premi, diduci labia, digitum immitti sentit rudis puella, eh, eh, eh, clamabat, miscens clamori gemitus & suspiria. Nunc, inquit Iocondus lectum ostendens, colloca te in hoc duelli nostri campo ? O venusta membra quæ me cupidine inflammant ! Illa obtemperans mittit se in lectum ; hoc aspectu ignescere cœpit & turgescere salax cauda, igitur ad latus puellæ fudit se Iocondus; momento Iulia pulvinum suis subjecit natibus non rogata, femina quàm potuit latissimè aperuit, & quod rideas ipsa ultro injecit manum in viri penem, ille in risum erupit, quid hæc novæ Veneris facies indicat mihi? ait. Agedum, & dicto citiùs intrà puellæ femina se mittit pronus, illa clavum manu non amittebat, ac ipsa dirigebat in se ruentis mentulæ cursum, in fissuram suam ultro pilum figens, pòst tollit crura altiùs, ita ut talis pertingeret nates; sic ad Venerem ipsa se composuit, etenim cùm sensit summum mentulæ caput intrà cadurda esse immissum, amove nunc manum, inquit Iocondus, cætera ego peregero. Ambas illico manus Iulia in superequitantis lumbos injicit, & arctissimo amplexu ligat, sed Iocondus cujus mentula tentigine rumpebatur totis viribus torsit in intima contum vi sibi viam aperiens, quò nulli hactenus libidini fuerat. Illa clamorem misit nec tamen situm mutavit corporis, & tertio quarto-ve concussu in aditiera Veneris adita intrusit se feruida felixque mentula.

O C T.

Agnovit in virgine illæsum pudicitiæ decus Iocondus, sensit nullis inquinatam fuisse amplexibus,

T V L L.

Agnovit ut nostri homines solent quibus in primis coitionibus plerumque de virginitate virginibus fides.

O C T.

Verebar ut quæ se ipsa patrandæ rei accomodasset id ei fraudi esset.

T V L L.

Intellexit facilè Iocondus manasse has artes à Sempronia; ac postquam primo hoc concubitu uxorem Iuliam sacrasset. Quid verò, inquit, Iulia mea te tam doctam judicasset? Profectò me in admirationem ingenij tui traxisti, cùm pulvinum natibus tuis subdidisti : cùm mea arma ipsa in te fixisti, quibus lectum pudicitiæ tuæ conscisseres, cùm me es amplexata, cùm vibrasti clunes tam frequenti motu, crispantibus, crissantibus lumbis; cùm voluptatem testata es suspi-

riis ignitiſque tuis , eheu , eheu. Illa
verò ſilebat , age , age , eloquere quæ
tegis hoc ſilentio tuo , aiebat Iocondus. Non auſim, inquit Iulia, ſed hæc
omnia , ut accepi,fieri debent , & ſolent etiam à pudiciſſimis, vt ego ſum.
Quis verò , teponit Iocondus , dixit
fieri ſolere ; Noli, reſert Iulia , extor-
quere id à me ut fatear; Volo verò di-
cas , adjicit ille , ni dixeris non ita
judicabo puram ut ais eſſe. Sed , amabo , ne alteri unquam dixeris , ait Iulia, quæ me tibi dicere. Monuit Sempronia , talem me præſtare tibi ex officio, & munere meo eſſe, & ſacra-
mento adegit pollicerer me facturam,
bene eſt , inquit Iocondus , Cave verò
tu ne ſubodoretur te mihi id ſecreti re-
velaſſe : interea omnia & audiebat, &
videbat Sempronia , quod utrumque
fallebat.

O C T.

Quâ ſpe illuſit puellæ credulitati
tam maligno conſilio.

T V L L.

Nempe ſperabat inde futurum ut
puellæ mores tanquam liberiores ſuſ-

pecti Iocondo fierent, sed de his neutri ne verbum quidem fecit hactenus.

O C T.

Atenim institueras non perfecisti narrationem.

T V L L.

Vt omnino implevit puellæ vulvam crassâ & obdurâ mentulâ in eam ad coleos usque inductâ; Me crucias, ingemuit Iulia, parce, parce; ille interim crebris subagitationibus urgebat dum vehementiores se in concussiones fundit; Oh, oh, inquit Iulia præ voluptate morior, perge, perge, preme, impete fortiter, adige altiùs telum.

O C T.

Ah, ah, ah.

T V L L.

Scilicet id consili dederat Sempronia: cùm primùm te Iulia, aliquâ tangi titillatione in illis locis senseris, testare majorem etiam sentire quàm verè senties voluptatem; Vrge maritum verbis, osculis suspiriis, motitationibus; Sin minùs stupidam te & saxeam credat quod nolim, qui meas

eſt in te amor accidere. Igitur ad primam pruriginem, puella intact, &
cujus in locis ingens ſeminis genialis
ardebat vis, cœpit nates vibrare, ſuccutere quantò poterat impulſu Iocondum quem incredibili uoluptate per-
fudit. Nec ſanè Iuliæ minor delecta-
tio; nam per longas, concitataſque
motitationes tandem in profluvium
Veneris dilabi ſe ſentit; hei, hei, hei,
exclamat, Quid hoc eſt rei? Quid
ſentio? deficio: hæc dicens obmu-
tuit, velut motâ mente ingemiſcens,
contremiſcens; Manum Iocondus
vulvæ languentis admovet, & extracto, ita ut caput tantùm intrò lateret,
pene invenit infectum liquido Veneris contagio, nec adhuc ipſe evomue-
rat in vulvæ Iuliæ ſinum libidinis ſuæ
virus, tunc impellit haſtam, concutit, premit, nec illa movebatur; ſuſti-
tit tantiſper ille, Quid verò id ſibi
vult ſtupor tuus? Iulia, inquit, ſua-
viis labia roſea laceſcens, Sanè deficio, reſpondit, me voluptate tantâ
impleviſti, ut ad cumulum felicitatis
meæ nihil addi præterea poſſe arbi-

trer, præterea nihil. Integrat ille concussiones ; jam apud me non sum, aiebat illa, ita me hæ confictiones ad Superos tollunt ; & ipsa demum commoveri denuo cœpit, & subare, subsultare, donec se fervido rore intrò sentit irrigari ; ah, ah, ah, exclamabat, Quid etiam istud est ? Vtrâque Iocondus manu ad se admovebat puellæ nates ; præsto illa uterum & lumbos altissimè sustulit : interim extillabat in ejus concham igneus Iocondi tubus. In eam imò versa est amentiam ut cùm deplueret prolificus humor stillatim, manu injectâ virile telum caperet, exprimeret, emulgeret, ne quid omnino sibi ex tam dulci deperiret munere, testiculis Iocondi molliter compressis, quasi foveret penem egregiè emunxit, ut ne guttula quidem exciderit cùm eductus est è vagina.

OCT.

Tam longo certamine non fracti sunt delicatæ puellæ artus ; sed vires amor, & amoris comes voluptas suppetebat·

T V L L.

Vno praeterea concubitu ad lucem
recreata est Iulia, Is verò primus duorum trium-ve loco fuit, alter ut ipsa
falsa est minorem in ejus venas voluptatis sensum infudit : nam post
sextam septimamque decussionem, re-
cluso rivo ex Iocondi lumbis Venereum virus, cùm primùm Iulia exorienti inciperet pruritu aestuare, depluit, nec ad Veneris metas perducta
est.   O C T.

Nocte tamen sequenti, ut refers
bis in ejus effusus est complexus Iocondus.

T V L L.

Sed soluto priùs beatae matris tuae
vulvae stipendio ei meret : itaque in-
tegris non est potita mariti lumbis,ni-
si bis alterum abhinc mensem.

O C T.

Nam expresso à matre prioribus in
amplexibus Veneris succo, quod superest, fex tibi videtur & lutum.

T VL L.

Mense altero post nuptias dum ludit cum Sempronia Iocondus ; vis me
patrem

patrem fieri, Domina, ait, volo, respondet illa : quî verò potero, reponit, ni per te liceat semine fervido, & vivido impleri Iuliæ arvum, permitte me ter eam inire, & integros volvere Cupidinis fluctus in ejus intimum sinum, & sanè misera sævos satis, & scio labores exanstlavit, nã scio quam malè exceperit insontem Theresia amita tua, quòd libidinosiorem putes quam est. Permitto, inquit Sempronia, sed eâ tamen conditione, prægnans tibi fiat, quod fingetur in lumbis tuis semen his octo sequentibus diebus, volo tribus coïtibus unâ noctè in eam effundas, colliquescens in Dyones tuæ amplexibus : Igitur octavâ ab ea die, nocte, soluto pudicitiæ vinculo, reductâ cataractâ à puellæ ostio, liberè inspersit puellæ hortum fertili imbre, atque ex his temporibus putat Sempronia utero Iuliam concepisse : nam aliquæ imprægnationis notæ in puellæ ore, & nausea apparent.

OCT.

Moriar, ni pessimè Theresiam oderim quæ indigno cruciatu tam liberalem

L

& ingenuam puellam vexaverit.

TVLLIA.

Moriar itidem ego, ni adversùs matrem tuam saevitiam illam vitio verterim, nam ut sibi persuasit ipsa, puellam uri libidine Veneris, & cupiditate, Theresiam convenit: significat se timere pudicitiae Iuliae, quòd minùs pudicam praesentiscat. Opus illi esse severiori medicinâ quâ nimirum in bonae matrisfamilias officiis contineatur, cavere oportere ab adolescentiae aestu & insidiis. Rogat mitti ad se Theresia, mittitur; sed priùs exoluto è lumbis pudicitiae vinculo quod custodiendum Semproniae datur. Suscipit Theresia alumnum alacri vultu, dat epistolam ad Iocondum petit eam sibi relinqui per tres dies, velle se puellae, quam aluit, quam edocuit aspectu ad satietatem frui, quâ tandiu caruerit: post multos sermones petit à Iulia num velit probare se esse & esse verè purissimam; respondet illa, velle, igitur, inquit, his tribus diebus jejunio macerabis corpus, & flagris à me caedi cupies; Faciam quod volueris, re-

ponit Iulia, penſi, eſſe mei quidquid
juſſeris ducam ; itaque primâ die va-
pulavit, ſed leniuſculè ; ſecundâ acer-
rimê, tertiâ non ita dirè, atque ſic
emendata remiſſa eſt domum cùm Sol
occideret. Aberat domo Sempronia,
aderat Iocondus, qui ut lepidam adve-
niſſe ſibi uxorem vidit, in ejus advolavit amplexus. Renidens illa, regredior, inquit, ut caſtam decet, tuî
avidiſſima. Poſt brevem collocutionem inducit eam in thalamum ſuum ;
enarravat illa quæ ſibi contigerint
omnia ; deflet infelicis ſortem Iocondus, ſolatur, ſpondet ſe in poſterum
illi diligentiori curâ invigilaturum,
ne quid deinceps detrimenti aut
ærumnæ patiatur. Pòſt ſuaviatur, &
miſsâ ſub ſtola manu gaudet pudicitiam non eſſe occluſam vinculo deſideriis ſuis. Projicit reſupinam in lectum, & plenis coïtibus tribus, trium
dierum ab ejus animo obliterat me-
moriam, & perpeſſi doloris.

O C T.

Neſcit mater, nihil ſubirata eſt Iocondo.

TVLL.

Nihil fanè; nequidem fufpicione affecuta eft; nam paulò antequam ingrederetur dòmum evaferat Iocondus, ac poftea regreffus falutavit uxorèm ac fi non vidiffet hos tres ante dies.   OCT.

Matrem fanè infalutatam non reliquit.

TVLL.

Effe, dixit Iuliæ, quòd fecum communicaret Iocondus de negotio quod illi confidcrat expediendum. Egreffi uterque cubiculum petunt Victorij. Iuffa interim Iulia dum reverteretur maritum expectare. Tu putas, inquit Iocondus, velle me Iuliæ meæ amplexus tuis anteponere? Volo in te perfundere quidquid in me libidinis eft; ofculatur, tractat, arrigit, tollit ipfa veftes & indufium, ut folet, amplectitur ante fe ftantem, telum vibrantem, & recidens in lectum pugnam molitur. Vno ille impetu infligit in vulvam mucronem teli. Quid plura? Res peragitur, pòft revertitur ad uxorem Iocondus cum Sempronia, sedebat in lecto Iulia quam aggreditur sermone Iocondus; Volo, Iulia, hæc Domina nostra noverit qualis sis, quàm casta & pudica, volo etiam ab ejus manibus pudicitiæ vinculum hoc induas; testem habebis pudicitiæ tuæ oportunam tibi & mihi. Laudavit Iuliæ virtutem Sempronia, ac animi in hac obeunda re alacritatem. Iuliæ verò pars ludicra in vincula missa est: De tua verò, Octavia, nocte proximâ experiar an sit ludis tam apta omnibus quæ Venus novit, quàm Veneri formâ & venustate similis es.

O C T

Faciam, spero ne tu diutius dubites, ac magnâ cum sua voluptate sentiet Lampridius me fontem esse dulcissimi gaudij,

F I N I S

ERRATA

Per Operarum incuriam irrepsere innumera , hæc verò , Lector, præcipua notà, sic corrigito.

PAg. 8. *lin.* 3. tempora, *lege* femina.
 lin. 7. quæ , *leg.* que.
Pag. 11. *lin.* 18. qualifne, *leg.* qualif-ve.
P. 12. *l.* 23. hæc fomnia, *l.* hæc ego fomnia.
P. 17. *l.* 9. affuit, *l.* à fuit.
P. 23. *l.* 11, vite, *l.* viro.
P. 26. *l.* 9 effecatam, *l.* efferatam,
 l. 25 Tullia *l.* Tullia ?
P. 29. *l.* 5. qui ad hæc *l.* quid ad hæc.
P. 31. *l.* 13. meum *l.* mecum.
 l. 20. petulentiæ *l.* petulantiæ.
P. 33. *l.* 1. inficetè *l.* inficetæ.
 l. 9. 10 melletam *l.* mellitam.
P. 35. *l.* 18. 19. curabis *l.* cubabis.
P. 37. *l.* 4. dolebis omne *l.* dolebis. Omne.
 Hi duo versus sunt distinguendi.
P. 40. *lin.* 12. præfentis eo *l.* præfentisto.
 lin. 15. fi ne *l.* fine.
 lin. 23. ac fcilicet *l.* hac fcilicet.
P. 41. *lin.* 12. ludenter *l.* ludentem.
 lin. 24. quærat *l.* querar.
P. 43 *lin.* 11. degitum *l.* digitum.
P. 44. *lin.* 10. è caftor *l.* Ecatoftor.
 lin. 14. dixi *l.* dixit.
P. 48. *lin.* 9 præclatè *l.* præclarè.
P. 50. *lin.* 16. popnlam *l.* pupulam.
 lin. 26. fuluio *l.* Fuluio.

P. 56. *lin.* 4. definiebat *l.* deliniebat.

P. 57 *lin* 13. retret *l.* terret.

lin. 24. fiuctus *l.* fructus.

P. 58. *lin.* 14. antè *l.* an te.

lin. 16 fœmina *l.* femina.

P. 61. *lin.* 22. fadarium *l.* fudarium.

p. 63. *l.* 11. fe foli *l.* me foli.

p. 65. *lin.* 15. vergo fi *l.* virgo. Si.

p. 68 *l.* 9. audirem *l.* audi rem.

lin 22. 23. applicui *l.* applicuit.

p. 69. *lin.* 1. vallum prima *l.* vallum. Prima

p. 70 *lin.* 7. non *l.* nam.

p. 71. *lin.* 12. 18. quidquid *l.* quicquid.

lin. vltim. conquaffiones *l.* conquaflationes.

p. 75. *lin.* 26. opem fert *l.* opem fer.

p. 77. *l.* 4. intra *l.* intro.

lin. 11. erupu *l.* erupi.

lin. 18. metiretur *l.* mentiretur.

p. 79. *lin.* 16. 17. effudit *l.* effudi.

p. 81. *lin.* 7. eauebat *l.* ceuebat.

p. 83. (& ille) qui *l.* & illum, qui.

Diftinguendi funt verfus.

p. 84. *lin.* 10 venire *l.* vænire.

P. 89 *lin.* exire *l.* excire.

P. 90 *lin.* 6. magnitudine *l.* magnitudini.

p. 91 *lin.* percipi *l.* percepi.

p. 92 *lin* 10 in opinam *l.* inopinam.

lin. ult. ipsâ *l.* ipfa.

p. 93 *lin.* 16 applicui *l.* applicuit.

p. 94 *lin.* 13 menoulam *l.* mentulam.

lin. 26 27 verè dum *l.* veredum.

p. 95. *lin.* nuptæ abeo *l.* nuptæ à beo.

lin. ult. faciem *l.* faciens.

p. 96. *lin.* 5. deshoneftat *l.* dehoneftat.

p. 97. *lin.* 7. agere *l.* egere.

p. 101. *lin.* 1. fumus *l.* fummus.

lin. 17. dulcis *l.* dulcius.

p. 102. *lin.* fretæ *l.* fractæ.

p. 106. *lin.* 2. inftitutis *l.* inftituis.

p. 107 *lin.* 15. dicebat *l.* dicebar.

p. 108. *lin.* 15. virium *l.* virum.

p. 109. *lin.* 11. funt *l.* fint.

lin. 12. videri *l.* videris.

p. 110. *lin.* 16. parcat *l.* pareat.

p. 111. *lin.* 9. acquievit *l.* acquievit.

p. 112. *lin.* 9. res pexit *l.* refpexit.

p 13ª *lin.* 7. impetu *l.* impetus.

p. 14. *lin.* 10. quærere *l.* quæreret.

lin. 14. cepit *l.* cœpit.

p. 116. *lin.* eſt me *l.* ex me.

p. 117. *lin.* 15. expensâ *l.* expansâ.

p. 118. *liu.* 17. fuum *l.* tuum.

p. 120. *lin.* 3. perfeciffe, me *l.* perfeciffe me.

p. 121. *lin.* 2. non bonæ *l.* num bonæ.

p. 122. *lin.* Lampridi *l.* Lampridij.

lin. 3. de méo *l.* de mea.

lin. 9 experta es amplexu *l.* experta es amplexu

p. 124. *lin.* 2. fatis eſt *l.* fatis es.

p. 126. *lin.* cui eſt *l.* cui &.

p. 129. *lin.* 21 loquuta eſt *l.* loquuta es.

p. 130. *lin.* 10. nam qui *l.* nam quî.

p. 131. *lin.* 23. intentam *l.* intentans.

p. 133. *lin.* 1. aperiit *l.* aperuit.

lin. 17. confringebat. *l.* confringeret.

lin. 18. fuperer *l.* poteffit.

Diftinguendi hi due verfus Lucretiani.

p. 134. *lin.* 18. erravit fub *l.* erravit. Sub.

p. 135. *lin. ult.* fyderata *l.* fyderata.

p. 136. *lin.* 7. tangantur *l.* tanguntur.

lin. 26. hæc *l.* illæ.

p. 138. *lin.* 1. cepit *l.* cœpit.

p. 139. *lin.* 5. abfis te *l.* abfifte.

lin. 14. immergere corpus *l.* immergere in corpus.

lin. 26. vigeret *l.* urgeret.

lin. 27. cavum *l.* carum.

p. 140. *lin.* 17. digito *l.* digitorum.

p. 141. *lin.* 6. ut vehementiores *l.* de te.

p. 142. *lin.* 25. cæpi *l.* cœpi.

p. 143. *lin.* 6. rurfus nimium *l.* rurfus ne nimium

p. 144. *lin.* 5. 6. menlan *l.* mentulam.

p. 145. *lin.* 23. incendij *l.* incendi.

p. 146. *lin.* 5. novæ *l.* novem.
lin. 8. deripebat *l.* deperibat.

p. 147. *lin.* 21. concuſſationibus *l.* concurſationibus.

p. 148. *lin.* 7. interiorem *l.* in interiorem.

p. 155. *lin* 1. pella *l.* apella.
lin. 23. abito *l.* abibo.

p. 157. *lin.* 11. noſtra *l.* noſtro.

p. 161. *lin* 6. anteponit *l.* anteponunt.
lin. 11. aliæ *l.* alias.

p. 162. *lin.* 3. animam *l.* animum.
lin. ult. non *l.* nos.

p. 163. *lin.* 9. dolebit *l.* delebit.

p. 164. *lin.* 6. bratè *l.* beare.

p. 166. *lin.* 18. cum ultro *l.* eum ultro.

p. 167. *lin.* 15. vidit *l.* vidi.

p. 168. *lin.* 7. graviter *l.* gnaviter.

p. 186. *lin.* 24. habitaram *l.* habituram.
lin. 24. voluerit *l.* noluerit.

p. 190. *lin.* 5. diceret *l.* diceret.

p. 193. *lin.* 6. ardore *l.* ardere.
eodem Thereſia *l.* Thereſiæ.
lin. 10. hac *l.* hæc.
lin 11. fuit ita *l.* fuit. Ita,
lin. 14. junctam *l.* junctum.
lin. 23. adhæc *l.* adhuc.
ibid. innodaſſe *l.* innodaſſet.

p. 194. *lin.* 14. amica *l.* amicam.

p. 195. *lin.* 14. oculis *l.* oſculis.

p. 199. *lin.* 22. quas *l* quæ.
lin. 23. quæris *l.* quæ vix.
lin. 26. ſatisfactam *l.* ſatisfactum.

p. 200. *lin.* 12. turpitudinem l. in turpitudinem.

p. 203. *lin.* 7. polliceret *l.* polliceor.

p. 204. *lin.* 15. ut igitur in *l.* vi igitur impellit in.
lin. 17. 18. copiam *l.* capiam.

p. 205. *lin.* 24. 25. novum prælium *l.* novum aggreditur prælium.

p. 207. *lin.* 5. comparasti *l.* compacti.

p. 208. *lin.* 17. insito *l.* motito.

p. 209. *lin.* 9. ubique *l.* utique.

p. 212. *lin.* 8. tempus cum *l.* tempus nullum cum.

p. 213. *lin.* 15. 16. tecum *l.* at cùm tecum.
  lin. 26. est *l.* es.

p. 215. *lin.* 5. alteram *l.* alterum.
  lin. 15. totam *l.* totum.
  lin. 20. capillis *l.* lapillis.
  lin. 23. oculos *l.* ob oculos.
  lin. 24. cujus *l.* hujus.
  lin. 27. seræ *l* ceræ.

p. 216 *lin.* 15. respondet *l.* respondeat.
  lin. 16 quidquid *l.* quicquid.

p. 217. *lin.* 2. venare animos *l.* vexare animos.

p. 218. *lin.* 12. equitante *l.* equitans.
  lin. 21. lusorum *l.* ludorum.

p. 219 *lin.* 23. infelice *l.* infelici.
  lin. 23 cùm *l.* quàm.

p. 220. *lin.* 4 soluam, nomen *l.* soluam nomen.
  lin. 20. oppetissem *l.* oppetiissem.
  lin. 25. studio *l.* stadio.

p. 221 *lin.* 22. abdita *l.* oblita.
  lin. 25 laruam *l.* læuam.

p. 222. *lin.* 8. amen accepto *l.* tamen. Accepto.
  lin. 11. 12. pratineret *l.* præcineret.
  lin. 19. 20. inter fœmineum *l* interfemineum.

p. 223. *l.* 8. antiquam *l.* anticam.
  lin. 11. lanis *l.* lanio.
  lin 14. accuerat *l.* acueret.
  lin. 22. crapula *l.* vapula.
  lin. 25. fœmina *l.* femina.
  ibid. inter fœmineum *l.* interrfemineum.
  lin. 26. testaretur *l.* testarentur.
  lin. 27. manantur *l.* manantes.

p. 224. *lin.* 15. enascuntur *l.* enascantur.

p. 222. *lin.* 14. palmem post *l.* palmam feres. Pòst.
  lin. 23. Pyrenæum *l.* Perinæum.

p. 226 *lin.* 25. pugnantem *l.* prægnantem.

p. 228. *lin.* 9. admissi *l.* admisi.

p. 231. *lin.* 6. fciens *l.* ciens.
eod. fubftractam *l.* fubftratam.
lin. 21. 22. negotiam *l.* negotia.
p. 232. *lin.* 6. notam *l.* nam.
lin. 17. domum *l.* demum.
p. 233. *lin.* 17. At *l.* ut.
p. 234. *lin. ult.* aditiora *l.* abditiora.
p. 235. *lin.* 1. adita *l.* adyta.
lin. 20 21. profectú *l.* profectò.
lin. 24. lectum *l.* lethum.
lin. 25. concifferes *l.* concifceres.
p. 238 *lin.* 2. intact *l.* intacta.
lin. 22. id fibi *l.* is fibi.
p. 239. *lin.* 3. confictiones *l.* confrictiones.

ALOISIÆ

SIGEÆ

TOLETANÆ.

SATYRÆ SOTADICÆ

DE

ARCANIS AMORIS

ET VENERIS.

Pars altera.

VENERES

DE
ALOISIA SIGÆA
TOLETANA.

IOANNIS VASÆI
Hisp. Chron. Cap. 9.

TESTIMONIVM.

VT omnes alias Latinis litteris tinctas silentio prateream, dabit Hispania Aloysiam Sygæam Toletanam, sed in aulâ Lusitanâ per multos jam annos educatam, quinque linguarum adeò peritam, vt non immeritò Paulus tertius Pontifex Ma-

Testimonium.

ximus litteras illius ad se
scriptas Latinè, Græcè, He-
braicè, Syriacè, atque Ara-
bicè laudibus pariter, ac faustis comprecationibus sit pro-
secutus, admiratus tam
multiplicem ingenij fructum,
& donum tam multiplicis
linguarum scientiæ, in viris quoque rarum, nedum in
fæminis. Sic enim sonant
verba Diplomatis. Debetur
hæc laus optimo patri, & viro doctißimo Didaco Sygæo.
Nec in eâ solum hanc ope-
ram posuit, sed alteram
quoque filiam Angelam, Græcè, Latinequè, pro ætate, &

Teftimonium.

sexu non mediocriter erudi-
tam, tam exactá Muſices ſcien-
tiâ curauit perdocendam, vt
vel cum præſtantiſſimis hu-
jus artis profeſſoribus conten-
dere poſſe putem.

VENERES.

COLLOQ. VI.

OCTAVIA, TVLLIA, LAMPRI-DIVS, RANGONIVS.

OCTAVIA.

Oluptates hujus noctis quàm suaues futuræ sint persuasisti intimis medul-larum mearum sensibus pruriginosa hac tua oratione.

TVLLIA.

Atenim duplo majores capies quàm potui polliceri libidini tuæ procaci, quidquid pollicita sim.

OCTAVIA.

Scilicet aderit cum Rangonio Lampridius & nobis ambo militabunt.

A

TVLLIA.

Tibi sanè vterque pugnabit.

OCTAVIA.

Apage paucas post horas rumperent veredum meum equisones hi tam acres.

TVLLIA.

Apage inepta tu. Vna bellè sufficies duobus; & experta fatebere etiam præ te Heroas esse nihili.

OCTAVIA.

Non faciam, cognata, non faciam, putas me tam salacem? Ego voluptatibus totâ nocte perfunderer? Dearum cibo ingurgitarer? Tu nihil gustares oblectamenti? Apage, apage, non faciam.

TVLLIA.

Vtcunque se res habebit, feres; tu facies, tu facies. Vide. *Superanda tibi omnis Veneris fortuna ferendo est.* Vide.

OCTAVIA.

O! O! fores obduxisti tuas catara-ctâ illâ improbâ. Quid de me futurum speras, si in partem non venies laboris? Quum mihi tam benè cupias, malè habebo.

TVLLIA.

Macte animo, peregi ego quatuor
times duos?

OCTAVIA.

Sed duo illi viribus præstant, &
in exhausto libidinis rivo superant. Ais
Lampridium in stadio tuo duodecim
solitum esse conficere curricula. De
Rangonio loqueris quæ non longè
absint a portento. Non sufficeret
Cottyto duobus vna.

TVLLIA.

Narravit de Rangonio quæ superant omnem futuentium fidem Lampridius. Scis esse familiarissimos.

OCTAVIA

Quæ narravit? Nunquid etiam venit tecum in certamen?

TVLLIA.

Cum esset nudiustertius ingressus
hanc urbem nostram, adduxit hospitem ad nos Lampridius non dedignan-
te Calliâ. Vide humanitatem : etiam
amore meo inflammat. Dein insanâ
furentem cupidine ostentatione pro-
missorum solatur. Breui f licitatis
summæ quâ frueretur, vt loqui solet,

dicit forè participem. Benè fperare
jubet. Pafcicitur, inconfultâ me, venerem meam.

OCTAVIA.

Nec fubirata es?

TVLLIA.

Dic ipfa tibi. Irata fum, etritam acer-
bè teftata. At ille, vt animi motus
componeret, ignofce, inquit, Domina mea, Regina mea, Dea mea, facilitati meæ. Scio, per te non ftabit quin
exfoluam fidem meam. Vidit te Rangonius, & miferè perit: Vid eram eius
cognatam Neapoli, & miferè peribam.
Ejus fe finxit amore incendi vt meo
faueret. Conuênit cum eâ: induxit me
in puellæ cubiculum: nocte fruor cu-
pitâ venere, dùm fe credit Laura, id ei
nomen, Rangonij indulgere amplexibus. Num debui tanti effe memor
beneficij? Ignoce, Regina mea. dum
fequor officium, eam in offenfam ino-
pinus incidi.

OCTAVIA.

Quid tu ad hæc?

TVLLIA.

Emolliit durum animum vox aman-

ris. Quid meruis facere? Repono. Nùm
te pudet me in id deuolui dedecoris ,
quæ tua sum ? Sed enim , inquit ,
huic vni tantùm culpæ succumbe. sine
te amore Rangonij , & lampridij tui
precibus flecti. Nihil tibi a me time
in posterum , nihil continget quod
gratum, quod honestum non sit. Con-
sensi : sed , Lampridi, inquam , nosti
Octauiam ?

OCTAVIA.

Vt tu Lampridio , est quod ego suc-
censcam tibi.

TVLLIA.

Tace inepta : aperui mentem : scilicet deute in ejus amplexus mittendà.
Quò te bearem dixi. Sed ego & Rangonius interim , reponit, rumpimur
rentigine. Si differri velis id gaudium
ad tenebras, resoluemur vterque ad
speciem eccè tuam quæ nos vrit. Concede saltem vnam vtrique felicitatem.
Quid honoris, refero , accedet nomi-
ni tuo si me dehonestaueris alieno
concubitu? Tu quidem vtere jure tuo.
Exorati eâ demùm conditione me sum
passa, scilicet vt Rangonio ad censum

vnum aperirem ſtadium meum & cupidineum agonem, vltra nihil datura.
Velle integrum nec exhauſtum in ſul-
•um tuum agi vtrunque.

OCTAVIA.

Vt venient integri ex tuis amplexibus!

TVLLIA.

Hæc res in hortis noſtris agebatur,
in quos proſpectus nullus niſi e cubiculo meo, clauſa verò & tuta omnia.
Expectans quid proficeret ſodalis non
longè deambulabat Rangonius, ſpe-
ctabatque identidem me igneſcentibus
oculis. Tunc ad eum Lampridius, im-
mortales pro cœleſti munere redde
gratias Tulliæ, inquit, & ad ſummum
bonum veni. Ita ſum a naturâ compa-
rata vt ab omni longiſſimè abſim im-
pudentiâ. Vbi propior factus eſt, erubuit ille verò oſculum dedit. Impudentiam ipſe ſuam accuſauit,& excuſauit.
Dùm loquitur ſpecum illam frigoris
captandi cauſa ad horti angulum ſtru-
ctam jam intraueramus, & nobiſcum
Lampridius. Eſt quod te ſcire velim,
Domina, ad me Lampridius, tuâque

interest sciri,Rangoni. Quid vero istud
est ? Ait Rangonius. Suspiriis , osculis, reponit Lampridius , & crispantis
lumbi furoribus loquetur mox ipsa tibi Tullia. Te immò Venus perdat ,
refero , nugarum artifex solers. Me
manu extra speeum extrahit : ignosce,
Rangoni , ait,mox reddam , æquè tibi
puram ac nunc est. Nolo eam ab oculis tuis fugere , quæ oculorum tuorum
meorumque lux est. Paucis volo.
Tunc ad me , nescis, Tullia , quem
habitura sis equisonem.Neminem unquam mortalium fassæ sunt puellæ
& Romæ & Venetiis, quibuscum rem
habuit , tam abundanti venerei im-
bris copiâ muliebres sulcos irrigasse ac
Rangonium. Quod Hieronymo Mer-
curiali , postquàm omnia quæ de eo
dicebantur diligenter exploravit, pro
miraculo fuit,non tantum stupori.

OCTAVIS I.

Interea quid Rangonius cum œstro,
cum furore, cum mentula sua ? Ah !
Ah ! audio mescio quid strepitus ; veniunt. Vt timeo, vt pudet !

TVLLIA.

O hymen, o hymenæ, hymen ades o
hymenæ. Ecce Lampridium. Quid verò
solus Lampridi? Quid de sodali actum?

LAMPRIDIVS.

Apud Mendozam, vrbi præfectum,
virum bonum & comem cænauimus.
Detinet Rangonium multa super ejus
rebus, parentibus, & affinibus rogi-
tans, & seria, vt est ingeniosæ vrbani-
tatis, ridiculis miscens. Ipse secessi
amoris æstu, qui me, dùm de vobis co-
gito, cepit, in rabien versus quam
Octauia curet, si me velit sanum, &
suum. Quid taces Octauia?

OCTAVIA.

Pudore, Tullia mea, sepulta mihi
mens audaciam adimit, verba negat.

LAMPRIDIVS.

Osculum etiam negas? Me mise-
rum!

TVLLIA.

Agedum, Octauia, quid refugis?
Lectus hic vix nos quatuor, cum ve-
nerit Rangonius, stipatos capiet:
Nulli præterea locus, ne quidem pudori. Proiice hanc à te amentiam fatua.

OCTAVIA.

Quid me, fatua tu, dejectis operi-
mentis nudam aperis Lampridij oculis?

LAMPRIDIVS.

Quam venusta, quam tenera membra!

TVLLIA.

Volo, Octauia, te putes me esse alteram. Rumpitur Lampridius : num
te miserebit miselli?

LAMPRIDIVS.

Faue, Tullia, fac patiatur Octauia
se amari, & pulchritudinis, iuuentu-
tisque suæ florem me legere. O corpus venereum!

OCTAVIA.

Abi, abi: jam vociferor si vltra
tentes.

TVLLIA.

Quæ te tenent intemperiæ? Sana
es? Iam, per Deam Pertundam! si
amicum nostris Lampridium, habebis me inimicam.

OCTAVIA.

Interim & mammas, & pectus, &
omnia corporis membra manu Lam-

A v

pridius ille tuus impudicâ confcelerat.

LAMPRIDIVS.

Quam aptè hiat tibi Veneris concha ! quàm commodo fitu pars proftat ludicra ! quàm molli obnupta lanugine !

OCTAVIA.

Eh ! Eh ! quid agis ? Iam me occupas totam. Quid propudiofa faciam poft id flagitium ?

TVLLIA.

Ampleƈtere Oƈtauiam Lampridi ; tu Lampritium , Oƈtauia. Nonnullæ erunt meæ partes in hac fabula. Manu hac virile fpiculum dirigam in fœmineum fcopum. Benè eft;intrò hauftlum eft totum: vt benè altera pars alteri conuenit. Nunc lateri ne parcas , Lampridi.

OCTAVIA.

Quid vis ? vt me opprimis , vt agitas , vt pulfas ! Tolle manum , Tullia, quid me vellicas ? Oh ! Oh ! Oh !

TVLLIA.

Tolle tu nates. Tolle , inquam, Tolle altiùs. Succuffus itera fpiffos , crebros , vehementes. Bellè , bellè.

LAMPRIDIVS.

Si te transfigi gaudes, Octauia, fige osculum.

OCTAVIA.

Gaudeo, Gaudeo : morior. Ah!
Ah! facione satis voluptati tuæ, quæ
mihi est summa voluptas? Vis succu-
tiam vehementiùs? Faciam vt maximè
potero.

TVLLIA.

Fac igitur, nihil nugis opus : Mirabiliter. Quàm mobiles! quàm leues
tibi lambi! Tractabo interim, Lampridi, pruriginosos tibi Globulos: sol-
licitabo leni tactu ad officium & spu-
mam.

LAMPRIDIVS.

Vt me beatis vtraque! vt voluptatem meam pascitis, tu tuo Nectare
Tullia; tu tua Ambrosia, Octauia! En,
En. Nunc, nunc, Octauia, Tolle, Tolle Iumbos. Acriter, acriter.

TVLLIA.

Langues, Octauia, Langues?

OCTAVIA.

Sentio, Sentio. Vt feruida vrina hæc,
vt rapido fertur impetu. Osculare,

A vj

Osculare. Iam & diffluo ego. Diſtillant mihi Veneris venæ. O! O! ſentio Iouis cum Iunone concubitum. E cælo venit hæc voluptas. O! Oh? fundum, deficio, fundum, deficio.

TVLLIA.

Quid Garris balbutiens? Fundum aluei tui tetigit Lampridij anchora?

OCTAVIA.

Tetigiſſe credidi. Sed jam deficit Lampridius, abit, anchoram ſoluit. Parere tamen, Lampridi, te Oſculer iterùm atque iterùm; te baſiationes meæ vorent antequàm exſcendas ex veredo meo.

TVLLIA.

Vis fortè, ſalax, nouam ad pugnam exſanguem neruum, & viribus defeĉtum excitare? Non ita erit. Ad Rangonium redi, ne quid de te nobiſque ſuſpicetur parùm pudici.

LAMPRIDIVS.

Reuertar vt ſuades ad ſodalem. Hanc fingam tantulam egiſſe moram cum præfecti conſobrino Federico.

TVLLIA.

Sed quàm benè te habuit Octauia?

Vt voluptati visa est apta?

LAMPRIDIVS.

In eâ inveni omnino nihil quod ad
te proximè non accedat, Tullia mea,
quod meram, putamque Venerem
non sapiat. Sed de his postea. Valete.

OCTAVIA.

Quas vero reddam tibi gratias, Tullia? Nunc verè scio quid sit Venus. Ita
me libidine impleuit. Pili præcipuè
titillauit longitudo, nam crassitudine
Cauicei longè cedit temoni. Verè omnia gustaui Veneris bona.

TVLLIA.

Quæ dicebam de Lampridio inue-
nisse te vera, oppidò gaudeo.

OCTAVIA.

Vidisti vt de thoro lætus desiliit, te
osculum dedit, molles naribus impegit alapas? Te beastam! cui ludere
ejus in amplexibus càm libet, licet.
Sed te etiam incredili num affecit
Rangonius voluptare?

TVLLIA.

Ad eam igitur, quam institueram, narrationem redeo, nam & velle videris,
& gratissimus mihi quoque hic sermo.

OCTAVIA.

Quo me scilicet in meliorem voca-
bis deliciarum tuarum partem.

TVLLIA.

Vt inter animalia homo, sic inter
homines Rangonius abundat seminis
copiâ. Moneo, dicebat Lampridius, vt
oportuno cures corporis situ, nihil
tibi depereat. Nàm pro summâ mihi
est voluptate summâ te perfundi. Sub
hæc abscessit.

OCTAVIA.

Quid posteà?

TVLLIA.

Citato venit ad me cursu Rangonius. Nihil te, inquit, libidini meæ
eripiet; manu prehendit, ad angulum,
vbi, vtseis, thorus, trahit volentem nolentem. Alteram mittit in sinum manum; Veneris sedem alterâ detegit
reductis ad zonam vsque vestimentis.
Mox soluit ipse subligaculum sibi,
apertis coleis.

OCTAVIA.

Fuscinam vidisti, cùm fuit in pro-
cinctu, magnam, rigidam, Heroe, &
te dignam?

TVLLIA.

Qualis est ferè Lampridii, adeo nullo quod perceperim, differut dis crimine. Vndecim duodecimue pollices Latos in longitudiné fusa. Iam jam remittor, dicebat ; commoda amori meo amorem tuum, Domina ; sensim interim sine seusu dilabi me in torum passa sum. Ille effudit se in resupinam, & primùm, leui excitauit unguium impreßione in pube igniculos, & proxime in eo, quod perynæum monuj vori, interstitio ybi ardentiores Veneris prurientis fasces. Agè, agè, dicebam, abscede; illudis mihi. Quid me incendis jam tuo amore inflammatum. Ergo accipe, ait, quicquid id est amoris mei, & momento impellit in libidinis venam spiculum. Vt sensi, malè, exclamo, malè me habes malus. Audiit Lampridius, & accurrens, caue, Tullia, inquit, ne è proximo vico secundùm hunc murum tua vox exaudiatur. Cui non cognita honesto? Contine vocem, lumbos non contine.

OCTAVIA.

Vidit pugnantes in hac palæstra

& continere ipse potuit arisu, ab eoque futore qualem nuda mouet Venus?

TVLLIA.

Vidit, & cum insistere lævum mihi
pedem humi videret, volo vtrique,
adjicit, amicæ curæ officium impen-
dere; sellam subjicit. Altiusque hoc
pacto sese in vterum penetrauit im-
pressa mentula. Aperta manu ridens
alapam inflixit natibus Rangonij, &
exiit è cella.

OCTAVIA.

Ah! ah! ridiculum spectaculum;
ridiculi vos vterque tu & Rangonius.

TVLLIA.

Tantisper substitit immotus. Amplectere me, ait, Regina meh: Nam
elanguebant artus desides: complector. Ante tres menses, subjicit, nulla me vidit Venus, nulla impatien-
tiam libidinis solata est puella dulci
effluuio. Sed, vt scias, vix inveneris,
qui, vt ego, tam abundanti hortum
tuum irriget salsâ pluuiâ.

OCTAVIA.

Impresso calcare, poterat & voteras cursum suftinere ?

TVLLIA.

Cœpit vehementius fubigere , ad
fextam feptimamue concuffionem feruido me intùs imbre diluere. Stillan-
tis vis veretri tantùm mihi iis in locis
concitauit pruritum vt temperare
non potuerim quin motus cierem fer-
uidos.

OCTAVIA.

Ne fcilicet quam Lampridius marmoream à candore vocat, faxeam cre-
deret Rangonius, fi ftuperes frigida &
hebes.

TVLLIA.

Video cœlos , dicebam amens , video cœlos apertos ; & illico femen
emifi reclufo fonte. Senfit me refolui.
Concitatiori æftuans opi fuit fubagi-
tatione. Miftum eft femini femen ;
nam & ipfe refolutus eft. Sed quater
ego largo fluctu remiffa fum, cum continua ille ignitæ libidinis ejaculatio-
ne , omnes meis in lumbis omnium
prurituum irritat nequitias. Tandem
palæftræ finis datus. Fateor, Octauia , tanta nunquam decidæu vis vo-

luptatis vno concubitu genitalis arui
furores reftinxit.

OCTAVIA.

Satiauit te voluptate. Si pugil præterea adfuiſſet nouus , certamen refu-
giſſes ? Nec te Lampridius iniit ?

TVLLIA.

Sanè noua voluptas mihi propior
fuiſſet ærummæ , quàm gaudio. Nam
exundanti reſtagnans ſemine vterus,
quòd imbiberat, nihil præterea gaudij
aut petebat, aut pollicebatur.

OCTAVIA.

Dicunt omne eſſe animal poſt coïtum triſte.

TVLLIA.

Immò alacri vultu, lætis dictis, ſigni-
ficauit Rangonius multo ſe gaudere
gaudio quòd bonis libere meis eſſet
potitus. Lampridium vocat; ſed ejus
me ex vlnis expedio, & vtrique eripio
ne vltrò citròque iterum cogerer Venerem pati , Lampridij gratificandi
cauſa. Veloci priùs in ædes me recepi
curſu , quam fere animaduerterunt.
Interim, Octauia, ne quidem venereæ
tabis guttulame Rangonij tubo in

concham effusae meam sensi difluxisse.
Quid id sibi velit nescio. Sed si hoc
me impraegnatam esse scirem concubitu, vt Calliam meum amo, moero-
re conficerer.

OCTAVIA.

Atenim verò prae quartûmuiratu
tuo quid istud?

TVLLIA.

Intelligo. Vis illam meam renarrem
Romanam militiam.

OCTAVIA.

Volo.

TVLLIA.

Inciderat, in morbum quem ab
initio longum fore, & lethalem Medici iudicauerant, Callias, dùm Romae
agit litis difficillimae dirimendae cauf-
fa cùm Ortobono Cognato meo. Ea
me res vocauerat Romam; & bonae
valetudini si tandem restitutus est Callias, meae opi curiosae & amanti id debet, nec negat. Vt primùm conuales-
cere coepit, & omnis abscessit pericu-
li metus, cupiditas cepit exhilarandi
animi per continuos tres menses moe-
rore confecti & consepuisti. Ventita-

bat domum è proximâ vicíniâ mulier non admodum ætatis proue-
ctæ ex Vrsinâ gente. Familiariffima
cumillâ mihi intererat neceffitudo, &
mecum fæpe cubabat folatium vni-
cum ægro animo. Vnâ nocte cùm
ferimus fermones, faceriafque mifce-
mus, fateor, ad intermiffæ Veneris ludum conuerti interdum cogitaciones
meas. Vt interrogabat; hos ignes,
refpondeo, quos fentirem in venis
meis reuiuifcere nullius poffe virtutis
reftingui conftantiâ, & pudere. Ad hæc
matrona elegantis & liberalis confuetudinis, fi alia vlta, volo te abdicatæ
Veneris craftinâ luce fatiari donis ad
vfque faftidium; &, fi fatua non es,
voles. Nihil propterea, inquit, aut famæ detrahetur, aut honori. Idfolum
volo liberæ te meæ permittas potefta-
ti. Permitto, refero, quid timeam quæ
te vadem habeo; ducem fequor, & auf-
picem? Mane facto curare iubet, fed
modico prandio, corpus; nec cibis
impleri. Pectus, mammas, ventrem,
femina, nates lauat ipfa fuaueolenti-
bus aquis, & Myrtheo oleo Veneris

typum. Condida induit ſtola è ſerico.
Obſcurari me credidi pellucida qua-
dam nebulâ potiùs quam veſte tegi.
Pòſt curru vnà inuehimur in villam
ſuburbanam, & amæniſſimos hortos.
Et Flora illic & Venus per omnem liberæ & hilares ludunt, & rident anni
tempeſtatem, & omnis tempeſtas per-
petuumver. Poſtquàm intrantes admi-
ſere ſuperbiſſimæ ædes, inducit me in
Conclaue interius, vbi perpetuo lux
condita crepuſculo pudori fauebat ſi-
mul & impudentiæ.

OCTAVIA.
Libidinoſæ petulantiæ apta ſedes.
TVLLIA.
Occurrit modeſto ore & cultu matrona anus. Faciam, inquit ad Vrſinam
conuerſa, vt hæc tua puella gratias
agat tibi plurimas voluptatibus ebria
paucas poſt horas. Hæc dicens prehendit manu: Mox abiit Vrſina, oſtio-
que clauſo, intrò anus cunctantem
ducit. Principio accipe nata, inquit,
tibi quid expectandum, quid ferendum. Amplius tua non es, ſed Athle-
tarum quatuor quos paraui agoni tuo

Gallus vnus eſt, Germanus alter, alij Florentiâ orti duo. Nam amat Florentinos Domina mea. Omnes ab anno notiſſimi, alter alteri amiciſſimi, & quod præſtat, ortu nobiles. Apage, refero, me occident tot palæſtritæ. Te miſereat mei, mater. Vnus ſufficiet, ſic duellum ſit non pugna. Dimitte alios. Riſit illa, & dum loquor, adſunt coràm præſto omnes. Delige, ait anus, quem velis excipere primum: ordinem pugnæ cuique ſuum ipſa conſtitue; nam quo iuſſeris ad pugnam venient & amplexus. Ego manum porrigo Gallo, illi Turriano cognomen: Huic vero Aloiſium, Aloiſio Conradum, Conrado Fabricium volo ſuccedere ex ordine. Aloiſius, ac Fabricius Florentini; Germanus, Conradus. Tunc matrona claſſicum cecinit. O iuuenes, inquit docete hanc tam venuſtam, tam teneram puellam, qualis apud ingenioſos, vt eſtis, in fœmineo corpore ſit libidinis vſus. Qui fortiùs in Venereo campo militauerit, pilum meliùs intorſerit, annulum hunc conſequuturus eſt virtutis ſuæ

præmium, & victoriæ brauium. Annulum oftendit aureum adamante in-
clufo micantem, Vrfinæ donum quo
alacrius infurgerent ad ptælium. Alter
alterius curfus numerate ; fubjicit; fed
etiam cauebo ne per errorem contur-
betur numerus. Abite nunc, & agite
res veftras. Sub hæc exceffit è con-
claui.

OCTAVIA.

Nunquid timebas quatuor fcilicet
haftis appetita circumquâque erectis.

TVLLIA.

Intelliges. Manum ofculatur Turrianus mihi, fimulque rectâ in cubiculi
angulum fipario obductum deducit.
Thorus pedem vix vnum eminebat, &
lucebat tremulo lichnus lumine, ac
fi effet jam libidinis fibi noftræ con-
fcius. Tunc Tollit Fabricius vocem.
Heus ! tu, amice, ait, expedi nego-
tium illud tuum, nam & nos rumpimur : primum haud quaquam tibi locum inuidemus, fed expedi. Fraus
aberit, refpondet Turrianus, quod
tàm magna cum voluptate fiet, ne dubites, citò fiet. Ego fummo offufa

pudore, qui congenitus est mihi, nec simulans, mea non eram. Rogat in lectum demitterem vltro me : non audiebam. Impulsu molli dejicit, ferè repugnantem, & jam sub vestem alteram miserat manum. Audiuere alij præcipitantiùs concidentem, & risum sustulere; ego gemitum. Quid istud est, aio, quam, mehercle, quæ hactenus vlla absque labe pura & casta egi vitam, quam verò judicabitis ? Ineptum hunc, reponit Tarrianus, pudorem expelle ex animo. Non prima perdacta es nostros in amplexus : passæ sunt ex optimatum mulierum numero pulchriores furores nostros, vt tu patiêris. Honestandi lupanaris, ornandæ libidinis inuenimus rationem. Nemo vitio tibi verterit quod nemo sciet, quod tu ipsa, dùm peragimus, dum patramus lasciui, sed honesti, tibi dices proximè accedere ad virtutem. At At expedi, Turriane, clamabat Fabricius. Hac nos morâ enecas. Obsequor, refert, & eodem temporis puncto demissis femoralibus mentulam aperit, & incumbit in me:

impellit

impellit in hiantem concham : compressione æstuanti vrget : vehementi concutit misu Et cum non commouerer , saltem nunc , domina , cum ad finem operis propero, inquit , Veneri sane: Ego tremulo succussu faueo currenti , & post paulò turgentis mentulæ rore sentio intimam libidinis conspergi aream. Nullus tunc pudori locus , nulla honestatis ratio , nulla immo mei recordatio ; colliquescere etiam cœpi. Sed iam attigerat metas, vix ego, sub eo perfeci. Accurrit Conradus vir bonus , sed incultus ; quod pace tua , fiat, domina , inquit , verbis abstinebo , re colloquar tecum. Nec plura pilum rigidum , crassum torquet neruosus in viscera , & ad quartam quintamue cócussionem feruido , me semine mouet ad nouam emittendi è lumbis venerei gari pruriginem. Quare mutato ordine occupasti , inquam , Conrade , locum qui Aloisij erat ? Ita conuentum inter nos, refert , Venient ad te ambo simul ; etiam simul , puto, inibunt: nam stultos nos judicant, Gallos & Germa-

nos qui odio habemus scire vbi sita sit
vera voluptas. Excessit Conradus ,
eccè aduolant Aloisius , Fabriciusque.
Tolle crura , ait Fabricius , Machæram intentans : Tollo : Tunc effundit
se in pectur meum , & immergit in
vlcus insanabile machæram. Vtram
que mihi Aloisins tybiam sustollit ; &
sub poplitibus altera & alterà missâ
manu agitat ipse lumbos mihi nullo
meo labore. Procax ridiculæ motita-
tionis genus. Incendi me dixi ; Sed
dicto citius restagnans Veneris spuma
restinxit incendium. Surgente Aloisio nouam se Fabricius accingit ad pugnam. Rubicunda illi , & minita-
bunda turgebat mentula. Amabò ,
domina, obuerte te in faciem , ait.

OCTAVIA.

Scio quid dein.

TVLLIA.

Obuertor, vt volebat, quæ sciebam
id mihi esse in lege per eorum voluptatem ad meam ire. Atenim, vt natus
vidit quæ candore suo ebur & niuem
obscurarent ! O te pulchram , ait. Sed
erige te in genua demisso superiori

corporis trunco. Demitto caput &
pectus, tollo nates: Ambæ patebant
viæ quæad vtramque ducūt Venerem;
probam & caftamo alteram, fceleftam
alteram & inquinatam. Quâ petes,
ait Aloifius, quâ tu, refpondet Fabri-
mus; poftea viderim.

OCTAVIA.

Sic minatus eft.

TVLLIA.

Et petiīt quâ debebat & iuuabat.
Trufit in intimam vuluam rapidum,&
igneum telum. Mammam vtraque,
cepit manu vtraque. Poft agitare
cœpit, & momento dulcis profluere
riuus in mollen Veneris finum: Et ego
etiam miris deliniri deliciis : præ voluptate parùm abfuit quin deficerem.
Ea me, feminis copia excreti ex Fabri-
cij lumbis impleuit & demulfit, ea me
copia excreti è meis ex haufit mihi vires. Hoc vno concubitu plus amifi
virium quàm quàm prioribus tribus.
Ita res acta eft : & hic primus fabulæ
actus fcenis conftans quatuor.

OCTAVIA.

Quam de Fabricio hunc petente

corporis fitum conceperam, vt dicere aggreffa es, fefellit me opinio. Nam
fallere folent Florentini Venerem. De-
lectari ajunt puerorum confuetudine,
caras que illis effe puellas quæ fe
in pueros mutari volint, & puerile
præftare officium.

TVLLIA.

Experta fum ego, & quid in his
poffint rebus documento ipfa tibi ero.
Denique, nam curiofiùs fingulis hæ-
rere dicendo nihil intereft, eodem ordine Turrianus, Conradufque admif-
fis equis in agonem meum defcende-
runt. Cum procederet ad me Aloifius,
fuperuenit anus. Aloifium, Fabriciumque monet caueant obfcœno ne poffim pollutam me queri effe concubitu.
Licere quidem intra corpus meum vomerem imprimere quo fulco velint,
femen tamen mittere non item licere :
Si contra fecerint Vrfinam habituros
iratam, & in bonam mentem pecca-
turos. Vuluæ foli rependi debere hoc
amoris tributum. Me etiam dictis aggreditur,& animo effembono ad igno-
tos adfultus hortata eft. Tunc fortiun-

tur inter se laus cui priùs contingat fodiendæ melioris huius partis , sic loquebantur. Illaudabilis voluptatis licentia omnem apud malos, & olidos Cynædos superat veræ laudis suauitatem. Ego verò non patiar , inducias peto , inquam, non longas. Igitur rectà viâ juere ad castam Venerem. Octo se hoc modo hæ habuere fututiones. Turrianus mihi admodū cordi erat. In animo erat dono illi primitias ignoti obsequij dare , & me abamato juuene hac etiam parte deuirginari.

OCTAVIA.

Florentinis non vno in loco mulieribus sita , nec vna Virginitas.

TVLLIA.

Sed contumeliam id esse non donum respondit donanti Turrianus , & querelas miscuit. Quem me esse putas , ait , Domina ? absit hæc meis ab libidinibus amentia , a cogitationibus infamia , a consuetudine ignominia. Nulla mihi esse cara voluptas queat quæ tibi voluptas non sit. Vnum Rogo ne dedigneris mihi gratificari. Quod voles, quidquid id demùm sit ,

refero, volo: Sed roges nolo, capias
volo. Liceat oculis meis diuinæ pulchritudinis tuæ libero frui aspectu.
Depono vestes ipsa vltrò, nec difficil-
le opus ; nam præter indusium & stolam nihil erat. Indusium ipse sua dejicit ad pedes manu. Vt nudam videt,
basijs terit igneis, tactibus lustrat
membra omnia liberioribus : De hinc
turgentem & grauem mole caudam
protrudit in vuluam, inguina inguinibus miscet. Sequitur Conradus; Conrado succedunt Aloisius & Fabricius.
Nouum belli genus. Nudam vt conf-
pexere, exultare & plaudere. Post
puluinum thoro transuersum natibus
subjicit Aloisius, nunc obuerte pro-
namte in faciem, & nates objice oculis & amoribus nostris has pretiosas.
Quid verò vultis ? dicebam. Parcite
pauenti. Obliti estis esse me puellam
non puerum. Apage, refert Fabricius,
quod nulla negare ausa est è tot præstantibus inter Romanas puellas & ingenii & formæ dotibus, tu ingeniosa
& formosa audes negare? Sed ad hanc
rem horret animus, repono, ferre

non potero ; conficietis huic bello in-
affuetam. Ferre poteris , fubjicit Aloifius. Multo juniores hoc corporis vfu
apud noftros homines inclarefcunt.
Pluris conftitit tibi anticæ Virginitatis occifio. Cùm proficerem nihil, parui furentibus. Tunc pronus inclinat
fe in natcs Aloifius. Pilum poftico admouet, pulfat , percutit , poft fummo
nifu irrmpit. Ego gemitum mifi : Sed
illicò extractum ex vlcere telum condit in vuluam,& multo femine depluit
in lubricum vteri fulcum. Aggreditur,
re peractâ , eodem modo Fabricius.
Rapido vibrat haftam puram impetu,
totamque breui in vifcera abdidit. It
reditque aliquandiu repetitâ viâ ; &
quod fieri poffe non putabam, etiam
inuafit me nefcio cujus pruriginis rabies , vt huic me affuefieri rei poffe,fi
velim , non dubitem. Sed abfit Calliam hæc tranfuerfum agat væcordia.
Nec tamen abufus vltra modum eft pa-
tientiâ meâ ad contumeliam. Suauif-
fimam profudit voluptatem in vteri
intimos fenfus ; Nihilque quo oble-
ctari poffent , hæc nebulonis turbauit
intemperantia.   B iiij

OCTAVIA.

De Callia verò dic, amabo, nunquam hac tibi improbus parte illusit?

TVLLIA.

Fatebor, mea Octauia.

OCTAVIA.

Fatebor itidem ego, mea Tullia.

TVLLIA.

Alterum post mensem quàm nupsi,
pomeridianis horis cùm esset Callias
mecum, voluit nudari, voluit etiam interius deponi indusium. At, At sile.

OCTAVIA.

Ah! Ah! video venientes ad nos
Athletas nostros.

TVLLIA.

Audio loquentes. Macte virtute,
Octauia, jam tibi ludendus egregius
ludus. Macte animo. Vt tibi bibet si-
tiens vulua nectareos calices?

OCTAVIA.

Contremisco.

TVLLIA.

Quod benè uertat, Rangoni, ecce
e in venustissimæ puella, siquæ alia,
complexus conjicio. Amore dignio-
rem tuo nusquam innenies; mox fate-

beris voluptate ebrius : pro certo habeo.

LAMPRIDIVS.

Habet, Octauia, tibi gratias Rangonius, & mox referet subigendo, vt
meretur, veredum tuum egregiè.

RANGONIVS.

Noui felicitati meæ adiici prætereâ
nihil posse. Tu verò, Octauia, quid
mœreus Stupes ? Num scis te debere
peruigilium Veneri?

OCTAVIA.

Apage, Apage. Ex lecto proii-
ciam me, abstine, clamoribus imple-
bo domum. Abstine. Quid me vexas proterue ? Quid me basiis his adul-
teris, tactibus his nequissimis inqui-
nas ?

RANGONIVS.

O te pulchram ! O diuinam ! Si tam
es indulgens, & mitis quàm pulcra.

TVLLIA.

Quò fugis ? non sapis, Octauia.
Agè verò, Rangoni, siste fugitiuam fi-
xo stipite. Agedum.

LAMPRIDIVS.

Quid sibi vult hæc rixa ? vnde hæc
alteratio ?   B v

OCTAVIA.

Misereat te mei, Lampridi.

LAMPRIDIVS.

Scilicet. Te negas summo gaudio, & misereat tibi ? Quis hîc misericordiæ locus ?

OCTAVIA.

Vides vt me malè habent & hæc. tua Tullia, & hic, nescio quis, sodalis tuus. Sed me infelicem !

TVLLIA.

Benè se res habet. Nunc excute illud, Octauia, illud pondus quod ins tra viscera tua furit. Sed abscede Lampridi.

LAMPRIDIVS.

Cur verò hoc pasci oculos, & mentem voluptatis Spectaculo inuides ?

OCTAVIA.

Ah ! Ah ! Ah! vt sæuus es ! Nunc verò ; nunc quod voles, & vt voles; nunc faciam, Rangoni. Omni, Omni cupiditati tuæ parebo Omni. Sustine tantisper vt aptiori me Sistu volutati tuæ accommodem.

TVLLIA.

Quipe dum infanis intemperans, alterum è thori spondâ femur projeceias.

LAMPRIDIVS.

Perfice, Rangoni : Nihil te moretur. Sustentabo ego manibus meis, & tollam marmoream hanc columnam.

OCTAVIA.

Sine inepte sine. Quid mihi calcem vnguibus scalpis ? Eh ! Eh ! Et tu; Rangoni, vt iteras concusliones has rapidas tuas ! Iàm, jam emorior.

TVLLIA.

Agedùm, Rangoni, Agedùm, fcstina. Tractabo ego hos tuos tibi testiculos, deliciarum fontem. Vides deficientem pellicem hanc : Depluant cito citius Vitalem balsamum emorienti.

RANGONIVS.

Ecce vt momento flammescit mihi amoris vena, & Veneres Stillat Veneri meæ.

OCTAVIA.

Nihil artubus meis parcas. Ecce; Vt tibi placuit hic succussus ? Et hic

alter ? Et hic ? Ah ! Quid Sentio ? Vt
pruriginofos mihi locos feruido mul-
ces, Ah ! Ah ! Rore, Ah ! Ah ! Quam,
abundanti ! Ah ! Ah ! Quàm Suaui ! Vt
Vitam infundis , & adimis , vitæ, ne-
ifque Arbiter ?

TVLLIA.

Et tu fcilicet pumice es aridior.
Claufi funt tui tibi Veneris riui, Octauia ?

OCTAVIA.

Tace Eh ! Eh ! Quiefce. Tace. Benè omnia. Hem : Hem !

IVLIA.

Incita Curfum , Rangoni , præfto
fis. Acriori calcare obftetricare
exorienti puellæ tuæ libidini. Benè
eft , Benè.

OCTAVIA.

Oh ! Hoc me ferè concuffu oppref-
fifti, & hoc etiam. Quieuit paululùm
hæc mihi rabies quâ me incenderas ;
Et tibi Adhuc diftillat Lubricus neruus in venam meam ? Sentio : Sentio. Nullus dabitur finis ? Quàm im-
mingis fuauiier ! Me implebis puto
femine hoc feruido , & è puella Vene-

rei fali gurgitem Facies.

LAMPRIDIVS.

Interea difrumpor. Feftina ad metas, Rangoni. Me miferum reddit tantæ tuæ felicitatis cumulus.

OCTAVIA.

Importunum te, Lampridi ! Deficio, deficio iterùm. Sed me, Rangoni, enecas languentem, quòd langues. Tam cito abis ?

TVLLIA.

Tàm cito ? Quæ tua eft amentia. Per Venerem ! Huic vix Iouis conferri congreffus queat quo Herculem in Alcmena genuit. Sed ecce vt rigidus, vt igneus, vt fuperbus Lampridio mibat neruus. Excipe.

LAMPRIDIVS.

Si hunc igneum & rigidum rimæ igneæ huic ;

TVLLIA.

Et Concuffu hoc rapido perfecifti orationem.

OCTAVIA.

At verò, Lampridi., Faue., Faue.

LAMPRIDIVS.

Faue etiam tu, Octauia, Faue Tullia.

TVLLIA.

Quid vis vtram que facere ?

LAMPRIDIVS.

Volo dum papillas Octauiæ per-
tracto, molli ipsa & spissà nates vi-
bret motitatione. Tua interim, Tullia, lubrico mihi scrotum & testiculos frictu sollicitet læua illa pruriginosa ad plenum, gaudium.

TVLLIA.

Sustine partes tuas, inepte. Fun-
gemur vtraque nostris præclarissimè.

OCTAVIA.

Dirè me exagitas, Lampridi; Sed
impunè non ferès. Concussibus his
respondebunt succussus mei acriores.
En, En, En. Placeo ?

TVLLIA.

Egregium te verè ostendis bella-
torem, Lampridi. Vt aptè pugione
ad capulum impresso, non mortem sed
delicias expirantis simili infers Octauiæ. Videris animam agere velle,
Octauia, dum totum se intrà Viscera
tua agere videtur velle Cupidineus
hic Heros.

OCTAVIA.

Importunam loquacitatem ! Quid animum meum à tam grato immensæ voluptatis sensu auocas ? Sed , sed intrò me me vrit liquida Viuidi Vis signis.

TVLLIA.

E face , quam quatit intrò tibi amor Lampridij stabilis in penetrali tuo. Te interim , mi Lampridi , volo osculari.

LAMPRIDIVS.

O dulcis delectationi meæ accessio suauium ! Admoue etiam eburneos mammarum orbes , vt osculet. Nunc, nunc ; Octauia , Tullia fugiunt mihi libidi.... libidinis riui.

OCTAVIA.

Sentio , sentio profluentes in stagnum meum. Perge Oh ! Oh ! Perge: Et ego , & ego.

TVLLIA.

Et tu , & tu in effluuium solueris. Opi este alter alteri. Bene est per Subigum Deum ! Bene est. Interim quid cogitas tecum , Rangoni , mutus & iners ?

RANGONIVS.

Tibi dixerit hæc.

TVLLIA.

Oftendis mentulam. Vt momento creuit in duellum! Mirificus es bella- tot. Nullus vt video quietis mifellæ dabitur guftus?

RANGONIVS.

Omnibus vna quies operum, labor omnibus idem.

LAMPRIDIVS.

Ecce nunc occupa, Rangoni, va- cuum tibi campum non Martium fed Venereum, in quem velit Mars def- cendere. Ita me gaudio cumulauit.

RANGONIVS.

Me etiamnum fugis auerfa, Dea mea?

OCTAVIA.

Non fugio. Sed breues indulgeri peto Inducias.

TVLLIA.

Mutatâ figurâ excita cadentem li- bidinem, nam effœta langues. Sic condîri voluptas debet vt voluptatem fine fine voluptas creet.

OCTAVIA.

Sed vide vt vrget Rangonius , &
victam vexat inglorius.

RANGONIVS.

Expectabo tamen. Quid vis fieri ;
Tullia? Da Clinopalæ Leges Agonotheta; à Venere secunda.

TVLLIA.

Vides me , Octauia , vt nates tollo
in genua, reliquo summisso corpore :
Proiice verò te resupinam meos in
lumbos vt dorsum dorso , nates natibus conjunctæ hæreant. Apertis de-
h'nc femoribus summis plantis , quo
grauiori minùs premar onere, vt poteris innittere.

OCTAVIA.

Impar párcul dubio eris ponderi
cum procubuerit Indiges hic in me.
Obsequar tamen jubenti fututricum
Reginæ , ne cadam in crimen.

TVLLIA.

Obruere nolet me Rangonius: Scio.
Sustentabit corporis pondus, nec ars
deerit , nec modus.

RANGONIVS.

Fauebo vtrique , vt potero maximè;

O illecebrosam figuram! Protinùs ia-
culum diuinam in hanc pulchritudinem id informe condo. In bonam rogo accipias partem, Octauia.

OCTAVIA.

Propera mi Rex. Exorientem sentio in imis lumbis titillationem nouam. Ita ne Tullia? Nugæ, nugæ.

TVLLIA.

Motita nates, Octauia, vt ego motito. Agita pari motu. Gratissimum
illi & tibi. Egregiè! Egregiè! Vt feruent tibi crispantes lumborum nequitiæ!

RANGONIVS.

Sursum deorsum, Octauia, rapidâ
fugâ enittere, & tu Tullia. Opus
opere vestro pernici properate. Agite, agite.

TVLLIA.

Æstuantes has, & effrœnas compressiones intelligo. Exilientis deli-
ciosi fluctns è lumborum lacu sermonem intelligo. Vibra nates sursùm
versus, Octauia, & ego anhelanti
opi fuero.

OCTAVIA.

Tullia, Tullia. Me Rangoni rapis in furorem. Haud possum, quin clamem, continere insaniam meam. Stillatim sentio decidentem, Ah! Ah!

TVLLIA.

Pluuiam,

OCTAVIA.

Quam Danaë Acrisio nata aureæ præferat Iouis sui. Imple Tullia, imple.

TVLLIA.

Quæ meæ sunt partes; & impleo.

OCTAVIA.

Bis iam bis tu Rangoni. Eh! Eh! Et tertiûm Ipsa ego. Ah! Ah! Ah!

TVLLIA.

Ter scilicet ipsa è peculio tuo Veneri Votum Soluisti Libens Merito.

RANGONIVS.

Salsiores, salacioresque sanè hæc vrbs non habet puellas, quàm estis ambæ. Gratior nullus esse queat coitus, quàm hic fuit, etiam cum nudis Gratiis. Moriar si ingeniosiorem ad suauissimam parandam voluptatem noucrit figuram Venus ipsa gaudiorum

Indagatrix, & Inuentrix.

LAMPRIDIVS.

Vis etiàm mecum, Octauia, rem experiri? Interim ne mutes, Tullia.

TVLLIA.

Volo, & vult Octauia. Sed fatiscent mihi laſſitudine artus, timeo, ante abſolutum opus.

OCTAVIA.

Vt durus es! Vt durus tibi neruus quem in mollem libidinis caltham protruſiſti.

TVLLIA.

Paulò, mi Lampridi, ruis vehementiùs quàm defeſſa ferre poſſim perfice actutum, propera. Deficiunt poplites; decido in latus.

OCTAVIA.

Venus te malè perdat, Tullia, quæ tam bonam perdidiſti fututionem, aut turbaſti. Effero, Effero lumbos, Lampridi. Apertæ tibi ſunt deliciæ meæ omnes.

LAMPRIDIVS.

Mucronem ſummum haſtæ volo in ſummâ fiſſuræ orà, & in molli cadurdorum frictu ludere. Condona mihi hanc libidinem , Octauia.

TVLLIA.

Condonat. Negas Octauia ?

OCTAVIA.

Do illi; negat mihi.

TVLLIA.

Prehendam læuâ hac ego manu frameam , Lampridi , quâ depugnas.

LAMPRIDIVS.

Ah , Domina , strictis his digitorum vinculis, quam perducis in lætum libidinum campum dum ligas , duplo majorem , mentula capiet voluptatem , duplici hoc cunno : tuo quem finxit tibi , Octauia, parens natura ; tuo quem hac subtilitate fingis mihi , Tullia, in manu industriâ.

OCTAVIA.

Agite, Agite vterque. Benè quidem mihi est.

LAMPRIDIVS.

Quid vis Domina ? Iam exilit , jam furit æstuosa Veneris spuma. Age , age , age.

TVLLIA.

Vora ecce , Octauia, igneum hunc ramicem ; & momento vorasti.

OCTAVIA.

Lampridi, Lampridi fac, fac. Rapior in Veneris cœlum. Adige ah ! Adige. Ah! Adige.

LAMPRIDIVS.

Ecce supereft, fentis ? quo irrorem hunc juuentutis tuæ florem. Ecce, nectar inuergo tibi, libidinis meæ Victimæ, priapi & Veneris Sacerdos. Eccè; Eccè.

TVLLIA.

Perfecifti tu quoque Octauia?

OCTAVIA.

Perfeci. Complectere me, Lampridi, fige ofculum.

TVLLIA.

Te procacem & libidinofam pellicem !

OCTAVIA.

Sed meos mihi paulatim irrepit in artus nefcio quæ laffitudo, quæ ignauo me torpore habetat.

RANGONIVS.

Quiefces, mea Venus, poftquàm fatiaueris me deliciarum tuarum fructu. Accipe etiam, fi iuuat, hanc in bonam partem fututionem.

TVLLIA.

Abeas tu, si de malâ vnquam cogites, in malam crucem.

RANGODIVS.

Omnes, per Subigum! Venustæ, vt est Octauia, puellæ partes bonæ sunt; Nam aiunt totum pulcræ mulieris corpus cunnum esse vnum. Sed missis his nugis, transeamus ad seria. Porrige, Venus mea, porrige.

TVLLIA.

Quo vis se sinu componat, lætiori vt fruâre concubitu? Sed venit in mentem. Erigam me in pedes, & resupinæ Octauia tibiam dextram quò potero altiùs tollam; ita vt calcibus lecti feriat cœlum. Alterum femur extendes, Octauia, quâ contentione poteris. Sic aditus cunni strictior fiet, & eò jucundior incunti. Agedùm tolle femur, Octauia. Præstolis Rangoni, conscende, admoue calcar.

OCTAVIA.

Dicto citius factum. Quàm hunc Athletam, Tullia, habet obsequentem in hac palæstra. Agitas verò sursum deosum, mea Tullia, vehemen-

48

tiùs quàm ferre poſſim. Luxabis, timeo, femoris compagem, ni caueas.

RANGONIVS.

Mirum profectò ludum ludis, Tullia. Nec quicquam opus eſt, Octauia,
moueas lumbos. Sola ſufficit, Tullia,
motus omnes.

OCTAVIA.

Nullæ hîc ferè meæ ſunt partes præter patientiam quam libidini tuæ
præſto. Cetera Tulliæ debes. Sed
jam me ferit in intima voluptatum
penu feruida vis. Oh! Eh! Ah.

TVLLIA.

At tu, Octauia, continua hac motitatione non incaleſcis ad ſummas
delicias? Sed conñiuent tibi patrantes
oculi. Reſolueris, reſolueris, video.

OCTAVIA.

Ita eſt, ita eſt. Agitur res intrò. Ah!
Ah! Suſtine tantis per, Rangoni, res
agitur. Ah! Ah!

RANGONIVS.

Deliciofum, æque ac tu es, ſcortil-
lum Venus nunquam vidit Mihi totam comediſti mentulam. Vt exilis,
vt inanis redit adme. Commodaui
Craſſam,

crassam , purpuream, feruidam. Redde commodatam proterua:Quam reddis mea non est : Non agnosco.

TVLLIA.

Vlciscere sodalem hunc tuum cui
hæc facta est injuria , Lampridi, nam
vidi bibisse te medicati vini Cyathum. Restitutæ sunt Vires , & suc-
creuit tibi torrens Veneris fons.

LAMPRIDIVS.

Bibi equidem, & cum vino hausi
nouos ignes , & sentiet mox mox
Octauia tua.

OCTAVIA.

Per ludum , per procacitatis vestræ
intemperiem interficetis me, puto.

TVLLIA.

Abiice hos metus , quâ infertur vita omni animantum sæclo , qui infert
vitam , ne dubites , Octauia , non inferet lethum neruus. Tolle , Rangoni,
hanc tuam victricem Heroida in humeros tuos pronam.

RANGONIVS.

Cùm sustulero quid fiet ?

TVLLIA.

Tolle modò. Tu , Octauia , exili
è sponda.   C

OCTAVIA.

Fatiscunt mihi lumbi. Elephantem
putatis esse me non puellam.

TVLLIA

Delicata es, & delicatè agis. Obsequere, corripe ineptam Rangoni. Hæc
tibi, Lampridi, paratur machina.

OCTAVIA.

Expecta, Rangoni, paulisper. In
tuos me humeros coniiciam vltrò.

TVLLIA.

Facto opus est non dicto. Vides vt
arrigit Lampridius. Fascem conde ardentem in laternam tuam. Opportunè, Opportunè.

LAMPRIDIVS.

Euolasti in Veredum illum, Octauia, festiuissimè.

TVLLIA.

Nunc Rangoni Virginis brachia
alliga brachiis tuis. Aperi femora
Octauia.

LAMPRIDIVS.

Aperi, Dea mea, Hera mea Vene-
rea, horti Venerei tui amoenitates.

TVLLIA.

Aperi ipse tu. Seræ admoue Clauim.

OCTAVIA.

Timebam sane nescio quid turpiusculi, ne quâ non decet proscindi me velles.

RANGONIVS.

Huic bonæ & amicæ volumus parti indulgere concussus & amores nostros. Sed festina , Lampridi , age quod agis.

LAMPRIDIVS.

Postquàm me misero intra Octauiæ femina, tu, Tullia , subleua vtrumque , Facilius vt possim dehiscenti spiculum vuluæ induere.

TVLLIA.

Quàm cito jussisti tàm cito actum.

OCTAVIA.

Istud, per meam fidem ! sine magno meo non fiet incommodo, vteri mei cutis ita distenditur vt jam jam findatur. Sed interea ægrè subit, quod trudis Lampridi, pilum.

LAMPRIDIVS.

Dulcior ideo lusus & tibi, & mihi. Non ibo recto tramite ad intimam Veneris sedem. Inflectitur paululùm subintranti via , dum ima inflectitur corporis compages.

OCTAVIA.

Benè, Benè.

TVLLIA.

Leui motitatione agitabo tibi, Octauia, eburnea femora, & opi ero insu-
danti Lampridio. At verò, vt feruent
tibi rapidi concuſſus, Lampridi! Ve-
ctorem fortè & vecturam proiicies
præcipites. Age moderatiùs.

OCTAVIA.

Quid moraris properantem ? Tibi.
Ah! Quid ſiſtis currentem ? Ah ! Ah !
Tibi malè ſit.

TVLLIA.

Et tàm citò tibi fluunt Veneris ſtil-
læ! vt te amát Venus! Leeniùs vero
inflammeſcit tibi, Lampridi, lubrica
feminis vena. Faſcinauit hic rigidæ
mentulæ opes cunnus joue dignus.

OCTAVIA.

Falleris, falleris. Nugaris. Oh!Oh!
Depluit. Deficio.

LAMPRIDIVS.

Et excipe has aliquot cupidinel bal-
ſami, Ah ! Ah! Ah! Guttas quæ deficientem deliquio ſoluant.

TVLLIA.

Concute, Excute. Nihil, quod depercat Octauiæ meæ extracto tubo, restet liquoris. Exsuge, Octauia, cadurdorum labiis, exsuge diuinum mel.

LAMPRIDIVS.

Acta res est. Hæc me profectò fututio mirificè refecit libidinibus suis. Impleuit gaudio, non vires exhausit.

TVLLIA.

Nunc depone Rangoni pretiosum onus. Sinite autem, post tot pagnas, defessos amicæ vestræ tam venustæ artus paulisper quiete recreari. Videte vt pedibus vix suis ambulare potest. Debilitastis improbi puellæ teneræ poplitum neruos neruis vestris.

OCTAVIA.

Amabo Rangoni projice me in tori culcitram. Ego non conscenderim sola.

TVLLIA.

Nihil hac lassitudinis simulatione proficis. Constitutum est his palæstritis decem pascere fututionibus amorem suum in te. Non prius ex eorum te explicabis amplexibus pactis induciis.

OCTAVIA.

Humanius agite mecum Heroes mei. Si me vultis ad vigesimam cortionem perducere emoriar. Humaniùs agite Hercules mei.

TVLLIA.

Hac nocte, velis nolis perages fututiones viginti.

OCTAVIA.

Monstrum! loqueris portenta.

TVLLIA.

Septem tibi hactenus pugnatæ sunt pugnæ. Manent te tres quæ desunt ad decem. Postea ego & tu secedemus in proximum cubiculum vbi refici te, & curari corpus id mihi erit curæ. Redintegratio prœlii erunt hæ induciæ.

OCTAVIA.

Admoue mihi aurem, Tullia.

TVLLIA.

Loquere, loquere nec summissâ voce.

OCTAVIA.

Impudens fuero, si ausim. Admoue aures. Prurit mihi horribiliter locus ille. Vri sentio. Quid faciam?Ferre nõn possum.

TVLLIA.

Ah! Ah! ridiculam, per fututiones vestras!Rangoni & Lampridi, ægritudinem. Ah! Ah! Queritur Octauia.

OCTAVIA.

Tace. Pugno te impetam. Tace.

RANGONIVS.

Queritur. Amabò, mea Tullia; quid queritur ?

TVLLIA.

Vri sibi.

OCTAVIA.

Quid Garris ? Quid Garris ?

TVLLIA.

Partem salacem salax & procax.

OCTAVIA.

Loquacissima es loquaciorum muliorum. Parùm abest quin te oderim,

RANGONIVS.

Meministi Lauræ, Lampridi ?

LAMPRIDIVS.

Memini, & tui memini in me beneficij. Nam eius in agro arasse taurum meum, beneficium tuum est.

TVLLIA.

Illa ſcilicet ipſa eſt quam dediſti ;
Rangoni, Lampridio fruendam ? Im-
poſturam feciſti cupidæ puellæ & cre-
dulæ. Nouum veræ amicitiæ pignus.

OCTAVIA.

Si quid tibi dulce meum fuit, Rangoni ; Si me amas, Lampridi, narra-
te vt ſe res habuit.

RANGONIVS.

Dicat Lampridius : Nam facti dux
equidem fui. Nullæ in hac fabula præterea meæ partes.

LAMPRIDIVS.

Romæ eram occidente autumno
apud Rangonium. Procacibus me cepit ocellis Laura , attamen caſta &
Virgo. Contabeſcebam amore ; illa
deperibat Rangonium. Perceperat ſe
amari & me amare. Nutrici puellæ
perſuadet ſe nocte concubiâ in Lauræ
cubiculum admittat. Nouerat anus
puellæ æſtus, & æſtuanti omnes pollicetur amoris delicias ſi obſequatur.
Obſequitur. Sed me ſibi ſufficit Rangonius. Horâ, quâ conuenerat, hæren-
tem cubiculi foribus manu anus ad

puellam ducit jacentem in lecto:Nam
Cœca omnia. Propè cubabat in contiguo cubiculo Rangonii mater è cujus sorore cretaLaura.Monet anus nullis esse sermonibus locum inter nos ;
saltem summissâ loqueremur voce ne
audiret hera suspicax. Addit, admoto
auribus ore dùm loquitur , rem cum
Virgine lentis concussibus , & taci-
to Marte esse mihi peragendam. Ne
argutatio quassa lecti dormientem he-
ram excitet à somno.

TVLLIA.

Quam sapientem , & tetricum habuit hac nocte concubinum Laura à
Præripuisti forte grauitatis laudem fu-
ruenti Catoni.

LAMPRIDIVS.

Salsa es. Virginem inuenio nudam:
Et depositis momento vestibus tenero
corpori applico latus. Scis , anus ad
puellam, de quibus monuerim te filia.
Fruendus tibi est Rangonii tui amor
non absque aliquo doloris sensu,nam
crasso, rigido, & sæuo efferuet is amor
peruo. Obmutesce tamen si nolis
vtrumque perire. Mox arripit mihi

C v

mentulam anus. Ducam ipsa , ait ob
murmurans, quâ via est ad summum
bonum. Tu laurant amplectere. Con-
scendo. Applicat vltro catapultam :
Impello. Subit fractas fores ad tres
digitos latos : Manum amouet anus ,
& scrotum intra volam capit , digitisque summis leuiter scalpit.

OCTAVIA.

Quid vero & secum & tecum Laura ?

LAMPRIDIVS.

Alterâ illi manu nutrix subleuat nates : Et ad capulum vsque immergo
ensem in tenerum Virginis corpus.
Ah ! Ah ! Ah ! Suspirat illa , & illico
larga in eius impluuium è stillicidio
meo profluit libidinis pluuia. Alligat
me amplexibus , osculis terit, gemitus
fundit lenes & suaues vxor facta , vt
vidua solet turturilla. Anus officiosa
vtrique exprimit fauentibus digitis
mentulam Ne stillae quidem Virgo
damnum passa est.

TVLLIA.

E Virginis verò lumbis excretum
nihil est ad opus ?

LAMPRIDIVS.

Sedatus bellè eſt vtrique libidinis
furor. Sed dum femur alteium poſt alterum tollit, dum hac & illac exagitat ſe commotior, pubem pubi compingit elatis natibus, dùm adfluentem
libidinis excipit riuum ſuſpiriis,
commotionibus, procàci ſuſurro, immemor, indictæ legis, eccc Rangonii
mater.

TVLLIA.

Timeo, timeo vobis. Loquaces impotentis œſtri furores Rangonii matrem excitauerunt è ſomno?

RANGONIVS.

Rem tenes. Quàm perſpicax futuæ
tricibus ingenium!

LAMPRIDIVS.

Quid, Laura, audio ſtrepitus? Clamat matronæ. Sola es? Solæ ſumus,
reponit anus. Oſtento in ſomnis viſo
ſubiicit Laura,è lecto ferè cecidi dum
pauida mitto me in fugam. Tàm juuenis etiam deliras? Refert Margaris, id
nomen, Matronæ. Compone te ad
quidem. Nugæ ſunt hæc ſomniorum
terriculamenta.E lecto deieci me dum

sentio laborantem alumnam meam ;
addit anus:Et è composito hàc illâc dicens curfitabat perftrepens. Sed pauida me timido fouebat in finu Laura complexu. Perii, dicebat, perii, cognate, forte & tù periifti: Graue eft; Sed & tecum peribo, leue eft. Ego verò ne fe perire fentiret effundor in refupinam, pilum torqueo, Veneris ingero nequitias turgidas, feruidas. Poft è cubiculo volentem nolentem anus excludit nuptiis hilariter factis.

RANGONIVS.

Lauræ, vt tibi, Octauia, corpus fucci plenum, fororiantes mammæ fed non vt tibi diffitæ inter fe. Ac fi fe ament, ofculantur Riualis alteri altera.

TVLLIA.

Hæc fane coniunctio præftabilis eft ad voluptatis cumulum, non ad pulcritudinis laudem.

OCTAVIA.

Ad voluptatis cumulum ?

TVLLIA.

Olim intelliges. Nunc verò id intellige vnum; tibi tres deeffe coitiones ad voluptatis cumulum.

RANGONIVS.

Vide vt jàm jàm illi geſtiat militaturus Priapus in mentulâ meâ. Vide vt arrigo : Sed volo nouâ viâ ad rem ire.

TVLLIA.

Nouâ viâ ? non , per pruriginem meam ! Non ibis nouâ viâ.

RANGONIVS.

Peccaui linguâ. Volui dicere, nouâ figurâ.

TVLLIA.

Quæ tandem erit ? Occurrit vltrò , vocant Hectoreum equum. Extende te ſupinum Rangoni, haſtaque illa fulminatrix hoſtem quærat intenta quem confodiat. Aptè ; ſed quid tàm ſuperbè te tollis , te venditas, te jactas ſalax cauda ?

OCTAVIA.

Dabis pœnas, improba, dabis. Quid facere vis me Tullia ?

TVLLIA.

Surge & auerſa intrà femina tua Rangonium ſubiice. Eius Machæra jacentis vaginæ reſpondeat imminentis. Aptè collocaſti te. Benè eſt.

RANGONIVS.

O dorſum Dionæum ! O lumbos
eburneos ! O incendiarias nates !

TVLLIA.

Ab his abſtine maledictis. Cunno
malèdicit qui natibus cum laude benè
dicit.Video quò hęc ſpectet de natibus
cogitatio. Præuaricatricem hanc odi
laudationem. Atenim ſapis , Octauia.
Vorauit tibi rudem mentulam, Rangoni, helluo cumnus.

OCTAVIA.

Ades Rangoni. En, en. Ades Rangoni mihi opi. Hic elicit hamus quem
miſiſti in lacum meum ex imo alueo
ſummam mihi voluptatem. Ades
Rangoni.

RANGONIVS.

Adſum, Octauia , adſum , adſum.
Ades tu , ades tu.

OCTAVIA.

Adſum & ego , & ego , & ego. Ah!
Ah.

TVLLIA.

O ſuſpiria quæ velit eſſe ſua Venus!
Tam citò defeciſtis ambo ? Nimis tibi
citò Octauia , ardet eccè cupidinea

fax quam inte oportuit extinctam, si summa perfundi voluisti dulcedine.

LAMPRIDIVS.

Quò te auertis fugitiua? Illudis mihi? non vis me perficere? Satius fuit negasse.

OCTAVIA.

Ex animo loquor: Deficio. Hæc me momento concertatio eneruauit, quòd intentiùs innitor poplitum neruis.

TVLLIA.

Somnia. Velitatio fuit non prœlium. Clauam videbaris excussurã Herculi & temporis puncto defectam te viribus simulas. Somnia.

OCTAVIA.

Omnes in me mei sensus stupent velut in se ipsi consepulti. Hæc ne viuo? Quod præterea feceris, Lampridi, pudet fateri, vt mortui te corporis vsu conscelerabis.

LAMPRIDIVS.

Reuocabo ad vitam hac vere Mercurii Virgâ, flammascenti Veneris sceptro, ramo aureo. Vide, attrecta. Donabo te immortalitate: Venereâ hac Apotheosi cueham ad Deas.

OCTAVIA.

At. At. Audin , Lampridi , pultat
nescio quis ad ædium fores inclemen-
tius. Quid id sibi vult ? Dii , Deæque
amorum præsides & antistites malè
perdant qui ludum turbatum venit
tam egregium , quisquis ille sit præsti-
giator.

LAMPRIDIVS.

Increscit strepitus , ibo sed apertæ
ad misêre fores qui ad nos venit citato
gressu : in proximo est.

TVLLIA.

Excedite ; excedite , in paratum vobis recipite vos cubiculum , ne detis
rumoribus locum.

RANGONIVS.

Ocoludite verò Gynecæum id Vestrum.

OCTAVIA.

Vale , mi Rangoni , Vale Lampridi , vterque vtraque lux mea : Ita me
amicabiliter enecastis , suauiter dele-
uistis. Hac viuacior morte vita nulla
est.

TVLLIA.

Nihil est quod timeamus. Absunt

maiti : nequid ferui , feræ fufpicaces ,
de his noftris libidinibus fubodoren-
tur , diligenter caui. Omnìa funt in
tuto Sed nofti Præfecti ingenium, vir
eft comis, vrbanus, voluptatum amans
ad famæ vfque ludibrium. Noctes in-
terdùm infomnes folet exigere inter
comeffationum plaufus , & ludorum
infanias, cum adolefcentibus quos aut
in pretio habet , auta quibus fe vult
in pretio haberi. Sermonum liberalio-
rum , jocorum , & facetiarum habet
participes quos aut amat, aut æftimat.
Sic omnium fibi Ordinum hac morum
fuaui facilitate amorem conciliauit ;
nec famam læfit. Per Venerem ! Homo eft vitâ dignus qui fcit viuere :
Nam quæ à Venere , à Baccho, à ludi-
cris vita abeft, longe à vitâ abeft. Sed
vitandus quorundam hominum , qui
fe folos fapere putant , ftultus liuor.
Nihil extra fe, extra infipidos & fatuos
mores laudant.

Reliquis iniqui iudices æqui fibi.
Eoium fugiamus oculos, Octauia,
fugiamus Harpias , humano vultu
feras volucres, obfcœnas, & rapaces.

Nam sub Censoriæ grauitatis specie pulcra omnia conspurcant, & honesta malefactis suis quæque conscelerant. Honestatis tamen habenda ratio.

OCTAVIA.

Quem verò honestum vocas Viuendi modum ? Nam omnium minimè conueniunt sententiæ.

TVLLIA.

Honestum est honestum videri. Nihil, vltrà quæ sub sensus cadunt, homines admodum juuenstigant. Indue honestatis speciem. Qui sub ea diligenter latet honestus vulgò audit. Indulge, sed sub honestatis imagine, libidinibus, honesta nihilòtamen minùs eris. Si vero vel latum vnguem amoto si pario videberis ab seuerâ insipientium, qui soli sapientes videri volunt, disciplinâ discedere, maledictis insectabuntur, & velut conclamatæ perfida simulatione eiulabunt se sorti misereri maleuoli, & immiseri cordes. Latent ipsi, incedunt laruati, & in id vt lateant summâ curâ incumbunt. Lateamus & nos. Orbis Vniuersus histrioniam exercet. Iu spectaculis laudamus aut damnamus , dùm agitur Comœdia , quæ ab actoribus palam aut fiunt , aut dicuntur in prof-cænio. De his quæ intrò aut fiunt aut dicuntur obducto fipario nullus fermo. Iudiciis in Ciuili hac confuetudine funt obnoxia quæ ob oculos omnium verfantur , non quæ fub velo taugi & naui ludunt. O fi videremus libero confpectu relictos fibi folos , & fuis , quos indidit natura , affectibus Magnates hos noftros , & fuperbos illos nefcio quos demiffionem animi fimulantes , & fictâ morum feueritate affectantes viam cœlo ! O fi Videremus ! Sed ecce Lampridium.

LAMPRIDIVS.

Effe aliquid , quod juuet vobifcum communicari à Præfecto dixerunt , quos è pædagogio ad nos mittit , pueri capillati. Rogat fe conueniamus fi incommodum non fit?

RANGONIVS.

Quid facto opus , mea Tullia. Quid dabis confilii , Octauia ?

TVLLIA.

Quod honeftas fuadet.

RANGONIVS.

Disiungi ab amoribus suis tam lepidis, tam festiuis, tam ingeniosis quis dixerit honestum?

OCTAVIA.

Moleste habeo.

TVLLIA.

Sed parendum: Nam in hoc honoris gradu positi Magnates quod optant jubent, quod rogant imperant. Abite, osculum da Lampridi.

OCTAVIA.

Abibunt vobiscum deliciæ omnes meæ. Osculum da Rangoni O animæ dimidium meæ.

LAMPRIDIVS.

Mihi pro te præsenti erit tam dulce suauium quod aufero. Sed da plenum gaudium, Octauia.

OCTAVIA.

Non dabo.

RANGONIVS.

Nec mihi?

TVLLIA.

Neutri dabit. Cedite tempori non amori, jocorum, & libidinum solertes artifices.

LAMPRIDIVS.

Me Videat juno pronuba toruis ocꝰlis ni malim exire è vita, quàm à vestris auelli amplexibus.

RANGONIVS.

Vobiscum hanc malim noctem ducere, Veneres meæ, quàm cum Ione principum tutore omnes vitæ dies.

TVLLIA.

Excesserunt. Nunc fide humanis rebus, & magnas spes animo concipe. Exspectabat irrequietus infelicis Octauia pruritus viginti, plus minus, irrorationes; vix ventum ad octauam. I nunc & fide humanis rebus.

OCTAVIA.

Lumbi mihi impares huic labori. Tu quidem impigris vales & pernicibus. Fortasse ad decimam læta & sana peruenire potui coitionem, nihil vltrà passura. Voluptas non est quod fatigat voluptatem.

TVLLIA.

Interim irrumpentium in vallum tuum Rangonii & Lampridii fregisti impetus, ex hausisti vires, ebibisti sudores, tu tam tenera & lumbi delicati, & mollis.

OCTAVIA.

Excuſſere tamen mihi omninò ſom-
num hæ petulantiæ. Etiamſi maximè
voluerim haud edormierim. Confa-
bulandum.

TVLLIA.

Venus tibi, ſermone ſaltem libero
& libidinoſo, ad lucem continuanda.
Sed ſchedion ecce humi Video: Lampridio aut Rangonio excidit. Videamus quid in eo ſcriptum ſit.

OCTAVIA.

Videamus. Da legere.

TVLLIA.

Accipe, lege.

OCTAVIA.

Litteræ nullâ exaratæ arte, nullo
ordine puellæ eſſe ſe ſcriptas manu
prime viſu ipſæ fatentur.

LAVRA RANGONIO
FVRORI SVO.

Salutem non auſim tibi dicere quam
à te exſpecto infelix, quam ſaluâm
non cupis. Quâ euênit maligni Fati
dementiâ vt me non conueneris quâ
horâ pollicitus eras cupidini meæ ma-

lè fanæ ? Interim non viuo nec mori
poſſum. Viuo tibi, lux mea ; morerer
tibi quæ tua ſum. Alterum ſuauiter
blanditur ægræ animæ, alterius cogitatio cupidam tui deterret à laqueo.
Vitam inter & lethum vtriuſque teneo confinium. Si venis regredior ad
vitam ; ſi negas curro ad mortem, nec
longa via eſt.Nam abſunt læta omnia ;
abſum etiam ego mihi,cùm mihi abes.
Irrequieti æſtus, trepidi metus, impo-
tentes curæ,vallo velut facto,circum-
ueniunt miſeram, facto impetu ob-
ruunt. Occurrunt, qnòcumque me
vertam, cruces, ſi non occurris qui
me tot malis,mihique furenti eripias.
Nam, ſi me ſpretam ſenſero, putabo
damnatam ad mortem, & peribo,
quæ, à qua die amore tuo inflammata
æſtuo væſana, perire cœpi. Aduola ſi
vis reſtitutam bónæ menti. Vale.

TVLLIA.

Verè acumine, & vi jngenii pollet
Laura quæ tam ſcitè ſcribit. In eius
Venere quot putauerim inueniri Ve-
neres, quæ adeò ingenioſa eſt.

OCTAVIA.

Etiàm Rangonium fuos admifit in amplexus? putabam vni Lampridio lumbos mouiſſe.

TVLLIA.

In puellæ medullis haͤſerat incendium jam in locis pruriginofus furebat æſtus quos ignota ante hac Venus confecrauerat ſibi ad libidinem. Nocͭe totà hàc illàc ex impotentià amoris verſauit per torum tenellos artus. Vti ſe dicebat: Credebat nutrix furere. Medebor huic tuo morbo, nata, dicebat. Sed paulifper tempera tibi ab his ineptiis: Spera benè, qui te coniecit in furorem, fanabit læfam mentem: Ne defperes amabo. Abeant hæ intemperiæ quæ tibi nocent, me necant. Mane facto rectà volat ad Rangonium anus, refert vt ſe res habeant; foletur amantem puellam rogat, faluam velit pulchritudinem Ioue proco dignam. Perrexerat Rangonii mater ad villam duo diſtantem ab vrbe milliaria primà luce. Quid faceret juuenis, exorari ſe patitur: Sequitur anum quò ducit: Inuenit fedentem in toro puellam

puellam Capillis, vt Mænadem, paffis
fufpiriis macerantem molle pectus,
tumido lachrymarum imbre oculorum obfcurantemSoles qui Solem ob-
fcurent. Vt Videt intrantem conjicit
fe, vt erat, feminuda in pedes. Veni-
fti ad me, inquit è collo pendens, ve-
nifti ad me præftigiator vt mentem
adimeres mihi hactenus nullius labis
confciæ. Redde me mihi puram; non
potes: Dono da te mihi proprium &
conftantem; potes. Sub hæc, fluxe-
re ex oculis lachrymarum vberes riui,
Nulli cedebam, adiicit, ex nobilibus
puellis quæ in pretio funt: Splende-
bam honeftatis laude: vni tibi, vt
gratificarer, ceffi. Ab omni, eodem
temporis puncto, meâ laude cecidi
cùm infana vltrò tuo me amore accen-
di. Mifereat te mei: Aut fac, fi potes,
mea fim, fed vt me noui non poteris.
Aut fac meus fis, & ex animo fis, poteris; Sed, vt te noui, noles, quia amplexus tuos Veneri feruas Venere di-
gnos. Quid plura? Onerari fe diutius
probris non eft paffus Rangonius. Pax
inter eos conuénit. Pellicis Deæ af-

D

stante numine, magnâ cum vtriusque
voluptate Sacra Veneri facta.

OCTAVIA.

Et sedatum prurientis Laurae salax
œstrum, vt & tui furores in Vesinæ
villa, honesto lupanari.

TVLLIA.

Inhonesti vocabuli malignè detor-
ques significationem: Stultè loqueris. Accipe. Lupæ sunt & meretrices
quæ nulla voluptatis habitâ ratione,
pretio merent, aut merere vulgo au-
diunt, putidæ, & misera & ieiuna ple-
becula. Quodcunque proteruæ se tu-
lerint, lupanaris tecum sordes inue-
hent. Ignominiosum ipsæ sunt sibi op-
probrium. Verùm in alto, vt nos sumus, conditionis gradu positis turpis
hæc non conuenit appellatio. Ex cu-
iusque sorte & dignitate quæque æsti-
manda, vt judicium feras. Lupa &
lupanar inuenta sunt vocabula ad
ignominiam fortunæ non morum.

OCTAVIA.

Bellum documentum. Sed, puto,
duodecim jam exceperas pila in par-
mâ tuâ, cùm has interturbauit Ran-

gonius nequitias tuas meas moturus.
Narrationis tuæ filum abrupit : Volo
ad finem persequaris.

TVLLIA.

Volo & ego.

OCTAVIA.

Venus Aloisium Fabriciumque malè perdat rebellantes in naturalem voluptatis honestatem nebulones pessi-
mos.

TVLLIA.

Sed ingeniosi aiunt in hac re esse
nihil quod vituperio admodùm di-
gnum sit. Nam auersum spelæum esse
muliebris partem corporis, vt sunt &
manus. Igitur haud grauiùs delinqui
quàm si viri mentulam vxor manu
pertractet. In eo peccari si fœmineum
hortum imber non irroret genitalis.
Atenim quicquid id sit, Octauia mea,
res mihi videtur saltem ridicula, si non
turpissima.

OCTAVIA.

At mihi & ridicula, & fœda. Nam
quæ voluptas hæc esse potest, sexum
alterum alteri illudere opicis furoribus ardentem ?Quis hanc non abomi-

netur infamiam qui humanitati velit
honorem haberi qui debetur? In puellâ qui tàm peruerse ludit, venusti sanè corporis violat dignitatem. Nescio
quo pacto hic inuaserit furor nostro-
rum hominum mentes.

TVLLIA.

Cujusdam constellationis id fieri
nequitiâ dicunt coeli interpretes Astro-
logi, quæ vltrà Alpes pestem suam
non æquè afflat nascentibus. Hoc maximè Itali, Hispanive puerorum puellarumque delectantur munere. Cùm
petunt à nobis corollarium, cùm à
pueris officium vocant. Oscis populis
lusus fuit non inhonestus Scis quàm
ingenio Græci præstiterint ? Callipy-
pigam, pulcris natibus, Venere coluê-
re ; & sororibus callipygis pulcherri-
mæ puellæ pulchritudinis laudem
concessere. Is non oculorum fulgetris,
non oris venustati, sed pulchris natibus honos habitus. Sanè qui femina
non oderit, nates odio non habeat
necesse est. Negabis femorum esse radicem, & ab origine potiorem partem?

OCTAVIA.

Sed jucundæ viſu, gratæ taĉtu faciant viſui, taĉtuique delicias. Aliud
quicquid gaudij qui præterea ceperit,
horribile catharma quod auras funeſ-
ſtat, & aëra, eum judicauerim.

TVLLIA.

Bona verba. Quid illi probro verti
debeat non video, qui in fiĉtitii ho-
ſtis ſimulacrum experitur quid, cùm
juſta conſeritur pugna, in figendo pilo poſſit, quod mox torqueat verum
in hoſtem.

OCTAVIA.

Quam paſſa es contumeliam ludi-
crum vocas.

TVLLIA.

Negabis tu de Cauiceo ? Tuus te
rubor, quo offunderis, arguit. Minimè
es impudens. Quid inſultas mihi nugatrix ?

OCTAVIA.

Semel ac iterum, fateor, periculum
Cauicens fecit an poſſet, nec potuit.
Poſtea conſtanter abſtinuit. Pomeridianis horis voluit cum nudo nuda cu-
barem. Suauiantem, blandientem,

prurientem noua inceſſit libido. Supinæ molli tactu palpabat nates. Subleua, Octauia mea, ait, marmoreas
has nates genibus innixa. Faue amori meo quem in furorem vertis : Pateat pars vtraque & hæc bona, & hæc
poſtica. Permitte petat æſtus meus libidinoſus quam optauerit : Nihil inde
peribit tibi, confide. Rore demulcebo tibi ſuo intimos Veneris locos :
Pleno & vero tibi gratificabor coitu :
Incipiam opus in ſequiori, perficiam
in bonâ Sic tibi abundè mihique ſatisfiet. Parui & eunti ad venerem objicit ſe biuium ; Regia illa via, abrupta & ſentibus obſita hæc. Huic verò
admouet catapultam, proficit nihil,
colliqueſcit inter reciprocantes anhelitus, & vehementes concuſſus in ſudorem. Nihil ex voto ages, dicebam,
vis quà nec calamo via eſſe poſſit, trabem trudere magnam & craſſam ? Vis
diſrumpi me ? Vis diffindi, & è duobus lacunis vnam fieri ? Ita eſt, Octauia, inſanio, reponit, & momento
paſſerem demittit in patentiorem ſubtus libidinis nidum. Poſt aliquot dies

idem conatus, idem exitus,: Deſtitit
iterùm ab incœpto, & quâ vtrumquę
iuuabat, diuiſit me.

TVLLIA.

Quæ mihi hac ſuper re, contigère
cum Calliâ, ipſa narras : Eadem omnino. Niſi quod viæ difficultatem oratione etiam adiuui, vt difficilior videretur. Fœmina nupſi tibi, dicebam,
& fœminæ quæſiuiſti amplexus. Prolem ſperaſti ex me & gaudium, ſed
quâ fœmina ſum & gaudium tibi &
prolem creabis ; nec honeſtatem læ-
des, nec pudorem meum fatigabis, Si
vis liberos ; Finge tu tibi in hac generis humani officinâ faber præſtans ; ſi
vis voluptatem hìc ſcaturit fons omnium voluptatum quas illecebris &
iocis ſuis procax Venus condîre ſolet,
Accæde ad hunc fontem nec nimis de-
cliuis via, nec confragoſa, nec item,
quàm opus ſit eunti ad amorem latior.
Actum dixeris potiùs quàm viam. Hâc
age veredum. Ambulabit, per Venerem ! Læto paſſu, nec, vt facit, tam
inani labore vexabitur. Quærit vbi deponat onus, & meliùs inueniet viam

D iiij

si quærat solus, si laxes habenas. Risit
Callias; & en laxo, ait; Suo se nunc
agat ipse ingenio: Nam ingeniosa res
est mentula, si quæ alia. Confestim in
stabulum recondit se quod apertum
sensit sibi, & onus magnâ cum vtriusque
que voluptate post paulò deposuit.
Nec, post hos impetus furentis & cœ-
cæ libidinis, quicquam tentauit Callias quod molestum mihi, aut inde-
corum vtrique videri potuerit.

OCTAVIA.

His super nequitiis quandoquidem
nobis est sermo, Rogo, Tullia mea,
aperi, si me amas, veros animi tui sensus, & rem omnem fando explana, vt
nata est; vt excepta à salacibus hominibus, vt inualuit, ac quâ tandem factum sit ratione vt quosdam ad se pel-
lexerit populos, alios tamen benè
multos non attigerit. Aduectum è sti-
giis specubus sulphureum hunc opinor ignem, qui puros casti amoris igniculos mixturâ suâ pestiferâ inquina-
ret.

TVLLIA.

Rectè judicas. Sic autem se res habuit. Omnes vllo absque discrimine homines,

Quâ ſydus currit vtrunque.

Iisdem mouentur affectibus., ex eadem materiâ & pari membrorum compage. Pariter omnes feruntur ad libidinem : Appellant verò libidinem acrem illam & vehementem cupiditatem non tàm inferendi in alienum corpus, & alienos ſenſus ſummi gaudii, quàm ex alieno corpore capiendi. Amant illas alieni corporis partes ad effrœnatam vſque impotentiam quarum ope ex ſuô aperiunt ſibi libidinis riuos, & ex medullis ſuis ſalax ille excitur humor quem ſemen vocant; Quod, cùm in aruum noſtrum profluxit, hominem generat. Eo in effluuio, & noſti Octauia, felicitatem inueniunt quam quærunt in nobis. Ex ſiccatâ Veneris venâ vides vt faſtidiant bona noſtra, vt baſia, amplexus, & alia Veneris dona nihili faciant, & aut in fugam conjecti abeant retrò, aut hebetes & lapidei conticeſcant. Ità, qui vino & cibis ingurgitauerunt ſe, illis nec vini nec ciborum cura,

E nimuerò propenſiores naſcuntur ad amorem ſexus noſtri, & incitatiores ad corporum noſtrorum vſum, quà fœminæ ſumus, impellente ſcilicet naturâ rerum parente. Sic enim immortalitatem pollicita eſt, ſi ſexus miſceatur alter alteri. Sed id omne ſeminis, quod in lumbis virorum mulierumque concoquitur, neceſſariò generationi non debetur. Hæc eſt, aiunt, ſapientiorum ſententia. De hoc ſemine idem volunt fieri judicium quod de plantarum, arborumque ſemine. Frumentum vide vt partim animalium ſeruetur vſui, & ab iis abſumatur, partim ad ſementem. Relictâ glande Ceres mortales docuit artem è frumento panis conficiendi. Cui id nomen inditum quod figura Panos imprimeretur. Ea pars ventri data & deliciis. Nihilo tamen minus indignari Naturam quis contenderit? Ex aliarum plantarum ſeminibus, quæ homines nulla neceſſitas, nulla voluptas juſſit legere, ſua ſponte partem rurſus terræ mandat Natura, vnde nouæ exſurgant plantæ, partem aliam perire ægrè non fert. Non

dissimiliter , aiebat Socrates , aiebat
Plato, hominis procreationi aptum se-
men-stultum est in mente id Naturam
habuisse vt totum impenderetur hominum generationi. Præterea , quid
vellet vltrò ipsa edocet.Nam in corporibus nostris , Octauia , visa est etiam
semini quâ extra vuluam , dùm geri-
mus vtero , mittatur , quæ non esset
si vni tantùm rei Reginæ Naturæ de-
creto esset inseruiturum. Homines
verò , quando libet , & vt libet , re-
mittuntur ; Sed in nostris tantùm amplexibus , & in eam corporis partem ,
quæ cessit generationi , seminis procul dubio haberent fundendi faculta-
tem,si cudendo homini hæc foret ma-
teria uni destinata. Deinde cum fœcundo impleti nobis semine vteri tu-
ment, & ad sextum , Octauum , non-
umque mensem peruenit imprægna-
tio, cùm immo vrget languentes partus hora, non negant maritos rem habere nobiscum jure posse ; & sanè habent. Igitur impendi necessariò homini procreando semen deberi, alii
nequaquàm præterea vsui , à vero ab-

hortet. Nam illo tempore nouæ imprægnationis quæ reliqua spes nisi ad improbitatem fatuo? Ex iis quæ consequantur intelligis, Octauia.

OCTAVIA.

Intelligo.

TVLLIA.

Hinc sanè factum vt Medici insertis pessariis, sic loquuntur, ægras ad voluptatem moueant puellas; ex imis locis purulenti seminis pigra fluenta exsoluant. Vnde variæ morborum pestes non nuptis. Nec ideo Medicinam damnant, eiusque opi inurunt notam sceleſtæ vllius licentiæ. Sic contabescentes videmus recreari, & ad vitam reuocari morientes.

OCTAVIA.

Sic bonæ restituta est valetudini Liuia cognata tua, menses septem antequam nuberet pallida, velut pœdore obsita, exsanguis, & viuum mortis simulacrum.

TVLLIA.

His rationibus factum, quæ quâdam sed falsâ veritatis specie relucebant, vt que primùm quorundam delicatiorum

erat intemperantia, omnium tandem
aliquot in Terris facta sit. Mulieres
sibi delegêre quarum in campum des-
cenderent prolis causâ, non amoris.
Quas prægnantes pro damnatis haberent, à commercio omni suo arcerent,
in penetralia domorum abigerent ,
nec osculis nec amplexibus ampliùs
dignarentur. Injuriæ miseris & crimi-
nis loco erat matrem esse.   Asiaticos
apud Reges sordebat ferè sexus noster.
Bagoas in deliciis Dario fuit ,Alexan-
drum etiam incendit. Componuntur
populi ad exemplum Principum quibus subsunt. Eadem infamia omnes
in omnibus vitæ & conditionum gra-
dibus tenebat. Eodem omnes furore
ardebant plebs , Magnates , & Reges,
Philippum Macedonum Regem hæc
insania confoditPausaniæ manu quem
oppresserat: Hæc Iulium Cæsarem Ni-
comedi Regi subiecit , omnibus hominibus in fœminam vertit vt omnibus mulieribus vir erat. Augustus id
dedecus non fugit; Tiberio & Neroni pro laude fuit. Tigillino nupsit
Nero, Sporus Neroni. Traianum op-

timum principem pædagogium comitabatur Orientem totum victoriis peragrantem. Venustorum & formosorum turmam puerorum, quos in complexus suos die nocteque ciebat, pædagogium vocabant Antinous Adriano pro Dominâ fuit Plotinæ Riualis, sed felicior. Mortuum luxit imperator, & qui in viuis esse desierat, retulit in Deos, aris, & sacellis consecratis. Antoninum Heliogabalum Seueri nepotem per *Omnia caua corporis*, vt loquitur vetus scriptor, Venerem excipere solitum sua tempora pro monstro habuêre. Huic etiam Veneri seuera Philosophiæ grauitas saltauit pæderastiæ choro mista. Alcibiades & Phœdon cum Socrate dormiebant, si quando alacrem vellent præceptorem. Ab tam sancti viri amoribus duxit originem hæc dicêdi in Venereis formula. *Socraticâ fide diligere.* Omnia Socratis facta, dictave omnibus Philosophorum sectis sacra: Illi sacellum conditum, & ara erecta. Facta legis vim, dicta oraculi authoritatem habuêre. Philosophi ab Herois, nam inter He-

roes relatus Socrates, Indigetifque fui
exemplo non defciuêre. Licurgus qui
laconum legiflator,aliquot anteSocra-
tem faeculis, bonum & vtilem efse poffe ciuem negauit cui non efset concu-
binus amicus. Volebat nudas Virgines in Theatro palam exerceri nudas,
vt liberior hic afpectus amoris aciem,
quo naturâ ferente rapiuntur ad nos
homines, obtunderet, & in amafios
& fodales ardentiorem conuerteret.
Nam non ita tangunt afsueta. De Poë-
tis quid loquar ? Anacreonta vrebat
Bathillus. Plauti pleraeque omnes fa-
cetiae verfantur circa haec. Huius funt
generis , *Faciam quod pueri folent , con-
quinifcam ad eiftulam ; Et conueniebat ne
Machaera militis in vaginam tuam.* Ille
immo poeticae artis apex Maro, qui
parthenias appellatus ab ingenuo &
ingenito pudore , Alexandrum dono
fibi à Pollione datum amabat , & fub
Alexis nomine laudauit. Ouidium
idem morbus tentauit;Praetulit tamen
puellas pueris quod voluptatem his in
lufibus vellet communem , non fibi
propriam. Amare fe Venerem , ait,

Quæ vtrinque resoluat. Hinc fieri *Quod pueri amore minus tangatur.* Quùm se negligi viderent puellæ ab iis quos amarent, & vxores ab iis inquorum sacra per nuptias venerant, si muliebri tantùm mererent stipendio, ad puerile deflexêre officium. Eò res adducta væcordiæ, id etiam nouis vt priùs nuptis extorqueretur, de hinc per puerum ad puellam iretur, vterque vtrique vno in corpore sexus confunderetur. Priapus, in veterum lusu, qui accesserit ad stipitem suum olerum fur, hunc daturum minatur *Quod virgo primâ dat nocte cupido Marito, alterius loci dùm inepta vulnus timet.* Fingit, nam quidlibet audendi æqua fuit semper potestas pictoribus & Poetis, Valerius Martialis sibi vxorem obmurmurantem nates etiam esse quo deterreret à puerorum amore amentem. Iunomen hâc ait parte placere Ioui; nec tamen se suaderi; aliam esse pueri partem, aliam fœminæ; Vtatur Vxor parte suâ jubet. Sed sedebant in fornicibus pueri puellæve sub Titulis & lychnis, illi fœmineo compti mundo sub

ſtolâ, Hæ parùm comptæ ſub puerorum veſte, ore ad puerilem formam
cõmpoſito. Alter vænîbat ſexus ſub al-
terô ſexu. *Corruperat omnis caro viam*
ſuam. Vide quàm fuerit hic vſus fre-
quèns puerorum puellarumque ſexum
mentiéntium. Ecce Ganimedem Iu-
hônémque certatim Ioui clunes & illum, & hanc porrigentes, bona ſua de
poſtico Theſàuro jactantes. Nec Re-
ligionis violatæ, qui hæc commenta-
rentur & fabularentur impoſtores, nec
impſeratis rei facti qui crederent aut
ſtulti aut libidinoſi. Miſeri homun-
tiônes quò non irent præcuntibus
Diis? Ioui Ganimedes in deliciis ,
Apollini Hyacinthus, Herculi Hylas.
Cui non dictus Hylas ? Antiſtes Maje-
ſtatis Iupiter, ſcientiarum Apollo ,
fortitudinis Hercules. Prima mali ſedes Aſia: Nec tamen Africa ab hac
peſte pura, quæ per contagium mox
Græciam & contiguas Europæ partes
peruaſit. Orpheum in Tracia fæculen-
ti ludi inuentorem, & ſuaſorem ſpre-
tæ ciconum matres.
Inter ſacra Deùm nocturnique orgia
       bacchi ,

Discerptùm, latos iuuenem sparsere per
agros.

Celtas narrant vetustis illis temporibus, si qui se hoc à morbo præstarent
incolumes, ludibrio habuisse: Nec mu-
nerum, nec honorum participes erant:
Qui puros sibi seruarent mores effu-
giebantur vt impurati. Non juuat in
publicâ totius ciuitatis dementiâ esse
solum sapientem : Et quia non juuat
nec etiam decet.

OCTAVIA.

Quis te inter homines eloquentio-
res dicendo superet? Quàm ingenuè!
Quàm ingeniosè effers quæ dicis omnia! TVLLIA.

Celtarum nominè, non ji tantùm
comprehensi qui trans Alpes in Galliâ
viuunt, sed omnes ad Occidentem po-
sitæ Nationes, quarum in numero sunt
& Itali & Hispani. Nunc omnium
maximè hominum Galli odio insuetæ
Veneris flagrant : Quos polluit, vltri-
cibus purgant flammis : Ferri aciem
sufficere non putant vlciscendæ casti-
tati. Mirantur Itali & Hispani : Nam
satiùs est de populis sub Mahometis

jugo depreffis non dicere. Gallos, &
quæ ad Septentrionem vergunt, ftupi-
di dicunt effe ad voluptatem fenfus ,
fincerum , vt fibi , voluptatis ineffe
guftum negant. Nimirùm nos fœminæ acuimus ipfæ in nos virorum noftrorum ingenia ad voluptatem aliò
inueftigandam quam vix, ac ne vix
quidem inueniunt in nobis plenam &
folidam.

OCTAVIA.

Non intelligo.

TVLLIA.

Intelliges vt ego. Patentiora funt
nobis Italis, Hifpanifve, quis neget ?
Veneris oftia. Non Veneri facere, qui
peculiatus, Vafatufque vltra modum
non fit, fed dixerit in porticibur am-
plis jaculo ludere. Quæ facilè admittit ineuntem, minuit concha voluptatem. Comprimi, exfugi gaudet mentula; fi liberiùs fpatietur, malè habet.
At in auersâ Venere fe res commodiùs
habet. Difficilis ingreffus irrumpenti
mentulæ, & cùm irrumpit, locum non
implet modò, fed difrumpit. Dehinc
nulla Stadii capacitas nifi quam velit

curſor. Accommodat vltrò ſe hoſpitium hoſpiti, muſculi vt contendun-
tur, vt laxantur. Vulua verò cùm ſemel aperta horribili hiatu, ars nulla,
mulieris nullus aut ſitus aut motus
faciet vnquam quin laxa, quin aperta
horribili hiatu pateat miſerabili mentulæ, ad contumeliam concubitus.
Hinc amatores turpis delicii apud nos
multi; ex aduerſo apud Gallos, Ger-
manoſque pauci. Nam ſub ſeptem-
trionibus non ità fœminæ lati fundi
ſunt. Frigore reſtringuntur membra
omnia quaſi concreta. Ideo cum habeant omnia in legitimo mulierum
cenſu quæ voluptati fauent, quid ex-
peterent vltrà, quod illis in penu eſt?
Sanè, qui apud nos peculii laude prę-
dicantur, benè mutoniati, nec pædi-
cantur, nec pædicant. Hæc ſunt,
Octauia, quæ volebas.

OCTAVIA.

Oblita es dicere vtrum hanc Venerem probes an abomineris, vt ego, Medius fidius! abominor.

TVLLIA.

Si probem ſana non ſim. Vox cœli

fulminatrix, vel Terra obmutefcat, hanc condemnat focordiam. Lucianus argutè de vtraque ediſſerit Venere; nullam damnat. Neſcias quam judicauerit alteri pręſtare. Achilles Tatius in Clitophonte non diſſimiliter ambiguo animi ſenſum condit ſermone malignus. Gręci ambo. Latinos inter ſcriptores nullus nec damnat, nec laudat. Quod mirêre, legiſlatorum vetuit nullus: Scilicet voluptates, quæ jugulum non peterent, crimini non adſcribebant. Bonâ ego fide agam non illâ Socraticâ Omni ſupplicio, omni contumeliâ digna poſtuerſa Venus. Cogitationes alterius ſexus ſponte in alterum cadunt. Vim naturali facit propenſioni, qui Venerem quærit in puero. Cupido amorem adſpirat: Quis pędicauit Cupidinem? Nec pædicare ſe patitur nec pædicari. Vt primùm cœpit in venis amoris libido feruere, ſanè in fœminarum amplexibus adoleſcentes præſentiunt, inconſultis, præter ſe, omnibus, poſitam eſſe ſibi medicinam, quâ ſedetur ignea tempeſtas. Ex Ephœbo exeuntem accendit hunc

puella, hanc puer. Mutuis capiuntur
defideriis ; alter in alterius cupiditate
contabefcit. Hic amoris curfus. In
aduersâ hac parte tingit, quæ in tene-
ta mittit pectora amor, fpicula. Vt
aliò dehectat meditato opus eft, &
multo rerum vfu. Non Natura, fed
corruptis has afflant furias corrupti
mores.Si fequior pars huic efficta effet
vfui, effet etiàm accommoda. Poffet
neruus falax magno abfque labore,
abfque periculo cocûtium fe intrò penetrare. Deuirginantur etiam ante
pubertatem nec fatis viripotentes
puellæ. Certum eft in primis conflictibus dolorem inferri. Sed intrà paucas euanefcit horas is dolor, quem
breui confequitur voluptas fumma.
Ægriùs multò fe res habebit, fi quà
non fert natura, puella petatur, àut
puer. Et acerrimi incutiuntur oppref-
fo cruciatus, ac plerunque, fi craffior
infindat contus, teterrimi ex eâ mor-
bi petulantiâ enafcuntur, quos nulla
Æfculapij curet induftria. Difruptis
mufculorum vinculis contingit poftea
excrementa effluere etiam inuitis. Quo

quid turpius ? Noui tam diris inde
afflictatas fœminas nobiles ægritudi-
nibus enatorum & pullulantium vlce-
rum, vt sanitati, post duos tresue annos, vix sint restitutæ. Egoquidem ex
Aloisii, Fabriciique sacris amplexibus
non euasi omnino sana. Primùm dùm
pila insigunt vehementem tuli crucia-
tum ; mox leuis ægram solata est titil-
lationis vmbra. Postquàm verò domum redii, ardentissimus rursùs me
dolor cepit in ea parte quam laceraue-
rant : Incendio torrebat prurienti. Et
sanè Vrsinæ ope ignis hic sacer vix re-
stinctus est. Pereundum erat miseræ
neglectis vulneribus. Tu, Octauia,
in primis pubertatis diebus tenera &
delicata vt es, non ità citò ad Venerem perduci potuisses. Vt venisti ad
plenæ pubertatis annos omnes fregisti
rigidissimi, & crassissimi mutonis impetus ferè illæsa. Quid verò de te, hor-
reo dicere, factum esset, aliâ si parte
tantæ molis catapulta furores suos in
corpus suum impulisset ? Nec me mo-
uent quæ in causæ defensionem humani generis hi hostes, pædicones, &

exoleti, adducunt, argumenta ex rerum naturâ, ex moribus, ex hominum quorundam aut dignitate, aut claritudine. Nemo pertuaserit sibi sapiens humani seminis jacturam, quæ sponte fit, omni flagitii labe carere. Aut sanè hominem perdere probro verti non debet; qui semen mittit non in muliebrem sulcum, vult perdere hominem, & perdit qui fingi potuisset; Homicida & adulter. Nondùm etiàm nati enecantur purulentam per hanc voluptatem homines. Vita adimitur, quæ negatur. Cùm laborat in adytis suis natura perficiendo semini, generationem spectat, non libidinem. Voluit in mutuos amplexus venire; fœminam quam partus difficultas, virum, quem educandorum liberorum cura longè auerteret. Ad generationem pellexit, quam nudam & solam refugerent, caris caræ voluptatis illecebris. Sed in prægnantis aruum quod inijcitur semen, quis neget aiunt, perditum it? Nugæ. Dicunt Medici nouo rursùs fœtu augeri posse prægnantem fœminam, si ineatur. Hinc factum narrant,

narrant, vt quę partum jam effuderat
in lucem, aliquot tamen poſt dies,
alio ſit partu facta mater. Superfœ-
tationem vocant. Quis omnipotenti
artifici. Naturæ materiam non credat,
ex quâ ſcilicet edat opera quę ſolet fin-
gere? Quis non fidat Naturæ? Frumentum verò, atque ſimilia, ſemen
non ſunt, vt nugantur, ſed fructus
perfecti qui ſuum in ſe continent ſemen cujus vi & facultate renaſcantur.
Bos, aries, Gallus Gallinaceus animalia ſimiliter ſunt abſolutæ perfectionis
pro genere ſuo. Quis ab eorum nos
velit eſu abhorrere, quòd ſcilicet, qua
ſpeciei cuiuſque ſuæ perpetuitati pro-
uiſum, in iis lateat vitale ſemen? Nulla Naturæ ſit iniuria : Nullam profectò in frumenti, & fructuum vſu &
eſu fieri perſpicaciſſimæ Philoſopho-
rum ſectæ falſæ ſunt.

OCTAVIA.

Benè quidem; ſed tecum mores pu-
gnant lango vſu comprobati, & Magni in omni ætate viri.

TVLLIA.

Nullâ temporis diuturnitate mali

E

adipifcentur authoritatem mores quæ
bonis debetur. Tàm multæ ab orbe
condito fcelerum facies, cœdes, la-
trocinia, veneficia. Quis proptereà
aut laudet, aut ferat ? Vaftari pefti-
lentiis & crudelium contagio morborum ciuitates & vrbes, familias inter-
necione deleri nihil noui ; quis ideo
peftes & morbos mala effe negauerit,
quòd ab origine rerum ad nos vfque
continuâ damnorum ferie manârint ?
De rebus per res ipfas judicandum ,
non per adjuncta. Itaque vt æui diu-
turnitas infamiam nequaquam eleuat,
fic nec vel ce leberrimorum, virorum
laudes flagitiis laudi effe poffunt. In
alto lucentes iis fe nebulis obfcura-
runt,iis fe è fummo gloriæ gradu de-
turbarunt furoribus. Enimverò non
omnes qui honore , & famâ florent
hæc retigit tabes. Ab eo fe contagio
maior fe numerus feruauit incolumem.
Ne dubites. Quibufdam in Terris te-
nebricofus furit hic æftus ; maior tamen numerus, fi magnates, fi plebem,
fi omnes fpectes ordines, fanus viget;
horribili huic morbo imperuiam tue-

tur virtutem, & ab omni scelere puram. Demùm vt judices benè & sapienter; de rebus judicandum per res ipsas, non per adjuncta.

OCTAVIA.

Non miror Turriani illius tui, qui
ab hac se ostendit alienum salacitate,
adeo aspectum placuisse oculis tuis;
Sanctæ scilicet & graui fœminæ.

TVLLIA.

Quam hic dicendi calor abrupit,
repeto narrationem, inepta: nam mones. Proximus successit Aloisio & Fabricio Turrianus. Quæ indulgentia
tua passa est, Dea mea, tam pulchrum
corpus contaminari, & cœlesti formæ
illudi? Vis qui debetur formæ & no-
bilitati tuæ vltum eam honorem, inquit quem violarunt? Vis vtrumque,
ad aras tuas, Dea mea, nanque eris
mihi semper Dea, meâ manu ultrici
cœdam? Nolo respondeo; Sciebam
quà lege in hanc palæstram descendi:
Vsi sunt jure suo. Sed generosam tuam
laudo ingenuitatem. Tantò amo te
ardentiùs quantò ardeo vehementiori
in eos odio. Hæc dicens suauium de-

dit, fuauium, Octauia mea, quod illecebris ipfa fuis procacioribus, videri
poffet refperfiffe Venus. Surrexerame
lecto, nuda eram, arrigebat. Nec
mora, Mammam manu vtrâque prehendit vtranque, & intorquens intra
femina fpiculum feruidum & durum,
En, inquit, Domina, vt te appetit hoc
telum, non quò lethum fed læta omnia inferam tibi. Sis, precor, dux,
ipfa cæcutienti mentulæ hoc in cœco
itinere ne aberret a fcopo: Nam manus meas ab hac felicitate, quâ fru-
untur, haud dimouerim. Facio vt fieri
volebat. Appuli ego igneum telum ad
igneum oftium. Senfit, impellit, &
infigit. Verè præftabilior venus eft
hominis qui placet aliorum hominum
omnium amplexibus, quantumcun-
que fint illecebrofi, & meretricii.
Momento, & ad alterum alterumue
concuffum refoluta fum incredibili
cum titillatione, ita vt parùm defue-
rit quin deficerent poplites mihi. Si-
fte, aio, fugientem animam. Scio quâ
fugit, refert fubridens. Tibi fcilicet
elapfuram per id infimum putas of-

tium quod teneo ; fed ecce occlufum
id eft aptiffimè. Dicens, contentione
quâdam fpiritus fummâ , faciebat vt
increfceret moles turgentis mentulæ :
Et retrò repellam fugitiuam animam,
adiiciebat : Acerrimos etiam motus
ciebat. *Altiùs ad viuum perfedit mucro.*
Eâ vi furfùm dulces ingerebat impetus , deliciofos penetrabat furores,vt,
quando certè omne non poterat corpus, faltem cupiditates omnes, defide-
ria, libidines, cogitationes , animumque amentem illâc in corpus meum
effunderet libidinofis nixibus. Demùm , cùm fenfit liquidi æftus aduen-
tantem væfaniam,manus natibus meis
fubiicit, fubleuat in aëra. Ego furen-
tes artus arctiffimis brachiorum alli-
go complexibus , & femorum tibia-
rumque alterno volumine, femora na-
tefque : Ita vt eius ab collo penderem
vibrata ex humo. Sic pendebam quafi
clauo affixa. Dùm in longum labor
trahitur , iterum non fegnem me fol-
uit Venus in Venerem. Temperare
mihi non potui quin exclamarem acriori amoris æftro percita ; fentio om-

nes,sentio Iunonis cum Ioue concumbentis delicias omnes:feror in cœlum. Noli, respondet Conradus, mortales nos priùs deserere, Dea, quàm Conradum tuum donis Veneris tuæ satiaueris ; tuæ feceris immortalitatis , & felicitatis participem. Eodem temporis puncto exundantis seminis humescenti igne genitale aruum consperfit Turrianus,quem Venus & amor omnibus suis agebant furoribus in libidinem. Hedera non ita nuci hæret circùmuoluta vt hærebam Turriano brachiorum femorumque amplexu coniuncta. Vix perfecerat ; adest Conradus : Quid me vultis , inquit , solum marcescere. Nam Florentini nebulones illi secessêre. Nescio quò malus eos Dæmon suus quenque exegerit.

O C T A V I A.

Quos iuisse velim, in crucem, qui ipsi tibi crux fuere per furores suos.

T V L L I A.

In proximum exierant lucum tiliis virentem & ilicibus, puro aëre vires recreaturi fessas, & languidas pigri , & ignaui. Conradus sedentem in thoro his dictis aggreditur. Homo Germanus imposturam, quæ tibi facta est ab improbis, moleltè fero. Excandescere scias non minus quàm Turrianum. Sed dic quid fieri velis, si quidem cordi tibi est. Taces? Nam tacebam, & abscesserat Turrianus. Ego, inquit, bonâ fide tibi aperiam omnia; & sub hæc subsultantem sibi egregiè mentulam, mihi femina aperuit.

O.CTAVIA.

Et sic tibi aperuit omnia. Igitur nec mora nec requies: Et tibi Herculeæ fortitudinis Heroidi decimum & quartum imperat laborem.

TVLLIA.

Non displicebat Conradus, nec admodùm placebat: nec negaui, nec dedi. Quod volebat cepit velut à dormiente; nam ne quidem verbum blandienti reddidi. Fatear, Octauia mea, exhausto, tot in conflictibus, viuidi in venis sanguinis calore torpebam ac si effœtæ mihi vires senectutis juueni, & florenti exprobrassent segnitiem semisepultam. Ille verò nouum molitur modum nec ineptum. In siniſtrum

E iii

fibi humerum tollit dextrum supinæ
femur:Poft transfigit ictum expectantem, non optantem. Femori dextro
fupinæ iniecerat finiltrum. Adacto in
intima telo concutere, fubagitare,
vrgere. Quid plura ? Dic ipfa tibi.

OCTAVIA.

Poft ad penfum, tributumque re-
uocatiAloifius & Fabricius fatis ne tibi fecerunt ex animi tui fententia ?

TVLLIA.

Nullus fit dicendi finis fi curiofiùs
velim omnia fermone complecti.Con-
radus ad fextum ; Aloifius, Fabriciuf-
que ; Ad quintum, ille ; hic ad fepti-
mum ; Turrianus item ad feptimi concubitus voluptatem peruenêre. Ita
quinque fupra viginti duella vna fufti-
nui, & euafi victrix : faffi funt omnes
laureâ mihi frontem cingi à Venere
deberi, cui tam feliciter militaffem, &
depugnaffem. Tamen, ne dubites,
Octauia, me poft tot labores exhau-
ftos, poft tantùm fanguinis amiffum
defecerant ferè vires. Vix poft vigefi-
mum concubitum potui tollere me in
pedes : Et tamen victoriam tuli.

OCTAVIA.

Laſſata viris ſcilicet, non ſatiata.

TVLLIA.

Et ſatiata, & laſſata. Turrianus, vt initium pugnæ fecerat, ſic finem fecit. Brauio donatus eſt me jubente. Obtinuit etiam â me ortu nobilis, & pugnator fortis, vt nomen ederem, hoſpitium edocerem, & me vellem inuiſeret. Inuiſit certè poſteà frequentiſſimè. Sed me tædium Veneris tam graue ceperat, vt tantùm per tres continuos menſes ſemel atque iterùm admiſerim cupidum, & inflammatum in amplexus meos lacrymis, precibus, obteſtationibus exorata.

OCTAVIA.

Vnde id faſtidium?

TVLLIA.

Lacus facta eram genitalis pluuiæ vuluæ ligamenta exundans humor diluendo ita ſoluerat, ignem adeò omnem reſtinxerat, vt ne quidem vlla libidinis per id tempus cogitatio ad libidinem me permouerit. Demùm extorqueri à me paſſa ſum ab amante nitidæ, & roſeæ, iuuentutis, ſummum

gaudium. Non dedi, nec etiàm bene
senfi. Verùm, hac exactâ hebefcentis
intrà fatifcentes lumbos Veneris nau-
feâ, ad lufus reuocandos, & re-
petendos, qui à nobis procul videbantur abefle, fuimus alter alteri pro ve-
hiculo. Dicam fuo tempore, Octauia, quæ contigere nobis per annum
integrum. Læta audies, quæ inui-
diam ; luctuofa, quæ pietatem, & dolorem moueant. Raptus eft mihi Turrianus Aloifii fraude. Heu ! Heu ! Quæ
eum perfidia letho dedit, cur me miferam vitæ reliquit ?

O C T A V I A.

Reuoca animum ab hac recordatio-
ne ad amœniora. Dic, Tullia . fuper-
funt etiam Veneris modi præter quos
ipfa experta es ? Venus bona ! Quot te
in figuras mutafti, vt placeres !

T V L L I A.

Quot inflexiones, quot corporis
conuerfiones tot funt Veneris figuræ.
Nec numerus iniri, nec doceri aptior
voluptati poteft. Quifque à libidine
fuâ, à loco, à tempore, quam indui
figuram velit, capit confilium. Sed

non idem omnibus amor. Elephantis,
Græca puella, quas in vſu eſſanouerat
inter libidinoſos pictis tabulis expreſ-
ſerat. Vt jam juuaret *Pictas opus ede-*
re ad tabellas. Alia eſt in concubitu
modos duodecim molita, quibus gra-
tiori vector in effluuio perfunderetur
voluptate. Dicta id circo Dodeca-
mincanon. Æuo noſtro, diuini vir
ingenii, Petrus Aretinus benè multas
in colloquiis ſuis expreſſit ſatyrico ſale poſt, picturâ Titianus & Car-
raccius ſummi pictores. Sed multæ
ſunt quę ad effectum venire nequeant,
licet, vltrà quàm excogitari poſſit,
flexibiles ſint coeuntium in veneris ſacra artus, & lumbi. Profectò plura in
mentem meditando, & commentan-
do ſolent cadere, quàm verè fieri poſſint. Vt impotentis animi deſideriis nihil imperuium, ſic nihil cogitationi
exultabundæ, & intemperanti diffici-
le. Quò vult, & quâ tentat viam, in-
ſinuat ſe, vel in abruptis inuenit pla-
nam. Non ita corporibus facilia facta
omnia, quæ mens aut bona, aut mala
ſuadet.

OCTAVIA.

Vna eſt via Veneris, ſi vna Venus.
Mala ſunt, & proterua omnia quæ
præterea adiecere è ſuo, dùm in furias & ignem ruunt, viri & fœminæ.

TVLLIA.

Viam Veneris eſſe dicunt alii ex Naturæ præſcripto, ſi quadrupedum more prona & proiectis lumbis ineatur
mulier ; nam ſic promptiùs virilem
inuehi vomerem in muliebrem ſulcum, & ſeminis fluctus in aruum genitale.

Quadrupedumque magis ritu plerunque
   putantur
Concipere vxores, quia ſic loca ſumere
   poſſunt
Pectoribus poſitis, ſublatis ſemina lumbis,
Nec molles opùs ſunt motus vxoribus hi-
   lum,
Nam mulier prohibet ſe concipere atque
   repugnat,
Cluuibus ipſa viri Venerem ſi lata retra-
   ctet,
Atque exoſſato ciet omni pectore fluctus:
Ejicit enim ſulcum recta regione viaſque
Vomeris, atque locis auertit ſeminis
   ictum :

Idque sua caussa consuerũt scorta moueri
Ne complerentur crebrò , grauidæque ja-
* cerent ,*
Et simul ipsa viris Venus vt concinuiòr
* esset.*
Conjugibus quod nil nostris opus esse vi-
* detur.*

Alij communem Veneris vsum ,
& figuram maximè probant , vt in
supinam vir procumbat , pectus pectore , ventrem ventre comprimat ;
pubes pubi colludat , diffindens
rigido conto teneram rimam. Hi
jubent ciere crebros , & acres motus
mulierem , dùm Veneri facit ; Illi vetant. Sua cuique opinioni ratio. Sed
negant Medici pronæ concubitum
naturæ conuenire , qui partium generationi insudantium conformationi ,
vt probant , non conuenit. Ego verò ,
mea Octauia , communem vsum vni-
cè laudo.

OCTAVIA.

Quidni laudes ? Nam , amabo, quid
dulcius cogitando fingi potest quàm
resupinam amati corporis blando pondere ad irrequietæ , sed suauis , impa-

tientiæ molles incitari furias ? Quid gratius amantis vultu pasci , osculis , suspiriis , & patrantium oculorum incendiis ? Quid præstabilius , quàm amores suos fouere complexibus, sensibus quidem , quos non ætas, non vitium vllum obtrudit ? Quid vtriusque libidini , vtriusque voluptati lætius concutientis , & succutientis lasciuis motitationibus? Quid oportunius præ voluptate emorientibus quàm flammescentium suauiorum viuida vi reuiuiscere ? Qui auersâ ludit in Venere vni tantùm alteriue sensui gratificatur ; ominibus , qui in aduersâ.

TVLLIA.

Sed in his , Octauia , solet accidere , quod videmus plerunque beatioribus vsuuenire. Quasi pigeat bonorum , quorum cumulantur copia , videas alios contemptis pulcerrimis vxoribus ad diobolares confugere meretriculas , & in putidâ sibi plaudere Venere. Alios pretiosarum dapum , oppiparæ cœnæ capit satietas,

& faſtidium , falerno & lautitiis
poſthabitis , vappâ & ſecundo pane
ingurgitant ſe, velut fame enecti.
Inaſſuetis gaudemus, & in vetita ni-
timur. Sed ecce noctem , dùm ludis tu, dùm loquor ego , inſomnem
duximus. Paucas intra horas ſurgén-
dum nòbis. Iuuabit ſomno refici, &
ſanè requicte indiges. Ità jucundè ,
Octauia, dormias , vt vigilaſti. Faxit Venus.

Finis Colloquii Sexti.